# UNE AFFAIRE DE FAMILLE

Traduction française: © 2024 Harper Bliss
Roman traduit de l'anglais par Jude Silberfeld
Publié par Ladylit Publishing – First Page V.O.F., Belgique
ISBN-13 9789464339444
D/2024/15201/04

Titre original: A Family Affair
© 2022 Harper Bliss
ISBN-13 original: 9789464339215
www.harperbliss.com
Tous droits réservés, y compris le droit de reproduction de tout ou partie de l'ouvrage, sous quelque forme que ce soit. Cette œuvre est une oeuvre de fiction. Les noms propres, les personnages, les lieux et les intrigues, sont soit le fruit de l'imagination des auteurs, soit utilisés dans le cadre d'une oeuvre de fiction pour construire le décor, mais ne prétendent en aucun cas refléter une réalité existante. Toute ressemblance avec des personnes réelles, vivantes ou décédées, des entreprises, des évènements ou des lieux, serait une pure coïncidence.

# Une AFFAIRE DE famille

## HARPER BLISS

# CHAPITRE 1
## KATE

Bien que ce soit moi qui aie imaginé jusqu'au moindre détail cet endroit sublime, je n'ai pas envie d'y vivre. À bientôt quarante ans, j'emménage dans le pool house de ma belle-mère. Ce n'était pas censé se passer comme ça.

« Tu veux un coup de main ? » lance Stella depuis la chaise longue où elle se prélasse au bord de la piscine.

Je me retourne, elle n'a même pas levé les yeux du scénario qu'elle étudie - comme s'il avait pu échapper à qui que ce soit dans cette famille qu'elle auditionnera dans quelques jours pour un rôle important aux côtés de Nora Levine.

« Tiens, ma puce. » Kevin me tend une bouteille d'eau. « C'est juste pour quelques semaines. » Il me pose délicatement la main sur l'épaule. « En un rien de temps, notre maison sera finie et plus belle que jamais. Je te le promets. »

J'aimerais tellement croire mon mari. J'aimerais le croire avec la même fougue que celle avec laquelle j'ai dit « oui » le jour de notre mariage. Mais il s'est passé - ou non - tant de choses depuis.

« Je ne proposerai pas une deuxième fois ! » prévient Stella.

Je peste : « On vient à peine de s'installer et les manières d'enfant gâtée de ta sœur me tapent déjà sur les nerfs.

— Sois indulgente, répond Kevin, comme je m'y attendais. Elle se prépare pour…

— Je sais. » Je prends une profonde inspiration. « Et je suis désolée. » Rien de tout cela n'est de la faute de Stella, bien qu'elle soit indéniablement une gosse gâtée, convaincue, depuis que je la connais, qu'elle ne va pas tarder à percer.

« Je passe par la maison une dernière fois pour récupérer le reste de nos affaires. » Kevin m'embrasse sur la joue. « Essaie de commencer à trouver tes marques. Ou va traîner avec mon adorable petite sœur près de la piscine », ajoute-t-il avec un sourire.

Je lève les yeux au ciel et soupire, ce qui n'a aucun effet sur la situation dans laquelle je me trouve. Je jette un regard vers Stella, qui soliloque, répétant son texte, comme s'il n'y avait personne d'autre dans le jardin de sa mère.

« J'espère que je ne te dérange pas trop. » Grommeler est une façon comme une autre d'évacuer ma frustration.

« Tu ne me déranges jamais, Kate. » Stella pose son script et se redresse. Son sourire paraît assez sincère. Elle sait pourquoi nous sommes là. Peut-être n'est-elle pas autocentrée au point d'être incapable de faire preuve d'un tantinet de compassion envers son frère et son épouse stérile. « C'est super que Kev et toi créchiez ici. Plus on est de fous, plus on rit, maintenant que Maman a fait venir Keanu. »

Je m'assieds dans le fauteuil à côté du sien. « Du moment que tu ne comptes pas sur moi pour te faire à manger. »

Stella fait non de la tête. Elle me regarde, sans un mot. Son chemisier s'est entrouvert et elle ne porte rien d'autre en dessous qu'un minuscule bikini.

« Pour info, reprend-elle après quelques secondes, Keanu nous prépare un grand dîner de famille ce soir. » Le vrai prénom du petit ami de Mary n'est pas Keanu, mais Stella l'appelle ainsi en raison de sa ressemblance avec Keanu Reeves époque *Point Break*, le côté surfeur cool inclus. « Ça devrait être sympa. » Dire que Stella n'approuve pas le choix de sa mère en matière de compagnon est un euphémisme - sans doute parce que l'attention de sa mère ne lui est plus toute consacrée. Tant mieux pour Mary, je trouve. Et Keanu - qui se prénomme en réalité Nathan - est très agréable à regarder.

« Je trouve ça sympa, justement », dis-je.

« Kevin n'est pas fan de lui non plus, tu sais.

— Je suis au courant. » Mais Kevin fait preuve d'une maturité suffisante pour ne pas le montrer à chaque opportunité. Kevin respecte assez sa mère pour accepter qu'elle soit heureuse avec qui elle veut. Mais c'est trop demander de quelqu'un comme Stella, qui vit toujours chez sa mère à vingt-huit ans parce qu'à l'entendre, elle n'aura les moyens de s'installer ailleurs que lorsqu'elle aura « percé ». Certes, les loyers à L.A. sont raides, mais Stella pourrait déménager si elle le souhaitait vraiment. Elle est bien trop chouchoutée chez Mary pour ça. La preuve, elle répète sa future audition au bord de la piscine…

« Comment ça se passe ? » Je désigne le scénario, je n'ai plus envie de parler de Nathan derrière son dos. Même si ça m'oblige à entrer dans le jeu de Stella. Au moins comme ça, je n'ai pas non plus besoin de parler de moi, ni de la raison pour laquelle Kev et moi avons atterri ici.

« J'ai jamais eu un trac pareil de toute ma vie. » Stella m'a l'air plutôt sûre d'elle. « Même pas quand il a fallu que j'embrasse Faye Fleming. »

J'essaie de ne pas lever les yeux au ciel mais je ne parviens pas à m'empêcher de glousser comme une adolescente quand elle prononce le nom de Faye. J'ai toujours eu un faible pour Faye Fleming et mon agaçante belle-sœur a eu la chance de jouer son amante lesbienne à l'écran, ce qu'elle ne manque pas de me rappeler dès qu'elle en a l'occasion.

Si c'était n'importe qui d'autre, je lui proposerais de l'aider à répéter son texte, mais c'est Stella, l'insupportable petite sœur de Kevin, et aujourd'hui en particulier, je n'en ai pas la force.

« Je suis certaine que tu vas cartonner. » Mes mots s'évanouissent dans un soupir.

« Dis-moi, Kate. » La voix de Stella s'adoucit. « Tu vas bien ? Ça doit être rude pour toi, aujourd'hui. »

Je passe la main dans mes cheveux et inspire profondément. « C'est vraiment ce que veut Kev. Il veut nous donner une sorte de nouveau départ, comme si c'était possible. Une nouvelle maison où retourner après… » Ça reste difficile à dire, mais Stella sait.

« Kev est comme ça. Il a besoin de s'occuper. De construire quelque chose. C'est comme ça qu'il gère. »

Je hoche la tête.

« Et toi, tu… gères comment ? » demande Stella.

Je ne gère pas, et je me contente donc de hausser les épaules.

Je sursaute en sentant la paume de Stella sur mon épaule. « Faye et Ida organisent une soirée pour l'équipe du film le lendemain de la première, la semaine prochaine. Ça te dirait de m'accompagner ?

— Faye Fleming et Ida Burton ?

— Oui. » Stella me gratifie d'un grand sourire. Elle n'est peut-être pas si terrible que ça. J'ai peut-être été trop absorbée par les épreuves que je traversais pour accorder à ma belle-sœur le bénéfice du doute.

« Tu veux m'emmener à leur soirée ? » Je pose une main incrédule sur ma poitrine.

« Absolument. » Pour la première fois, peut-être, depuis que je l'ai rencontrée, l'idée que Stella Flack pourrait effectivement devenir une star de cinéma ne me paraît pas farfelue. Elle a le genre de sourire ravageur qui éblouit les décideurs d'Hollywood, et ce côté fille-toute-simple-mais-pas-que auquel les spectateurs ne résistent pas.

« Carrément ! » Je hurle. « Merci mille fois.
— Ça sert à ça, la famille, répond Stella. À se réconforter mutuellement. »

# CHAPITRE 2
## **STELLA**

Ma mère est la personne la plus intelligente que j'aie rencontrée de toute ma vie. Elle a construit les merveilles architecturales les plus extravagantes dans le monde entier et pourtant, elle est absolument incapable de choisir un homme digne d'elle. Je comprends ce qu'elle trouve à Keanu, cela dit. Ce garçon est un pur régal pour les yeux. Un beau gosse à arborer à son bras quand elle est invitée à un cocktail. L'équivalent masculin d'une potiche. Encore heureux qu'ils ne soient pas mariés ! D'accord, Keanu est canon, mais ça n'a rien d'étonnant, il est à peine plus vieux que moi. Un an et sept jours, très exactement. Il pourrait être l'un des mecs avec qui je discute dans un bar branché d'East Hollywood. Tout ce qui lui manque, en fait, c'est un man bun. Au lieu de ça, sa chevelure encadre élégamment ses joues, dans une coupe très années 90 qui lui permet de glisser une mèche derrière son oreille, un geste charmant qui fait craquer Maman. Je le sais parce qu'elle le lui a dit devant nous, ses propres enfants, dont l'un est plus âgé que Keanu.

Cette situation m'agace au plus haut point, mais comme me l'a fait remarquer mon frère récemment, alors que je pestais à nouveau contre Keanu: personne ne m'oblige à vivre ici. Je pourrais trouver un endroit à moi, ce qui m'aiderait peut-être à mieux supporter le play-boy de ma mère. Je n'aurais pas à le voir en caleçon le matin, avec ses pectoraux au garde-à-vous et ses biceps magnifiquement sculptés. Mais c'est aussi chez moi, ici. J'ai grandi dans cette maison. J'y ai vécu toute ma vie, et, pour moi, l'intrus, c'est Keanu. Si quelqu'un doit partir, c'est lui.

Maman s'approche de la table de la salle à manger. « Ma chérie, dit-elle en me prenant doucement par les épaules avant de m'embrasser sur la joue. Pour qu'il n'y ait pas de malentendu, sache que je serai accompagnée de Nathan pour la première de ton film, la semaine prochaine. »

Je suis tentée de me dégager de son étreinte impromptue, mais je me laisse amadouer par sa mention du film dans lequel je joue un rôle certes petit mais non négligeable. Ma mère sait s'y prendre avec moi. Elle m'a élevée, elle sait me caresser dans le sens du poil.

« Devinez qui a réussi à se faire inviter à l'after chez Faye Fleming et Ida Burton ? » Kate a visiblement du mal à cacher son excitation. Elle pointe ses deux pouces vers sa très jolie poitrine. « C'est bibi ! » Elle m'envoie un baiser, ce qui ne lui ressemble pas du tout. Ma belle-sœur n'est pas ma plus grande fan, j'en ai conscience, mais mon frère et elle en ont bavé. La vie ne les a pas épargnés. Et puis, c'est la famille.

« Ça alors! » La pression de la main de ma mère sur mon épaule s'accentue. « Tu n'emmènes pas Hayley ? Elle va être déçue.

— Hayley n'est pas ma petite amie, je ne suis pas obligée de l'emmener partout.

— C'est exact, répond ma mère, avant qu'un bref silence ne s'installe.

— Ma mère écoute encore tout le temps ses vieux disques des Lady Kings. » Que son commentaire remette encore son scandaleusement jeune âge au centre de l'attention ne dérange manifestement pas Keanu le moindre du monde.

Que pense sa mère du fait qu'il sorte avec une femme qui a presque le double de son âge ? Je guette des signes de désarroi sur le visage de Maman à l'évocation de sa propre mère par Keanu mais je n'en vois aucun. Elle a zéro état d'âme sur leur histoire. J'en ai bien assez pour nous deux.

« J'espère que Kevin ne va pas tarder. » Maman regarde ostensiblement sa montre. Pas grand-chose ne la perturbe, mais elle ne supporte pas qu'on soit en retard, surtout si son petit ami a préparé le dîner. Elle pousse un soupir.

On sait tous que Kev va être à la bourre parce qu'il s'est laissé embarquer par la rénovation de leur maison, à Kate et à lui - maison qui est déjà parfaite puisque ma mère et lui l'ont dessinée - et qu'il a perdu la notion du temps. Parce qu'à l'heure actuelle, c'est la seule chose qui lui permet d'oublier qu'il ne sera pas père, en tout cas pas dans l'immédiat, et peut-être jamais. Pour cette même raison, Maman lui a déjà pardonné son retard.

Je lance un œil en direction de Kate. Elle semble résignée à l'absence de Kevin. À ce qu'il ait dit il y a trois heures qu'il passait chercher des affaires et qu'il ne soit toujours pas de retour. Qu'il la laisse seule avec ses émotions. Il est comme ça, mon frère. Il a intérêt à être là à ma première, en revanche, bien que s'il la loupe, je serai obligée de lui pardonner immédiatement, moi aussi.

« Je n'arrive pas à croire que je vais rencontrer Faye Fleming. » Apparemment, Kate gère ses émotions à sa manière. Cela dit, elle n'a jamais caché qu'elle pourrait « virer sa cuti pour Faye », au contraire. « Je crois que je commence à peine à réaliser que tu as joué le rôle de son amante. » Elle me fixe du regard.

Je lui souris, puis caresse mes lèvres du bout des doigts. « Ces lèvres ont touché celles de Faye. »

Rien ne me fait plus plaisir que d'attirer les regards, de chercher l'attention, et tout ce qui peut distraire cette famille en ce moment est bienvenu. C'est peut-être pour ça que ma mère a toujours soutenu mon rêve de devenir actrice. Il y avait déjà bien assez de gens cérébraux et hyper sérieux dans cette famille.

Kate joue le jeu et porte ses mains à sa bouche. « Tais-toi, Stella. Ne me fais pas rougir. »

« J'ai hâte de voir ton film, ma chérie. » Maman nous observe, amusée. Elle est toujours super cool et bienveillante. Elle mériterait que je fasse un effort avec Keanu… avec Nathan, mais c'est dur. Je dois être encore trop immature. En plus, ma chambre est au même étage que la sienne et je ne suis pas sourde. J'entends des choses que les oreilles d'une fille ne devraient jamais avoir à subir. J'aurais dû m'installer dans le pool house dès qu'elle a ramené Keanu, mais j'ai laissé passer ma chance.

« On ne peut pas dire que ce soit mon film, Maman. » Ma voix dégouline de fausse modestie. J'incarne Cleo Palmer, l'amante beaucoup plus jeune qu'elle de la légende queer du rock Lana Lynch, et Cleo n'est pas dans la vie de la chanteuse depuis assez longtemps pour que je sois beaucoup à l'écran dans un biopic. C'est un petit rôle mais il est important à sa façon. Cleo représente la rédemption de Lana, c'est pas rien. Et j'ai embrassé Faye Fleming. Si c'est la seule raison qu'a ma belle-sœur de me respecter, je prends.

« N'empêche, je suis impatiente de te voir interpréter la petite amie d'une femme nettement plus âgée », poursuit Maman en enlaçant Nathan d'un bras.

— Touché », remarque Kate.

Je peux difficilement me cacher derrière la fiction. C'est un film biographique et il n'y a rien de romancé. « D'accord, j'avoue, je suis une hypocrite. » Mais ça n'a rien à voir quand il s'agit de sa propre mère. Lana Lynch n'a pas d'enfants. Je ne peux rien dire de tout ça à voix haute, mais c'est la vérité.

« Je vous ai dit que j'avais une audition pour le projet hypermédiatisé de Nora Levine la semaine prochaine ? » Je préfère qu'ils se moquent de mon égocentrisme que de mon incapacité à accepter Nathan dans notre famille.

« Difficile d'oublier, ma chérie », dit Maman.

Kate se contente d'un de ses soupirs dédaigneux les plus spectaculaires.

Le seul qui m'adresse un sourire d'encouragement est le candidat au poste de beau-père, Nathan.

# CHAPITRE 3
# KATE

Est-ce à cause des circonstances actuelles de notre vie - mon ventre stérile, les minables semences de mon époux - que j'ai compté les heures jusqu'à la projection ? On n'a pas toutes les semaines l'occasion d'assister à la première d'un film dans lequel joue sa belle-sœur. Surtout pas un film dont la tête d'affiche n'est autre que Faye Fleming. Faye et Ida ne sont pas les seules stars que j'ai reconnues. Lana Lynch et The Lady Kings sont là. Ainsi que la petite amie de Lana, Cleo Palmer, et son groupe The Other Women. Et tout à l'heure, quand le tour des people est venu de faire leur entrée dans la salle de cinéma où nous autres, simples mortels, patientions depuis plus d'une demi-heure, j'aurais juré avoir repéré Sadie Ireland de *King & Prince*. Les rediffusions de cette série m'ont apporté un réconfort inattendu mais considérable pendant les nuits d'insomnie qui ont suivi l'implosion de mes rêves de maternité.

Pour parfaire le tout, Stella m'emmène chez Faye et Ida demain soir, à Malibu, pour une fête qui s'annonce prestigieuse. C'est peut-être futile, mais j'ai besoin de me changer les idées. Contrairement à la plupart de mes camarades de classe, je n'ai jamais rêvé secrètement de devenir actrice. J'étais bien trop occupée à redécorer ma chambre puis, quand je m'en lassais, celle de mes parents ou le salon. Je n'ai jamais eu d'autre envie que de devenir décoratrice d'intérieur... et mère. L'un de ces deux rêves s'est réalisé. L'autre vraiment pas. Alors pourquoi ne pas me laisser emporter par la fascinante histoire de Lana Lynch ? Je n'ai jamais rien vu de tel. Faye Fleming est quasiment méconnaissable avec la coupe de cheveux funky et les tenues en cuir de la rockeuse. Une chose est sûre, elle est à la hauteur. Je me demande ce que Lana ressent en voyant sa vie portée à l'écran. J'aurai peut-être l'occasion de lui poser la question à la fête, demain soir.

« Et voilà! » Mary, qui a d'ordinaire la tête bien vissée sur les épaules, est surexcitée depuis que nous avons quitté la maison. « Le grand moment est arrivé. » Peut-être est-ce l'euphorie de voir enfin sa fille dans un rôle un peu plus substantiel que ses quelques répliques habituelles. Ou peut-être est-elle juste extrêmement fière de Stella, qui a été choisie parmi des milliers de postulantes pour interpréter Cleo Palmer. Ce doit être exaltant pour une mère... Non, je refuse de laisser mes pensées se tourner vers l'enfant que je n'aurai peut-être jamais, la fierté maternelle que je ne ressentirai peut-être jamais. Je réponds à Mary d'un hochement de tête et reporte mon attention sur le film.

À l'écran, Faye et Stella, dans la peau de Lana et Cleo, chantent en duo et l'alchimie entre elles est volcanique. À l'époque où Stella tournait ce film, il y a maintenant plus d'un an, Kevin et moi tentions une nouvelle FIV et j'étais trop obnubilée par les effets des hormones pour prêter attention à ma belle-sœur et à ses histoires d'imminente gloire hollywoodienne. Et je consacrais le peu d'énergie qu'il me restait à un projet de rénovation très lucratif dont j'avais la charge. Pour être honnête, de façon générale, je n'ai jamais prêté beaucoup d'attention à la sœur de Kevin. Jusqu'à présent.

Elle se débrouille très bien face à Faye, qui est sensationnelle même quand elle n'est pas au mieux de sa forme. J'ignore pourquoi, mais jusqu'à très récemment, je n'ai jamais vraiment cru que Stella pourrait devenir une star de cinéma. Et pourtant la voilà, sur le grand écran du Dolby Theatre, qui mime un duo voluptueux avec Faye, et ça lui va drôlement bien. Comme si elle était faite pour ça.

« C'est mon bébé », murmure Mary à côté de moi.

Kevin enroule ses doigts autour des miens. C'est un grand jour pour les Flack. Pour le meilleur et pour le pire, je suis une Flack depuis un moment. Et notre famille a bien besoin d'une journée comme celle-ci, où les choses sont au beau fixe, ou en tout cas semblent pouvoir tourner en notre faveur pendant quelque temps. Grâce à Stella.

On en est à l'acte final du film et la relation entre Lana et Cleo évolue rapidement. Elles sont dans une loge, en coulisses, quelque part. Elles se rapprochent, si près que leurs lèvres se touchent presque. La caméra zoome sur le visage de Cleo et j'ai l'impression que c'est moi que Stella regarde. À ce moment-là, ma belle-sœur, la gamine dont j'ai toujours pensé qu'elle n'arriverait pas à grand-chose, embrasse Faye Fleming sur la bouche, et je sais que je ne regarderai plus jamais Stella de la même façon. Parce que c'est un sacré baiser. Il ne fait aucun doute pour moi que Lana et Cleo étaient extrêmement amoureuses - et extrêmement attirées l'une par l'autre - à ce stade de leur vie, parce que Faye et Stella me le font ressentir jusqu'au plus profond de mon être.

―――

« Ça devrait être interdit de voir sa propre sœur faire ça », s'émeut Kevin sur le chemin du retour.

« Ne sois pas si prude, rétorque Mary, qui est au volant. C'est de l'art. Voilà tout.

— De l'art, mon cul. » Kevin semble chercher mon soutien du regard mais, ne voyant rien venir, il abandonne.

Le film m'a laissée quasiment sans voix. Certes, l'histoire de Lana était incroyable. Oui, Faye Fleming était extraordinaire, comme on pouvait s'y attendre. Mais je ne cesse de penser à ce baiser. Je ne cesse de penser à Stella en train d'embrasser Faye.

Mary et Kevin continuent de se chamailler, comme d'habitude, comme tout parent et son enfant quand ils travaillent ensemble et passent, par conséquent, beaucoup trop de temps l'un avec l'autre, mais je les ignore.

Pour la première fois depuis que Kevin et moi avons décidé de nous épargner une nouvelle tentative d'IVF éprouvante, et vraisemblablement vaine, mes pensées ne se tournent pas naturellement vers la chambre d'enfant qui, depuis des années, est prête à accueillir un bébé. Vers le berceau vide. L'inutile rocking-chair. La palette de pastels, jolie mais horripilante, que j'avais choisie. Les biberons en rang dans le placard de la cuisine. Les minuscules vêtements que notre enfant ne portera jamais.

Au lieu de ça, mon esprit revient sans cesse à Stella. Elle jouait un rôle, je le sais. Ce n'est même pas de Stella qu'il s'agit. C'est de ce que j'ai ressenti en la regardant embrasser Faye - ou Lana, si vous préférez. Ça m'a paru réel. Tangible. Quelque chose à quoi me raccrocher dans cette période de ma vie où tout semble sujet à discussion, où tout ce que j'ai toujours désiré est remis en question. Où je ne sais même plus qui je suis si je ne deviens pas mère... Si je suis une femme qui n'a jamais porté son propre enfant en elle.

Je n'ai qu'une envie, me cramponner à la sensation que m'a apportée ce baiser, juste pour ne pas avoir à sombrer de nouveau dans l'obscure torpeur de mon cerveau. Le choix est simple: revivre le baiser de cinéma de Lana et Cleo encore et encore, goûter l'élan de joie - modeste mais pur - qu'il déclenche, ou me confronter au fait que mon utérus est hostile et que le sperme de Kevin n'y est pas le bienvenu. Et à la douleur de savoir que la FIV a fonctionné par deux fois, que j'ai, dans les faits, été enceinte deux fois, mais pour quelques semaines seulement. Kevin et moi avons été embarqués dans un cycle répétitif d'espoir et de découragement, qui n'a conduit qu'à un chagrin plus grand encore. Les séquelles qui perdurent dans un mariage sont gigantesques. Les accusations tacites. La culpabilité secrète. Toutes ces choses qu'on ne peut pas dire et toutes ces choses que l'on dit alors qu'on devrait les taire.

Le choix est facile. Qu'il me faille utiliser ma belle-sœur pour m'extraire quelques instants de ce deuil ne me pose pas de problème. C'est la famille. C'est à ça que sert la famille, elle l'a dit elle-même l'autre jour. Ce n'est qu'une pensée, de toute façon. C'est un film. Une illusion. Un baiser factice qui me fait ressentir toutes sortes d'émotions factices, avec juste ce qu'il faut de véracité pour atténuer ma souffrance. C'est parfait, en fait. Comme un médicament sans effets secondaires. Ce n'est même pas un crush, même si j'en ai un pour Faye Fleming depuis une éternité. Depuis bien avant qu'elle se mette en couple avec Ida Burton et adopte…

*Adoption.* Le mot suffit à m'arracher à cet instant de répit. Je ne veux pas penser à l'adoption. Pour toutes sortes de bonnes et de mauvaises raisons, pour le moment je ne vais penser qu'à moi. À comment m'en remettre. Comment reconstruire ma vie, comme Kevin reconstruit notre maison.

À notre arrivée à la maison, Mary monte directement, entraînant Nathan avec elle. Lève-tôt invétérée, elle a sans doute une douzaine de rendez-vous importants demain, comme toujours.

« Je suis épuisé, moi aussi », dit Kevin. Rien de surprenant à ça, vu qu'il s'est attribué un autre travail à plein temps. « Tu viens, ma puce ?

— Je vais m'asseoir dehors un instant. Me détendre avec un verre de vin au bord de la piscine.

— D'accord. » Il passe ses bras autour de ma taille et me serre contre lui. Il plonge le nez dans mes cheveux. « Ça va, nous deux ? Demande-t-il.

— Toujours. » Je ne sais pas si je mens ou non. Qu'importe. C'est mon mari et parfois, je dois lui dire ce qu'il a besoin d'entendre, même si ce n'est pas complètement vrai.

# CHAPITRE 4
# **STELLA**

Lorsque je rentre, je suis beaucoup trop excitée pour aller me coucher immédiatement... et je veux être sûre que Maman et Nathan dorment profondément. Je sors dans le jardin boire un verre bien mérité, et je trouve Kate, les pieds dans l'eau. J'ai été embarquée par la presse après la projection et je n'ai pas eu l'occasion de demander à ma famille ce qu'ils avaient pensé du film, même si Maman m'a envoyé quelques SMS avant qu'ils partent pour me dire à quel point elle est fière de moi. Mais je savais que ma mère allait adorer. Je suis bien plus curieuse de connaître la réaction de ma belle-sœur à mon premier film digne de ce nom.

« Coucou. » Je retire mes chaussures et l'imite. « Il est tard. Qu'est-ce que tu fais encore debout ?

— Je t'attendais, en fait. » Kate me regarde bizarrement.

« Moi ? » Je porte une main à ma poitrine en feignant la surprise. « Mais pourquoi donc ? »

Kate me donne un léger coup de coude. « Tu es une star de cinéma maintenant. Je ne peux pas simplement aller me coucher dans le pool house de ta mère comme n'importe quel soir de la semaine.

— Tu veux dire, maintenant que tu m'as vue embrasser Faye ? »

Ses lèvres s'étirent dans un sourire. « En plein dans le mille.

— Ça va être un problème pour toi de la rencontrer demain ? » C'est agréable de pouvoir papoter avec Kate comme ça. On n'a jamais été très proches, elle et moi, et je me suis toujours dit que c'était parce que nous étions à des moments différents de nos vies, entre elle qui tente d'avoir des enfants et moi qui tente de faire décoller ma carrière. Et en même temps, j'ai jamais réussi à m'enlever de l'idée qu'elle ne m'apprécie pas des masses, en réalité.

« Je te promets de bien me tenir.

— Nan. » Mon épaule touche la sienne. « Fais-toi plaisir. Éclate-toi.

— Mais sérieusement, Stella. » Elle se tourne pour me regarder dans les yeux. « Tu étais époustouflante. Vraiment. Je ne le dirais pas si je ne le pensais pas du fond du cœur. Kev était un peu contrarié de devoir regarder ton personnage embrasser et caresser un autre être humain, mais bon, c'est ton grand frère.

— Merci. » Étrangement, ça me touche beaucoup venant de Kate, en tout cas plus que de la part de quelqu'un qui partage mon ADN. « Ça me fait plaisir que tu aies aimé.

— Quel est le dress code pour demain ? » Kate boit une gorgée de vin.

« Venez comme vous êtes.

— Qu'est-ce que ça veut dire ?

— Que tu n'as pas de souci à te faire. Tu as une garde-robe fantastique, et tout te va de toute façon.

— Tu trouves ? s'étonne Kate.

— Bah oui, évidemment. » Une image me vient à l'esprit. « Le tailleur crème que tu portais aux soixante ans de Maman, par exemple. Il était fabuleux.

— Attends, Stella. Tu te moques de moi ou tu es sérieuse ? »

Je fronce les sourcils. Pourquoi est-ce que je me moquerais de Kate ? Et pourquoi le penserait-elle ? « Les couleurs pâles te vont bien. Elles accentuent le charme ténébreux de tes cheveux.

— Le charme ténébreux de mes cheveux ? » Kate me regarde d'un air sceptique. « Maintenant je sais que tu te moques.

— Tu as des cheveux magnifiques ! Depuis toujours. Tu te souviens pas que Maman n'arrêtait pas de s'extasier ? De te demander des conseils pour que les siens soient aussi brillants ? Je crois que je fais une fixette sur tes cheveux depuis cette époque. »

Kate rigole. « C'était il y a des années. Mary n'a pas évoqué mes cheveux depuis une éternité.

— J'ai jamais oublié, je sais pas pourquoi. Peut-être parce qu'elle avait raison. Tu as des cheveux sublimes. » La chevelure de Kate est toujours parfaite, comme si elle avait un coiffeur sous le coude en permanence. Je bois une gorgée pour masquer mon envie de la toucher.

« À mes cheveux, alors. » Kate lève son verre. « Et à mon tailleur crème. J'espère qu'il me va encore, avec toutes les hormones que je me suis tapées.

— Quoi que tu portes... » Je penche mon propre verre dans sa direction. « ... tu seras splendide et parfaitement à ta place. Le seul truc qui peut arriver, c'est que comme je suis notoirement gouine et tout ça, les autres invités te prennent pour ma petite amie, ce qui pourrait être un peu embarrassant, puisque tu es mariée à mon frère. »

Kate s'esclaffe à nouveau, avant de poser une main sur sa bouche. « Je ne veux pas réveiller Kev. Il travaille comme un dingue en ce moment.

— Je crois que Maman lui fiche la paix à l'agence, pour le laisser un peu respirer maintenant qu'il doit rénover votre maison de ses propres mains.

— Je sais. » Kate tient son verre presque vide dans ses deux mains. « C'est sa façon de gérer.

— Ouais. Tout ça est très viril de sa part. » Je sais que mon frère souffre. C'est écrit sur sa figure, mais il n'est pas du genre à se confier à sa petite sœur. « Et toi, tu gères comment ?

— Hum… en vivant, c'est tout, je crois.

— Dans le pool house de ta belle-mère.

— Heureusement que c'est moi qui l'ai décoré, dit Kate d'un ton las. Est-ce que… hum… on peut parler d'autre chose, s'il te plaît ? C'est juste que… je ne peux pas, là. Peut-être à un autre moment.

— Bien sûr.

— Ça me touche beaucoup que tu m'emmènes à cette fête, demain. C'est l'antidote parfait à ma dépression pas post-natale.

— C'est bizarre. » Je sors mes pieds de la piscine pour pouvoir me tourner vers elle. « J'aurais jamais imaginé qu'une soirée people te ferait triper. Pour être honnête, j'ai toujours eu plutôt l'impression que ma carrière t'inspirait surtout du mépris.

— Je suis désolée. » Abandonnant son verre, Kate se recule, appuyée sur ses mains. « Je sais très bien faire ma connasse parfois.

— Comme nous tous, donc bon…

— Sérieusement, Stella. » Elle lève légèrement la tête vers moi. « Je ne prenais pas ton choix de métier au sérieux. J'ai grandi avec des filles comme toi. Il y en avait à la pelle et, à ma connaissance, aucune n'a réussi. Mais ça ne me donne pas le droit de te juger. Pourtant, c'est ce que j'ai fait, et j'en suis désolée.

— Il faut de la chance et j'en ai eu. Enfin, je dis ça maintenant, mais ça peut très bien s'arrêter après ce film. » C'est ce qui m'empêche de dormir la nuit, le plus souvent. Les acteurs comme moi n'ont aucun pouvoir dans ce milieu. Tout dépend des gens qui ont le pognon.

« Aucun risque ! » Kate secoue la tête avec véhémence. « Si

Nora Levine voit ce film, elle va exiger que ce soit toi qui obtiennes le rôle dans sa nouvelle série. »

Son ton catégorique est hyper flatteur, encore plus après l'extraordinaire soirée que je viens de passer. « Merci.

— Je vais te dire autre chose. » Le sourire qu'elle m'adresse est lui aussi digne d'une star de ciné. « Si effectivement demain quelqu'un croit que je suis ta petite amie, j'en serai honorée. » Elle lâche un petit rire. « Je te promets de ne pas t'embarrasser.

— Et moi qui croyais que Faye était l'exception pour qui tu pourrais changer de camp. »

Malgré nos efforts pour ne pas faire trop de bruit, nous éclatons toutes les deux de rire.

« Non mais sérieusement, tu me dirais si c'était irrespectueux, n'est-ce pas ?

— Certaines personnes pourraient trouver ça déplacé, mais pas moi. Mais bon, euh, évite peut-être de le crier sur les toits demain soir.

— Je te donne ma parole. » Kate prend un air solennel.

« Mais par pure curiosité… Qu'est-ce que ça veut dire, au juste ? Si l'occasion se présentait, tu le ferais ? » La soirée est suffisamment avancée pour que je puisse me permettre de l'asticoter gentiment.

Kate écarquille les yeux. « Que veux-tu dire ?

— Bah… est-ce que c'est juste une expression ? Est-ce que tu y as déjà pensé ? Laissé libre cours à ton imagination ?

— Mon imagination ? » Les joues de Kate rosissent. « Euh… Je sais pas… Je…

— T'inquiète, cette fois-ci je te taquine vraiment.

— Tu as déjà eu un crush pour un homme ? » Elle a vite retrouvé ses esprits. Avec ce qu'elle et Kev ont vécu, elle est peut-être devenue experte dans l'art de détourner la conversation.

— Uniquement des crushs ultra-platoniques. Pas de fantasmes. Nan. Pas de ça pour moi. » Je la regarde dans les yeux mais en réalité, je n'ai pas super envie de savoir si ma belle-sœur fantasme sur des meufs. Kate est mariée à mon frère et ça ne me regarde pas.

« Et Toni ? Tu t'en es complètement remise ? »

Je ne l'avais pas vue venir, celle-là. « J'ai eu quelques années pour m'en remettre.

— Mais tu n'as rien cherché de sérieux depuis ? »

Je fais lentement non de la tête. « Ça se comprend, non ? Quand la femme que tu voulais épouser tombe amoureuse de ta meilleure amie ?

— Je suis désolée de ne pas avoir été là pour toi quand c'est arrivé. » Kate pose une main sur mon genou et le tapote brièvement.

« C'était pas à toi d'être là pour moi.

— N'empêche, j'aurais pu être une belle-sœur moins distante.

— Ne t'en fais pas. » Je n'avais pas pensé à Toni depuis une éternité, même si une infime partie de moi espère qu'en voyant l'affiche de *Like No One Else,* elles culpabiliseront un brin de ce qu'elles m'ont fait subir.

Kate réprime un bâillement. « Je vais me coucher. Il faut que je sois au top demain soir.

— Merci d'être venue à la projection. » Je me redresse aussi. « C'était précieux que vous soyez tous là.

— Même Keanu ? » Le sourire de Kate est contagieux.

— Pour un mec dont l'âge est indécent, il est plutôt adorable. » Mon ton est évasif. Je n'ai pas envie de penser à Nathan. Je veux juste savourer le sentiment de bonheur qui a accompagné ma grande première à Hollywood.

« Bonne nuit, Stella. » Kate se penche vers moi et dépose un baiser sur ma joue. « À demain. »

# CHAPITRE 5
# KATE

Skye, mon associée, est tout le contraire de moi. Le côté glamour de Los Angeles, c'est toute sa vie. Comme tant d'autres, elle s'est installée sur la Côte Ouest dans l'unique but de travailler dans le milieu du cinéma. Au lieu de ça, elle s'est retrouvée avec moi.

Qui peut expliquer pourquoi on accroche avec certaines personnes et pas du tout avec d'autres ? Bien que nos personnalités et nos hobbies soient aux antipodes, Skye et moi sommes inséparables depuis l'université, où notre passion commune pour les tissus de rideaux et les nuanciers nous a rapprochées.

« Je veux tout savoir sur ta soirée d'hier. » Elle me fait signe de m'asseoir près d'elle, sur le banc qui orne le patio de notre bureau, où nous avons l'habitude de boire un café le matin. « Je t'ai fait un flat white, comme tu aimes.

— C'était incroyable. » Je m'installe à côté d'elle. « Je n'arrête pas de me demander pourquoi il a fallu que j'attende d'avoir trente-huit ans, d'avoir vécu vingt ans dans cette ville, pour connaître les paillettes d'une première hollywoodienne.

— Tu as changé de refrain, dis-moi.

— Je sais, mais c'est… Enfin, tu sais. » Skye connaît ma vie dans les moindres détails.

« Mieux que le groupe de parole que j'ai suggéré ?

— Je le ferai peut-être aussi, mais ce sera sans Kev. Il est bien trop occupé à prendre ses distances ou, pour le citer, à faire son deuil en s'enterrant sous le travail.

— Il a sans doute juste besoin d'un peu plus de temps.

— Ça ne fait rien, il peut continuer. Pour l'instant. Ça ne m'ennuie même pas d'habiter chez Mary. Au moins, ça me fait de la compagnie.

— Le timing est excellent, maintenant que la carrière de Stella décolle enfin et que tu peux laisser la fan de Faye Fleming qui est en toi se lâcher.

— Je n'arrive pas à croire que je vais chez elle et Ida Burton ce soir. » Je regarde l'heure. « Dans moins de onze heures.

— Tu as besoin de prendre ton après-midi pour te préparer ? s'amuse Skye.

— Peut-être. » Je ne plaisante même pas.

« Je vais continuer à me répéter. » Skye appuie son épaule contre la mienne. « Prends tout le temps qu'il te faut. Tu peux compter sur moi. »

Mes yeux s'embuent, comme quand je prenais des hormones à haute dose et que je fondais en pleurs au rayon légumes de Whole Foods. Mais les seules hormones dans mon sang aujourd'hui sont les miennes. Bravache, j'ai même cessé de suivre mon cycle menstruel. Puisque mon corps refuse de collaborer, pendant que je me remets de sa haute trahison, j'ai décidé de l'ignorer superbement. « Merde. » J'efface à la hâte la larme qui menace de couler sur ma joue.

« Ça va aller. » Skye passe un bras autour de mes épaules et me serre contre elle. « Laisse-les sortir. Je sais que c'est difficile. »

Je n'ai rien à lui dire que je n'ai déjà répété un million de fois, mais prononcer les mots à voix haute au lieu de les laisser pourrir en moi et se transformer en quelque chose d'encore plus compliqué à affronter aide malgré tout. « Quelle femme suis-je si je ne peux même pas porter d'enfant ?

— Ça va pas la tête! Pas de ces conneries misogynes chez nous, rétorque Skye. Comme si les femmes n'étaient bonnes qu'à pondre des bébés. » Parfois, il suffit que quelqu'un d'autre me le rappelle pour couper court à la spirale dépressive de mes pensées. Comme aujourd'hui, sans doute parce que Stella m'emmène chez Faye Fleming ce soir.

« Tu en as pondu bien assez pour nous deux, dis-je sur le ton de la plaisanterie, comme à mon habitude.

— Si tu veux m'emprunter les jumeaux pour une dizaine d'années, ils sont à toi, répond Skye, comme à son habitude. C'est un cauchemar. D'ailleurs, si tu pouvais dire à Stella que ta meilleure amie aurait aussi besoin de se changer les idées sous les paillettes… Sais-tu ce que c'est que d'être la seule femme d'une famille de six personnes ? La lunette des toilettes n'est jamais baissée.

— Je prends Thiago. Ce petit bouchon me réchauffe le cœur à chaque fois que je le vois. » Il n'y a pas si longtemps, Skye amenait son benjamin au bureau plusieurs jours par semaine. Sa petite bouille me manque, ses doigts minuscules qui agrippent les miens, ses yeux toujours brillants. Je passais des heures à marcher avec ce bébé dans les bras, pas parce qu'il pleurnichait, mais parce que je le pouvais.

« Désolée, ma belle, je vais garder ce bambino encore quelque temps.

— Je peux comprendre. » Je force un vague sourire.

« Les garçons réclament leur Tante Kate. » Skye finit son café. « Kev et toi devriez venir dîner un de ces jours. Gabriel vise la version junior de *Knives Out*. Laisse-le cuisiner pour toi, pour changer.

— Gabriel n'a que neuf ans!

— Exactement. »

Je ne peux pas m'empêcher de rigoler. Les exploits des gamins de Skye m'ont fait rire aux larmes plus d'une fois.

« J'en parlerai à Kev. » Je me lève à mon tour.

« Quand vous serez prêts. »

— J'espère vous inviter dans notre maison fraîchement rénovée au plus vite.

— Souviens-toi de ce que je t'ai dit. Ne le laisse pas faire ce qu'il veut avec cette maison. Garde constamment un œil sur lui. Assure-toi qu'il reste dans les clous et qu'il ne te construit pas un étage de plus, dont tu n'as pas besoin, juste parce qu'il ne sait pas quoi faire de ses émotions. Les mecs sont bizarres.

— Pas Roland.

— Ah, mon charmant homme bêta. Il y a tellement de femmes qui ne jurent que par l'alpha, mais crois-moi, elles ne savent pas ce qu'elles ratent.

— J'ai toujours vu Kevin comme plus bêta qu'alpha, mais cette incapacité à concevoir un enfant l'a fait basculer vers l'alpha à un point que je n'avais pas prévu. Comme s'il avait besoin de compenser.

— Il doit y avoir différents degrés. » Skye tend la main pour prendre ma tasse vide. « Il te reviendra quand il aura cicatrisé un peu plus. D'ici là, tu as le champ libre pour devenir la meilleure amie de Faye Fleming.

— Tu sais ce que m'a demandé Stella hier soir ? »

Skye fait non de la tête.

« Je dis souvent en plaisantant que je pourrais virer ma cuti pour Faye, n'est-ce pas ?

— Hm.

— Stella m'a demandé si j'avais déjà fantasmé sur Faye. Si l'attirance était réelle, en gros.

— Et ? » Les yeux de Skye s'éclairent.

« Peut-être une ou deux fois. Ou, je sais pas, cinq ou six, mais je n'allais pas le dire à Stella.

— Pourquoi pas ?

— Parce que... c'est Stella. C'est la famille.

— De toute façon, ça nous arrive à tous, ma belle. Alors ne te sens pas gênée à cause de tout ça. » Sur ce, Skye rentre avec nos tasses, pendant que je m'interroge sur ce qu'elle a voulu dire. Je regarde ma montre à nouveau. Plus que dix heures et trente-six minutes avant que je ne rencontre Faye.

# CHAPITRE 6
## STELLA

Je n'aurais jamais dû parler à Kate de son tailleur crème. Elle est à couper le souffle. On pourrait croire qu'elle s'apprête à convoler en justes noces lesbiennes. Ou tout au moins à me voler la vedette. Mais même si elle paraît au top, je sais que sous l'extérieur scintillant se cache une immense souffrance. Je la laisse donc savourer l'instant lorsque nous arrivons chez Faye et Ida et que plus d'un visage se retourne sur son passage.

Je la présente à la scénariste du biopic de Lana Lynch, Charlie Cross, et à son irrésistible épouse Ava Castaneda dont le regard admiratif, j'en suis sûre, n'a raté aucune courbe du corps de Kate.

« Oh la la. » Kate me serre le bras. « Je m'efforce de garder mon sang-froid, mais Skye parlait justement de *Knives Out* tout à l'heure et il ne m'a même pas traversé l'esprit qu'Ava Castaneda serait là.

— Ava est la meilleure amie de Faye. » Je dis ça d'un ton détaché, comme si maintenant que j'ai embrassé Faye sur un plateau, je sais tout de ses relations les plus intimes.

« Oh la la, s'exclame à nouveau Kate. La voilà ! » Elle s'arrête net, comme si elle était profondément croyante et qu'un ange venu du ciel lui était apparu. Elle se cramponne à mon bras. « Elle est encore mieux en vrai. Comment est-ce possible ?

— Stella ! Bonsoir. » Faye m'a aperçue et vient vers nous. Ce n'est pas comme si tout ceci me laissait de glace. Si Faye est une star, je suis au mieux une starlette, et encore, à condition d'être sur un plateau avec elle. Avant la sortie de ce film, comme aime à me le rappeler mon amie Hayley, mon nom de simple mortelle ne figurait même pas sur l'affiche. « Merci d'être venue. » Faye m'attrape par la taille et m'embrasse sur les deux joues. De vraies bises, pas juste des minauderies.

« Merci mille fois à toi pour l'invitation. » Les doigts de Kate encerclent mon biceps avec une telle force que je ne serais pas étonnée qu'ils y laissent des bleus. « Je te présente Kate, ma belle-sœur et une de tes plus grandes fans. » Dans ma grande sagesse, j'évite de préciser que Faye est « l'exception de Kate ».

« Vous étiez formidable dans *Like No One Else*, et dans *Twice Bitten* aussi. » Kate continue de dresser la liste des films dans lesquels Faye a joué. « Et dans *A New Day* aussi, bien sûr. » Elle reprend son souffle avant d'offrir à Faye un sourire radieux. « Vous m'avez si souvent fait rire quand j'en avais le plus besoin, je vous remercie du fond du cœur.

— C'est adorable, merci. » Faye pose les mains sur les épaules de Kate puis l'embrasse sur les deux joues. « J'apprécie vraiment. Et bienvenue chez nous. J'espère que vous passerez une bonne soirée.

— Kate est décoratrice d'intérieur, elle va adorer découvrir votre maison.

— Ah bon ? C'est génial. Vous me direz ce que vous en pensez ? J'ai dû faire quelques... on va appeler ça des concessions, quand Ida a emménagé, mais pas trop, heureusement.

— On m'a appelée ? »

Alors qu'Ida Burton se joint à nous, Kate serre son corps contre le mien, agrippée de nouveau à mon bras, comme si elle avait besoin d'un gilet de sauvetage pour survivre dans cet océan de stars.

« Tu te souviens de Stella, dit Faye.

— Je me souviens de chaque femme que tu as embrassée, mon cœur. » Ida est tout en cheveux ébouriffés et sourire étincelant. « Beau travail, cela dit. J'ai ressenti un frisson de jalousie, tant votre alchimie à l'écran était crédible.

— Et voici Kate, poursuit Faye, décidément la parfaite hôtesse. La belle-sœur de Stella est décoratrice d'intérieur. Je m'apprêtais à lui parler de la maison froide, austère, immaculée dans laquelle tu vivais avant de me rencontrer et comment j'ai repeint ta vie de toutes les couleurs de l'arc-en-ciel.

— Un rien exagéré, mais je vais laisser passer puisque c'est ta fête, répond Ida.

— Merci, mon ange. » Faye glisse un bras autour d'Ida et l'attire contre elle. Elle me fixe du regard. « On m'a posé des questions sur toi. J'ai dit aux gens des RP qu'ils devraient t'utiliser pour la promo du film. Tu tournes en ce moment ?

— Euh, non. » J'aimerais bien.

« Stella a une audition importante la semaine prochaine, interjette Kate.

— Pour quel projet ? » L'intérêt de Faye semble sincère.

« La nouvelle série de Nora Levine.

— Oh, waouh. Ah oui, ça a l'air important, en effet, acquiesce Faye. J'espère que ça se passera bien, Stella. Tiens-moi au courant, d'accord ?

— Okay, dis-je, comme si Faye et moi étions amies. Dis-moi si vous avez besoin de moi pour quoi que ce soit. »

Elle hoche la tête d'un air sérieux. « Quelqu'un du studio te contactera. Je pense qu'on a tous à y gagner.

— N'en fais pas trop, quand même, plaisante Ida. Même si je ne veux pas jouer les épouses excessivement jalouses. » Elle ponctue d'un de ses fameux sourires.

« Stella est beaucoup trop jeune pour moi, mon ange,

réplique Faye, qu'entrer dans son jeu amuse ostensiblement. Je préfère les femmes plus expérimentées, comme toi. »

Ida fait mine d'être froissée au plus haut point par cette remarque. « On a le même âge, je te rappelle. » Son ton jubilatoire la trahit. Un homme que je ne reconnais pas s'avance vers elles et Faye et Ida repartent avec lui.

« Pince-moi, s'il te plaît, dit Kate. Est-ce que j'ai vraiment vécu ce que je viens de vivre ?

— Je confirme.

— Elles sont tellement… complètement charmantes et agréables. » Kate me lâche enfin le bras.

« À quoi tu t'attendais ?

— Plutôt à… Je ne sais pas. Une gentillesse de façade et du snobisme, peut-être. À ce qu'elles nous montrent combien elles nous sont supérieures.

— Sauf qu'elles ne le sont pas. En tout cas pas pour les trucs importants. Okay, je vis avec ma mère et son play-boy et pas dans une maison sur la plage de Malibu, mais ça ne dit rien de qui je suis, moi, personnellement.

— La maison de ta mère est extrêmement jolie, donc tout ce que ça me dit c'est que tu as le goût des jolies choses.

— Si je voulais plus d'indépendance, j'emménagerais dans le pool house mais il est déjà occupé.

— Et quel pool house !

— Ne te sens pas obligée de le libérer au plus vite, Kate.

— Ça m'ennuierait d'être dans tes pattes. » Kate met les mains sur ses hanches et me sourit. Elle est vraiment ravissante ce soir. Je ne comprends pas ce que fait Kevin, à l'ignorer comme ça en ce moment.

« Impossible. Je te le jure.

— Et Mary ? » Les bras de Kate retombent, mais c'était super de la voir s'illuminer quelques instants, de la retrouver comme avant que leur seule obsession, à Kevin et à elle, soit d'avoir des enfants. Avant, aussi, qu'elle se rende compte que j'existe. « Elle doit avoir un avis sur notre présence. »

— Tu connais Maman. Tu sais comment elle est. Bien sûr, vivre avec Kevin alors qu'ils bossent déjà ensemble, ça peut faire un peu beaucoup, parce que c'est un vrai blaireau, des fois... » Kevin est mon frère, ça me donne le droit de dire ce genre de trucs. « Mais c'est son fils et tu es sa belle-fille. En plus, entre Keanu et le boulot, elle est trop occupée. Kev et elle partent à Washington la semaine prochaine, je crois, donc au moins, si tu es là, je ne vais pas me retrouver en tête à tête avec le play-boy. »

Une expression de surprise passe sur le visage de Kate, mais elle se remet rapidement. « Est-ce que Keanu cuisine pour toi quand Mary est absente ?

— J'ai foiré un repas, Kate. Un, depuis qu'on se connaît. Tu ne vas pas me le ressortir toute ma vie. Je sais tout à fait cuisiner et je vais te le prouver.

— J'ai hâte ! » Elle soupire bruyamment. « Soit Kev ne m'a pas dit que Mary et lui seraient en voyage la semaine prochaine, soit j'ai oublié.

— Kev a probablement... » J'ai à peine commencé ma phrase que les yeux de Kate s'écarquillent.

« C'est comme si ma télévision avait pris vie, marmonne-t-elle. Leona King vient d'entrer. À moins que quelqu'un n'ait appelé la police ?

— Oh, Kate, tu es trop mignonne. » C'est adorable de la voir comme ça.

« C'est Sadie Ireland de *King & Prince*.

— Plus maintenant.

— Elle sera toujours King à mes yeux », dit Kate.

Je suis son regard, toujours fixé sur Sadie Ireland et sa superbe compagne. Cet endroit est blindé de femmes queer et sexy ce soir. Et il a fallu que j'amène ma belle-sœur hétéro.

« J'aurais plutôt pensé que tu serais une adepte du Détective Prince.

— Prince est canon, ça ne fait aucun doute, mais je suis à fond pour la solidarité féminine et j'ai toujours eu de l'affection pour Leona King.

— Ne me dis pas que tu ferais aussi une exception pour King, je vais commencer à m'interroger à ton sujet.

— Ce n'est pas une question de sexualité. C'est de l'admiration, c'est tout. Pendant des années, on a vu Leona King à la télé, nous montrer, en prime time, ce dont les femmes sont capables. Qu'elles ne sont pas là uniquement pour servir les mecs ou être les faire-valoir des acteurs. C'est pareil avec Lana Lynch. Le fait qu'elle soit homo n'a rien à voir avec ce qu'elle représente et toutes les portes qu'elle a ouvertes pour les femmes qui lui succèdent.

— Tu prêches une convaincue. » Je devrais vraiment apprendre à mieux connaître Kate. Si ça se trouve, je l'apprécierais plus. Si ça se trouve, on finirait peut-être même par être amies.

« Salut, Stella. » Raimy, qui jouait l'une des autres membres du groupe de mon personnage dans le film, s'approche. « Ça fait longtemps. Quelles nouvelles ? »

## CHAPITRE 7
## KATE

Je tente de suivre la conversation dans laquelle est engagée Stella, mais la femme avec laquelle elle discute flirte un peu trop avec ma belle-sœur pour que je me sente complètement à l'aise. M'éloignant de quelques pas pour leur laisser un minimum d'intimité, j'observe la pièce dans laquelle je me trouve. Une spectaculaire porte accordéon ouvre sur une terrasse qui donne sur l'océan. Rien d'exagérément ostentatoire, juste ce qu'il faut pour apporter à cet espace une touche de luxe. Je me demande qui a conçu cette maison. Avoir carte blanche et un budget illimité dans une demeure comme celle-ci est le rêve de n'importe quel décorateur.

« Bonsoir. » Une femme que je n'ai jamais vue se faufile à mes côtés. « Simple curiosité, est-ce que vous êtes avec Stella ?

— Oh non. Je suis venue avec elle, mais nous ne sommes pas ensemble. » Un rire involontaire menace.

« Bien. » La femme me fait un signe de la tête. « Est-ce que je peux aller vous chercher quelque chose à boire ? » Elle avise mon verre vide. « Vous m'avez l'air un peu à sec.

— Oh, euh, d'accord. Merci. »

Lorsque je lui tends le verre, son regard s'attarde sur moi, suivi de ses doigts. Allons bon. Serait-elle en train de me draguer ? Je n'ai pas le temps de mettre mon alliance en évidence qu'elle se dirige déjà vers le bar. Je cherche Stella des yeux au cas où j'aurais besoin qu'elle vienne à la rescousse, mais elle est toujours avec sa collègue. J'imagine qu'il y a pire qu'être courtisée par une femme chez Faye Fleming.

À son retour, j'essaie de me souvenir si elle jouait dans le film, mais son visage ne me dit rien.

« Je m'appelle Dax, annonce-t-elle en me tendant une flûte de champagne. Et vous êtes aphrodisiaque. »

Je ne peux retenir un rire. Elle plaisante ? Est-ce que cette façon de se présenter marche vraiment avec les femmes ? Il faudra que je demande à Stella.

« Ravie de faire votre connaissance, Dax. Je m'appelle Kate et je suis mariée au frère de Stella. » Je m'assure que cette fois, elle ne rate pas mon alliance.

« Ah. » Elle lève la main en guise d'excuses. « Au temps pour moi, mais si je peux me permettre, Kate, ce tailleur vous sied à merveille, et, eh bien, je n'ai pas pu me retenir de venir vous saluer. Est-ce que Monsieur Kate est là ? Est-ce que je suis dans le pétrin ? »

Je n'ai pas le sentiment que Dax s'inquiète outre-mesure de l'éventualité d'être confrontée à Kevin.

Je secoue la tête. « J'accompagne Stella. Vous étiez dans le film ? »

Dax fait signe que non. « J'accompagne aussi quelqu'un. » Elle hausse exagérément les sourcils. « Ça aurait été sympa si on avait pu s'accompagner mutuellement. »

Sa nonchalance m'amuse énormément. C'est comme si le message était parfaitement passé mais qu'elle ne pouvait quand même pas s'empêcher de flirter.

« Coucou. » Stella nous a rejointes. Je fais les présentations, même si Dax et moi venons à peine de faire connaissance.

« Oh, vous étiez incroyable dans le film ! Et vous avez roulé des pelles à Faye ! »

Une chose est sûre, Dax est hyper enthousiaste.

Nous papotons toutes les trois un petit moment, jusqu'à ce que Dax se lasse de l'impasse dans laquelle elle s'est retrouvée et s'éclipse, peut-être en quête d'une nouvelle chance.

« Si je ne m'abuse, on vient toutes les deux de se faire draguer, dis-je à Stella quand nous nous retrouvons seules.

— Toi, sans aucun doute. » Elle fait une grimace.

« Toi aussi.

— Nan. C'est juste Raimy, elle est comme ça. »

Je la contredis avec véhémence. « Raimy est très intéressée, Stella. Crois-moi.

— Ce n'est pas l'impression que j'ai eue.

— Oh, Stella...

— Dis m'en plus sur tes propres aventures. » Stella incline la tête. Elle me rappelle à nouveau ces mannequins censées représenter la fille toute simple, naturelle. Ses cheveux blonds sont ébouriffés juste comme il faut, ses yeux bleus terriblement engageants. Dans son jean taille basse et son débardeur de rien du tout, elle a l'air de ne pas avoir pris la peine de se mettre sur son trente-et-un - elle est vraiment venue comme elle est - et pourtant, elle ne détonne absolument pas.

« Ce n'était pas désagréable que quelqu'un m'aborde et m'offre un verre. Ça fait un bail que ça ne m'était pas arrivé.

— C'est ce tailleur crème, dit Stella. Et tes cheveux, bien sûr. Ils rivalisent avec la sublime crinière et les boucles extravagantes d'Ida Burton.

— Wow, Stella. » J'ai l'impression d'être toujours en train de me faire draguer. « Continue les compliments. Mieux, n'hésite pas à continuer même après notre départ.

— Quand on sera que toutes les deux au bord de la piscine ?

— Pourquoi pas ? » L'existence de Stella n'a rien à voir avec la mienne. Nous vivons cette soirée de façon très différente. Sa carrière prend son envol, alors que je traverse indéniablement un moment difficile, mais ce soir, à cette fête, entourée de toutes ces personnes super canon, et de Stella, j'ai le sentiment qu'il n'est pas impossible que les choses s'arrangent. C'est tout ce que j'attendais de cette soirée. Une lueur d'espoir. Que quelqu'un que je ne connais pas me sourie avec un regard admiratif. Je n'avais pas prévu de me faire draguer par une inconnue, ni de discuter avec Faye et Ida. J'avais juste envie de venir m'extasier. Et voir l'intérieur d'une demeure de Malibu. Et tout ça, c'est grâce à Stella.

Ce n'est peut-être qu'un minuscule pas sur la longue route que j'ai encore à parcourir, mais chaque pas compte. Chaque instant où je n'ai pas l'impression de totalement rater ma vie, chaque instant où la douleur d'avoir perdu quelque chose que je n'ai jamais vraiment eu s'estompe est une victoire notable. Je descends le champagne que Dax m'a apporté en une gorgée, jette un œil à Stella, et dit : « Reprenons une coupe parce que je passe une excellente soirée.

— Tu es beaucoup plus marrante que je pensais, en fait. »

Le regard de Stella s'attarde sur le mien, puis se dérobe lorsqu'un serveur s'avance, comme s'il nous avait entendues, et nous propose du champagne.

« Bon, et Raimy ? dis-je. Pourquoi est-ce qu'elle ne t'intéresse pas ?

— De quoi tu parles ?

— Parfois je me demande pourquoi tu es célibataire. » J'ai un peu bu et je trouve un plaisir inattendu et délicieux à asticoter Stella. « Je comprends qu'il t'ait fallu du temps pour te remettre de ce qu'il s'est passé avec Toni, mais bon... Une femme comme toi. Okay, je ne suis pas une experte, mais tu es une bombe. Tu as du talent. Et, comme je suis en train de le découvrir, c'est aussi super sympa de passer du temps avec toi. Pas étonnant que Raimy tente sa chance tant qu'elle peut.

— Merde, Kate. Est-ce que Dax a ajouté quelque chose à ton champagne ? »

L'espace d'un instant, parce que rien n'est impossible de nos jours, je m'inquiète de cette possibilité. Mais non, Stella essaie juste de changer de sujet.

« Viens. » Je prends Stella par la main et l'entraîne vers la terrasse. Malgré la foule et les quelques personnes que Stella salue au passage, nous trouvons un coin tranquille, dos à l'océan. Avant de reprendre notre conversation, j'étudie les lieux. Cette villa est aussi sensationnelle que celles qui y vivent. Peut-être qu'au lieu de refaire la maison que nous possédons déjà, Kevin et moi devrions en trouver une sur la plage. Dans tes rêves, Kate. Mary est peut-être riche mais elle n'a pas la fortune d'une star d'Hollywood. Et Kevin et moi sommes loin d'avoir les moyens de nous offrir une telle baraque. Je me concentre à nouveau sur Stella. « Je ne suis pas n'importe qui. Je suis ta famille. Tu peux te confier à moi.

— À quel sujet ? » Un sourire que je ne parviens pas à décrypter - serait-ce de la suffisance ? De la réserve ? Autre chose ? - danse sur les lèvres de Stella.

— Au sujet des raisons pour lesquelles tu ne craques pas quand une femme extrêmement séduisante te fait du gringue.

— Est-ce qu'il doit obligatoirement y avoir une raison ? » remarque Stella, dubitative.

« Non, mais en général, il y en a une. » Je pousse son pied du bout du mien, pour qu'elle sache que ça part d'une bonne intention. Que j'ai de l'affection pour elle, même si je ne l'ai pas vraiment montré par le passé.

« J'ai juste pas envie de... faire l'effort. Depuis Toni, j'ai jamais ressenti avec qui que ce soit ce que je ressentais pour elle, même pas un peu. J'aurais fait n'importe quoi pour elle, avec elle. Mon cœur lui appartenait tout entier. Et elle l'a déchiré en mille morceaux. Et je crois pas que ce soit de la peur, parce que je me suis posé la même question. Simplement, je n'ai rencontré personne avec qui je ressente la même chose.

— Je comprends. » J'espérais une réponse sincère mais je ne m'attendais pas à ce que Stella s'ouvre ainsi à moi. Toni représente encore une partie de sa vie à laquelle je n'avais pas vraiment prêté attention. Les conséquences de la rupture ont été difficiles à ignorer, mais là aussi, j'ai gardé mes distances. Maintenant que j'y pense, j'ai vraiment été nulle, comme belle-sœur. L'exemple parfait de la femme privilégiée, qui ne se préoccupe que de ses propres problèmes. « Donc, ce que tu es en train de dire, c'est qu'avec Toni, ça a été instantané ? Tu l'as vue et tu as su ? »

Stella hoche la tête avec mélancolie. « Toni... J'ai cru qu'elle était la bonne. Pas dès notre rencontre, où c'était juste une meuf qui me faisait tourner la tête, mais plus tard, quand nous sommes tombées amoureuses, j'ai su que je voulais être avec elle jusqu'à la fin de mes jours, c'est tout. Je veux pas perdre mon temps pour moins que ça. Ça m'intéresse pas. »

J'ai rencontré Toni quand elles étaient en couple, mais je ne me souviens pas qu'elle ait été à ce point spectaculaire. Bien sûr, je ne la verrai jamais avec les yeux de Stella. De la même façon que je n'aurais jamais imaginé que Stella puisse être quelqu'un avec qui je prendrais autant de plaisir à passer du temps.

Avec une profonde inspiration, Stella se redresse. « J'ai aussi un truc à te demander, Kate. Plutôt que de me poser toutes ces questions, tu ne préférerais pas papoter avec Faye et Ida ?

— Pas bête...

— Viens. Toi et moi, on peut bavarder n'importe quand dans le jardin de ma mère. » Elle enroule ses doigts autour de mon poignet. « Il est temps d'aller faire ami-ami avec de vraies stars. »

# CHAPITRE 8
## STELLA

Lorsque nous descendons du Uber qui nous a reconduites chez Maman, Kate tient encore sa paume contre la joue qu'a embrassée Faye lorsque nous avons pris congé.

« Tu veux un Xanax, un calmant ? Quelque chose qui t'aide à dormir ?

— Stellaaaa ! » Kate se trémousse comme si elle ne savait pas où se mettre.

« Chut… » Je mets un doigts sur mes lèvres. « Sortons discrètement.

— Voilà ce qui arrive quand un dernier pour la route est suivi d'un deuxième, puis d'un troisième, puis d'un quatrième, chuchote Kate. À croire qu'elles ne voulaient pas qu'on s'en aille. » Elle me reprend la main, comme des meilleures amies dans la cour de récré. Dès que nous atteignons la piscine, Kate retire son blazer et l'abandonne sur le dossier d'une chaise. Elle porte le bout de ses doigts à ses lèvres, y dépose un baiser avant de se toucher la joue. « Un dernier baiser pour Faye. »

J'explose de rire. J'ai bien l'intention de lui ressortir cette soirée pendant longtemps. Kate considère son pantalon d'un air confus. « C'est un problème si je l'enlève devant toi ?

— Non, pourquoi c'en serait un ?

— Passque t'es lesbienne, voyons. » Kate répond d'un ton hyper sérieux, même si elle est beaucoup trop éméchée pour ça.

« Je pense que mon bon vieux cœur lesbien sera capable de résister à la vue de tes jambes nues.

— C'est pas à ton cœur que je pensais. » Sans plus attendre, Kate déboutonne son pantalon et le laisse glisser le long de ses longues jambes. « On nage ?

— Asseyons-nous un peu. Évitons de réveiller tout le monde.

— Je ne sais même pas si Kevin est là. L'autre soir, il est resté dormir chez nous pour avoir le temps d'avancer dans les travaux avant d'aller au bureau. » Elle se coule dans l'un des fauteuils. « La plupart du temps, ces jours-ci, j'ai l'impression d'être aussi célibataire que toi. »

Je devrais peut-être toucher un mot à mon frère, mais il est sûrement au courant. Quoique, j'imagine que le chagrin peut pousser les gens à faire des choses qu'ils ne devraient pas faire.

« J'en suis désolée, mais Kev est quelqu'un de bien. De très bien. On le sait toutes les deux.

— Ton frère est un homme formidable. » Kate se détend dans le fauteuil, allonge les jambes. « Mais ça me ferait plaisir de voir cet homme formidable de temps en temps. Qui sait, peut-être même aller dîner en amoureux ? Ça paraît complètement impensable en ce moment. Il est quasiment inaccessible. Je veux lui laisser le temps dont il a besoin. Je n'ai pas le choix, de toute façon. Mais parfois, j'ai envie de hurler que je suis là, moi aussi. Je souffre aussi. Et j'ai besoin de lui, mais il s'est donné une sorte de mission et il ne veut pas de moi à ses côtés. Si je parviens à passer une demi-heure seule avec lui ce week-end, je devrai m'estimer heureuse.

— Et si demain, on allait chez vous ? Voir ce qu'il fabrique.

— Pour ce que j'en sais, il a tout rasé et construit une nouvelle maison à partir de rien. »

J'aimerais pouvoir lui remonter le moral. Au moins, je sais qu'elle a passé une soirée merveilleuse et qu'elle aura des souvenirs dans lesquels se replonger dans les moments sombres.

« Merci, Stella. D'être là. C'est très réconfortant pour moi que tu sois là, au cas où tu ne le saurais pas déjà.

— Si Kev est occupé tout le week-end, je te préparerai un festin demain soir.

— Argh, grogne Kate. J'ai envie de te dire oui, et merci, mais c'est samedi soir, tu n'as pas déjà des plans plus excitants ? Aller faire la bringue ? On est à L.A., il n'y a pas un tout nouveau lieu lesbien tendance à Silver Lake qu'il faut que tu ailles tester ?

— C'est à Downtown que ça se passe ces temps-ci, mais non. Je suis sortie ce soir, et, au cas où ça t'aurait échappé, j'ai une audition importante la semaine prochaine. Il faut que je sois au top, y compris physiquement.

— Je peux t'aider à réviser ton texte si tu veux. Si ça se trouve, je vais m'apercevoir qu'en fait j'aurais dû être actrice.

— Ça fait des semaines que je répète les répliques dont j'ai besoin pour l'audition et je peux les réciter par cœur. Ce qui m'inquiète plus, c'est de stresser le jour J et d'oublier mon texte, même si je le connais sur le bout des doigts.

— Le truc, alors, c'est de te détendre.

— Y a aucun moyen de se détendre avant une audition de cette ampleur. L'enjeu est colossal, et le timing est parfait. C'est le moment idéal. Je vois pas comment je pourrais être mieux préparée.

— Alors il n'y a rien de plus à faire. Si tu es prête, tu es prête. Au contraire, fais-en moins. » Kate pourrait m'asséner les plus énormes conneries ou me donner les conseils les plus sages, ça ne change rien à ce que je ressens. Je veux tellement ce rôle, je vais juste devoir faire de mon mieux et espérer que ça suffise. Et être une loque tout le week-end. Cuisiner pour Kate m'aidera peut-être à penser à autre chose.

« Maman rencontre la famille de Keanu demain.

— Oh, j'adorerais être une petite souris pour assister à ça, s'amuse Kate. Mais c'est un mec bien. Je sais que tu le trouves trop jeune pour ta mère, et je comprends, mais il l'adore, et elle apprécie clairement sa compagnie.

— Est-ce que tu es en train de me demander si je veux que ma mère soit heureuse, peu importe avec qui ?

— C'est possible. » Elle a un petit sourire en coin. « Tout est parfois si fugace. Je suis d'avis qu'il faut profiter tant qu'on peut, et dans cet esprit, je dis, vas-y Mary !

— Je devrais sans doute lui faire confiance, mais... je sais pas. C'est difficile de ne pas soupçonner qu'il en ait après son argent, avec une différence d'âge aussi marquée.

— Tu crois que Keanu en veut à ton héritage ? » Les yeux de Kate brillent. Tout cela l'amuse. J'imagine que pour elle, c'est plus divertissant que de parler de son mariage qui flanche.

« J'aimerais te dire que non, mais c'est dur de ne pas y penser.

— L'argent n'a pas toujours un effet positif sur les gens.

— Maman a pas mal d'économies. Keanu doit le savoir. Et dans ma tête, j'ai du mal à empêcher deux et deux de faire quatre.

— Mais tu les vois ensemble. Tu vois comment il est avec elle. Il est très affectueux et il y a des trucs qu'on ne peut pas feindre, comme la façon dont il la regarde.

— Peut-être que dans son esprit, il regarde un gros tas de billets.

— Quoi qu'il en soit, Mary ne se marierait jamais sans un accord prénuptial costaud.

— Tu dis ça, mais on ne sait jamais.

— Pas étonnant que tu ne lui laisses aucune chance, tu crois que Mary est la Sugar Mama de Nathan ! » Kate éclate de rire.

« Je n'ai pas envie qu'un mec à peine plus âgé que moi devienne mon beau-père.

— Tu devrais lui laisser le bénéfice du doute.

— Ou lui coller un détective privé aux fesses. » Je ne plaisante qu'à moitié.

« Oh, merde, Stella. » Kate se couvre la bouche d'une main pour retenir un gloussement tonitruant. « Arrête. Tu vas me tuer. » Son rire cesse brusquement. « Je viens de me souvenir d'un truc. La nièce de Roland vient de rompre avec sa petite amie. » Elle se redresse sur son bain de soleil. « Ne t'inquiète pas, elle est d'un âge approprié. Je sais que c'est extrêmement important pour toi, taquine-t-elle. Tu devrais peut-être la rencontrer. Ils sont tous plutôt jolis dans la famille, et elle n'échappe pas à la règle. Et si elle a le même tempérament que son oncle, ça ne lui est pas monté à la tête.

— Tu veux que je rencontre la nièce de Roland, simplement parce qu'on est lesbiennes toutes les deux ?

— C'est insultant ? » La confusion se lit sur son visage.

« C'est plus absurde qu'insultant.

— Qu'est-ce que j'ai fait de mon téléphone ? J'ai une photo d'elle à l'une des innombrables fêtes chez Skye. Elle est super avec les enfants, pour info. » Kate regarde autour d'elle. « Tu peux me passer mon sac ? Je vais te montrer à quoi elle ressemble, et on pourra poursuivre ou non cette conversation.

— Si je comprends bien... » Comme je suis curieuse, j'attrape son sac. « Tu crois que sortir avec quelqu'un va m'éviter de penser aux éventuelles intentions funestes de Keanu à l'encontre de ma mère ? C'est ça, ton idée de génie ?

— Ha ! Tu vois ! C'est toi qui l'as dit. Génial, c'est le mot. » Elle plonge la main dans son sac, farfouille dedans un moment. Comme si l'existence même de cette femme lui était entièrement due, elle me montre l'écran d'un air triomphal.

« Elle est sublime, c'est sûr, mais tu penses que je suis superficielle à ce point ?

— Il faut bien commencer quelque part si tu veux ressentir ton étincelle à nouveau.

— Si tu le dis. Et si on commençait par son nom ?

— À cet instant précis, ça ne va pas être possible. Skye a beaucoup trop d'enfants et Roland a énormément de frères et sœurs, ça pourrait être n'importe quoi.

— Traduction, tu la connais à peine.

— J'ai passé du temps avec elle.

— Jusqu'à la semaine dernière, tu avais passé du temps avec moi. Beaucoup de temps, même, et pourtant tu ne savais pas grand-chose de moi.

— Mais c'est exactement ce que je te dis, Stella. Passe du temps avec quelqu'un. Apprends à la connaître. Vois ce qu'il se passe.

— Comme ce qu'on est en train de faire.

— Ouais. Voilà. C'est sympa, non ?

—Certes. » Je jette un coup d'œil à la photo. Si je dois me fader un blind date, autant que ce soit avec quelqu'un que ma belle-sœur connaît vaguement... Et la nièce de Roland est très agréable à regarder.

« Alors, je peux organiser ça ?

— Laisse-moi te confirmer dans la matinée.

— Ça marche. » Kate étire les bras au-dessus de sa tête. « On a toutes les deux besoin d'une bonne nuit de sommeil. Je suis vidée. Qui se douterait que rencontrer des célébrités était si fatigant ? » Elle plisse les yeux et me dévisage attentivement. « Comment je vais faire quand tu seras connue ?

— Si ça ne tient qu'à toi, la nièce de Roland sera mon plus-un aux prochaines soirées.

— Et merde. Je viens de me tirer une balle dans le pied toute seule. Je suis prems pour la première fête à laquelle tu es invitée chez Nora Levine.

— Tu dis ça comme si tu étais certaine que j'allais avoir le rôle.

— Parce que je le suis. » Elle s'appuie sur ses mains pour se relever et s'assied face à moi, ses genoux nus contre les miens. « Je sais que tu vas y arriver, Stella. Parce que je sais que tu es formidable. » Elle agite son téléphone. « Et je vais faire en sorte que la nièce de Roland, quel que soit son nom, le sache, elle aussi. »

## CHAPITRE 9
## KATE

« Coucou, Kev ! » Stella salue son frère d'un coup de poing que son impressionnant biceps sent probablement à peine. « Ça baigne ? »

Kevin m'a raconté qu'après la mort de leur père, quand Stella n'avait que neuf ans et que lui était déjà à l'université, il s'était senti une responsabilité plus paternelle que fraternelle envers elle. Qu'il était très heureux d'avoir choisi d'étudier à UCLA, où sa mère enseignait à l'époque, au lieu de s'envoler pour une fac sur la Côte Est, afin d'être présent pour Stella.

Pour cette raison, malgré leur importante différence d'âge, ils ont toujours été plus proches que la plupart des frères et sœurs. Ils s'adulent mutuellement, même si, jusqu'à récemment, de mon point de vue ignorant et très subjectif, je trouvais que Kevin et Mary avaient surprotégé Stella pendant bien trop longtemps, cédant à tous ses caprices, l'autorisant à ne pas travailler pendant qu'elle essayait de devenir actrice.

« Tu imagines comme il est douloureux d'aller de refus en refus ? » m'a un jour demandé Kevin après que j'aie fait une énième remarque sur l'évidente paresse de sa sœur. « Tu as une idée de la force que ça exige, de se relever, encore et encore ? »

Kevin répond à Stella d'un petit coup de coude facétieux dans l'épaule. L'espace d'un instant, les voir ensemble me rappelle comment Kevin serait avec son propre enfant… et que je suis incapable de lui donner ce qu'il désire le plus au monde.

« Tu n'as pas arraché le toit, constate Stella. C'est déjà ça. » Kevin grogne avant de se tourner vers moi. Il est couvert de poussière et de sueur, à l'opposé de la version de lui en costume à laquelle je me suis habituée.

« Salut, ma puce. Désolé de ne pas être rentré à la maison hier soir. Je voulais vraiment terminer ce mur. » Il m'ouvre ses bras et je le laisse volontiers m'enlacer.

« Tu m'as manqué. » Je presse mon nez contre son cou et inhale son odeur. « Rentre ce soir, s'il te plaît. » L'ironie de la situation ne m'échappe pas, quand je lui demande, devant notre propre maison de « rentrer » au pool house de sa mère.

« J'essaierai.

— C'est Stella qui prépare le dîner. »

Le frisson amusé qui parcourt son corps fait mon bonheur. « Ah bah ça alors !

— Si vous vous liguez contre moi, vous pouvez faire une croix dessus, se défend Stella. Je prendrai un truc à emporter.

— Alors, cette grande soirée, c'était comment ? » Kevin relâche son étreinte.

« Ta femme ne s'est pas trop ridiculisée, répond Stella avec un clin d'œil à mon intention.

— Mon comportement a été exemplaire, c'est ce qu'elle essaie de dire. » Je prends la main de Kevin, pour prolonger encore un peu le contact avec lui. « C'était fantastique. Faye Fleming est hyper chaleureuse, et sympa, tout simplement. Et cette maison ! Skye va se faire pipi dessus quand je vais lui raconter.

— Tu sais qui l'a conçue ? » demande Kevin. Avant de se spécialiser dans la conception de bâtiments publics au design dévastateur, le cabinet de Mary, où il travaille depuis la fin de ses études, dessinait les plans des somptueuses villas des stars de cinéma. Ce qui me rappelle...

Je fais non de la tête. « Tu vas à Washington la semaine prochaine ?

— Ah oui, c'est vrai. Je ne te l'ai pas dit ? » Il me serre un peu plus fort la main d'un air penaud. « J'ai oublié, mais oui, nous candidatons à un projet du Bernheim Institute. Maman et moi partons lundi soir, après le casting de Stella, pour présenter notre dossier. C'est une grosse semaine pour tous les Flack. »

Si ma dernière tentative de FIV avait réussi, je serais enceinte de six semaines, et pour moi aussi ce serait une grosse semaine. Mais je me réjouis pour ma famille, évidemment.

« Vous revenez quand ?

— Jeudi, répond Kevin. Tu connais Maman, elle veut profiter qu'elle est là-bas pour entretenir ses relations. Elle a tout un tas de déjeuners et de dîners de prévus.

— Et elle adore se pavaner avec Kevin. » Stella se tapote le menton. « Peut-être que bientôt, elle emmènera Keanu à ta place.

— Nathan n'est pas architecte, à ma connaissance. » Kevin insiste sur le vrai prénom de Nathan.

« Mais il est très doué de ses mains, rétorque Stella, imitant Mary. »

Kevin lui lance un regard réprobateur. « Ses mains et lui viennent m'aider demain.

— Kev, si tu as besoin que je fasse quoi que ce soit, tu sais que je me défends aussi.

— Je sais, ma puce, mais ton tour viendra. Il faut juste que j'abatte encore un mur ou deux. Laisse-moi m'occuper de ça pour l'instant.

— Pour info, je propose pas d'aider, intervient Stella, sans doute pour alléger l'atmosphère.

— Ça m'aurait étonné.

— Tu seras là pour le dîner ? » Le regard de Stella sur son frère s'est adouci. Elle aussi a dû remarquer qu'il s'épuise dans un projet totalement inutile.

« Je te dis ça par SMS plus tard, en fonction de comment j'avance. J'aimerais finir les travaux de démolition avant mon départ pour Washington.

— C'est toi qui vois.

— Dis… » Kevin m'entraine un peu à l'écart, hors de portée de voix de Stella. « J'ai besoin de faire ça par moi-même. Je ne sais pas comment l'expliquer autrement, mais quand je suis ici, quand je fais tout ça, je me sens… mieux. Comme si j'allais m'en sortir. Comme si je pouvais… je sais pas, trouver des solutions, ou un truc à faire, si j'y consacre le temps qu'il faut. »

*Et moi ?* Je n'insiste pas, parce que je peux lui accorder ça. Et, étrangement, j'ai Stella à mes côtés, à présent. « Pas de souci, dis-je à la place. Je comprends.

— Ça va ? » Son ton est suppliant et je crains de lui briser le cœur si j'ose lui dire la vérité. Si j'ose répondre non.

« Ça ira. J'ai du travail et Skye et ta famille sont merveilleux.

— Je t'ai toujours dit que Stella était une gamine super. » Il m'adresse un petit sourire en coin avant de passer ses doigts dans ses boucles poivre et sel, les laissant encore plus en désordre… un peu comme mon cœur.

« J'espère que je te verrai ce soir. » Je l'embrasse sur la bouche, mais je le sens déjà s'esquiver partiellement, se réfugier là où il a besoin de disparaître pour se retrouver. Je sais qu'il ne rentrera pas ce soir. Il n'y aura que Stella et moi, une fois de plus.

---

« Nous y allons. » Le regard de Mary s'appesantit sur moi plus longuement qu'à l'ordinaire, ce qui me donne la très nette impression qu'elle s'inquiète plus à mon sujet que de rencontrer ses éventuels futurs beaux-parents. Bien qu'à la vérité, personne n'ait encore parlé mariage. « Garde un œil sur Stella. Fais attention à ce qu'elle ne mette pas le feu à la cuisine.

— J'ai entendu ! crie Stella. Pourquoi est-ce que tout le monde doute de mes compétences culinaires ?

— Peut-être parce que certains jours, je me demande si je ne devrais pas te faire hospitaliser pour réparer ton pouce, répond Mary, du tac au tac. À cause de tous les repas que tu commandes sur ton téléphone.

— On est à L.A. L'éventail de choix est infini. Ce serait dommage de ne pas en profiter », rétorque vivement Stella. « Pour info, le temps et l'énergie nécessaires à la préparation d'un repas ne valent pas la peine quand on peut se faire livrer sur le pas de sa porte.

— On peut avoir cette conversation aussi souvent que tu le souhaites, riposte Mary. Mais à un moment, il faudra bien que tu acceptes que tout ce qui vient naturellement à la génération Z ne va pas toujours de soi pour ta vieille mère. Si ça peut te consoler, c'était pareil avec ma mère, et avec la sienne auparavant. C'est un cycle sans fin d'incompréhension, même si, à ma décharge, les avancées technologiques sont difficiles à suivre de nos jours. »

À sa façon de parler, je m'aperçois que Mary est peut-être un peu tendue, finalement. Toute Mary Flack qu'elle est, elle stresse aussi dans les moments importants. Et Nathan est important pour elle, ça ne fait pas de doute.

« Amuse-toi bien, Maman. » Je ne m'attendais pas à ce que Stella vienne embrasser sa mère pour lui souhaiter bonne chance et bonne soirée.

« Vous aussi, les filles. » Mary nous fait la bise à toutes les deux. Nathan nous salue de la main.

« C'était comment, quand Kev t'a invitée à la maison pour te présenter à Maman ? » Stella se met aux fourneaux.

« Pas aussi intimidant qu'on pourrait croire, étant donné qu'il s'agissait de Mary Flack. Heureusement que Kev m'avait dit qu'elle appréciait mon travail, même si nous n'avions jamais eu affaire l'une à l'autre en direct, seulement par son intermédiaire à lui. » Je sors une bouteille de vin du frigo et m'assoie de l'autre côté de l'îlot. « J'ai su qu'elle m'aimait bien dès qu'elle m'a demandé de redécorer le salon, même si je soupçonne encore Kev d'y être pour quelque chose. Ils l'ont toujours tous les deux nié, mais on ne m'empêchera pas de le croire. » Je nous sers un verre de blanc à chacune et en glisse un vers Stella. « Intuition féminine, on va dire.

— Toni tremblait comme une feuille la première fois. Tu imagines ? Toni, qui n'avait jamais peur de rien, même pas de tomber sous le charme de ma meilleure copine, était terrifiée à l'idée de rencontrer ma mère. » Stella boit une gorgée.

« Ta mère peut faire un peu peur, mais seulement quand on ne la connaît pas. C'est une question d'image, c'est le risque quand on est une femme qui réussit dans un monde d'hommes.

— Mon père est mort il y a tellement longtemps que je me souviens à peine de lui, mais Maman a toujours été là, commente Stella d'un ton nostalgique. Et quelle mère ! Je n'aurais pas pu rêver mieux. Ou alors elle était très douée pour trouver les meilleures nounous du monde. »

Je pense à mes parents dans l'Iowa, que je n'ai pas vus depuis trop longtemps. Nous nous appelons régulièrement, mais au bout d'un moment, quand tout ce qu'on a à partager ce sont des mauvaises nouvelles, on commence inconsciemment à associer un FaceTime avec sa mère aux larmes et au chagrin.

« À Mary. » Je lève mon verre. « J'ai hâte qu'elle nous raconte sa soirée.

— Peut-être que ce sont les parents de Nathan qui sont intimidés, pas l'inverse. Peut-être que ma mère n'est pas la première femme d'âge mûr qu'il leur présente. » Stella ricane. «

Peut-être que c'est son truc et qu'ils se disent, c'est reparti pour un tour avec une nouvelle cougar, mais au moins celle-là est une architecte célèbre. »

L'instant de jubilation que nous partageons me fait oublier encore un peu plus mes propres difficultés.

# CHAPITRE 10
## STELLA

« Une fois de plus, dit Kate, je dois reconnaître que je t'ai sous-estimée, Stella Flack. » Elle pointe sa fourchette vers son assiette. « C'est délicieux.

— Merci. » J'incline la tête. Je n'ai rien préparé de très élaboré. On ne trouve pas que des plats à se faire livrer sur internet. Il y a plein de recettes faciles mais délicieuses, tout à fait accessibles aux gens qui ont vécu toute leur vie chez leur mère et ne cuisinent pas souvent. « Pas mal, pour une fifille à sa maman, tu veux dire.

— Tu m'ôtes les mots de la bouche. » Le visage de Kate s'assombrit.

« Qu'est-ce qu'il y a ? » Nous avons passé suffisamment de temps ensemble dernièrement pour que je baisse la garde et parle sans réfléchir. Pour que je lui demande ce qui ne va pas, comme ça.

« À force de parler de ta mère, ça m'a fait penser à ton père. Perdre son père si jeune, te voir grandir sans lui, même si ta mère a été formidable, ça a vraiment donné à Kevin l'envie de devenir père lui-même. C'est tellement ancré en lui que c'est devenu inébranlable. » Elle balaie le sujet de la main. « Mais ne repartons pas là-dessus.

— T'inquiète, je la rassure. On peut en parler. Je veux que tu m'en parles. Kev est mon frère et tu es sa femme. Je vous aime tous les deux. Je veux que tu te sentes libre de parler.

— Merci. » La fourchette de Kate harponne un morceau de courgette grillée. « Honnêtement Stella, si j'avais su que tu étais quelqu'un d'aussi génial, j'aurais passé plus de temps avec toi dès le départ.

— J'ai toujours été géniale, tu sais. » Je bats des paupières, juste pour qu'elle sache que je ne suis pas aussi imbue de ma personne.

« C'est ça, le truc. Je ne le savais pas. Mais j'aurais dû. C'est de ma faute, je me suis conduite comme une idiote. Et à cause de nos âges, aussi, sans doute. On a quoi ? Dix, onze ans d'écart ? La différence n'est pas gigantesque, mais quand on s'est rencontrées, elle paraissait plus importante.

— C'est pas grave, Kate. Tu peux être franche et me dire que tu me considérais comme la gosse gâtée d'une meuf blindée de thune, à qui son frère passait tout parce que leur papa est mort quand elle avait neuf ans. Je comprends. On peut pas dire que j'ai fait des masses d'efforts pour que tu changes d'avis.

— Quand tu dis ça comme ça, c'est horrible. » Les joues de Kate s'empourprent.

« J'étais occupée à vivre ma vie et toi à vivre la tienne. C'est comme ça, ou en tout cas, ça arrive. Laisse tomber, et trinquons à notre toute nouvelle amitié. »

Pour toute réponse, Kate remplit nos verres.

« Tu sais, j'ai bien vu comment Kev s'est comporté, cette aprem. Sans doute qu'il tient de notre père, je sais pas. Ce côté pas bavard, sombre. Maman est pas du tout comme ça, et moi non plus. Mais il fait son deuil, je comprends. » Je marque une pause. « C'est peut-être pas à moi de le dire, mais il y a d'autres façons de devenir parents. Dans la communauté queer, on est obligés de faire preuve de plus d'imagination pour avoir des enfants.

— Je sais. Ça ne devrait pas être la fin du voyage. Il y a la maternité de substitution, l'adoption. C'est peut-être égoïste de notre part, voire arrogant, d'avoir voulu ce que nous voulions. Mais ça reste ce que nous voulons.

— C'est ni égoïste ni arrogant. C'est la biologie. L'évolution. C'est ce que les êtres humains ont toujours fait parce que la procréation fait partie de notre ADN.

— Le plus accablant, je crois, c'est qu'on ne peut pas faire pire comme combinaison que Kevin et moi. Peut-être que s'il avait épousé une autre femme, avec un utérus plus accueillant, ses spermatozoïdes s'en seraient sortis. Et peut-être que si j'avais épousé... » Elle ne finit pas sa phrase. On ne peut pas tout dire à sa belle-sœur, je suppose.

« Mais Kev et toi êtes super ensemble. » J'hésite un instant avant de manger le morceau de pappardelle qui se trouve sur ma fourchette, au cas où je devrais consoler Kate un peu plus. « Vous allez vous en sortir, trouver des moyens d'être heureux. »

Kate hoche la tête sans conviction. « Ça prendra du temps. En attendant que ça passe, il y a pire endroit où vivre. » Elle esquisse un sourire. « On mange bien, et en excellente compagnie. »

Maman se réjouissait à l'idée d'être grand-mère, je le sais. Et j'espérais devenir tata, mais notre déception n'est rien à côté de ce que Kevin et Kate endurent.

« À ce propos... la semaine prochaine, dis-je. Il n'y aura que toi, moi, et Keanu à la maison. »

Un sourire sincère apparaît sur le visage de Kate. J'ai beau détester que ma mère sorte avec cet homme bien plus jeune qu'elle, il reste un bon sujet de conversation.

« Tu es la bienvenue dans le pool house. C'est presque un pavillon, en réalité.

— Il y a qu'une chambre !

— Et alors ? »

Je fais non la tête. « Je ne laisserai pas Keanu me chasser de la maison dans laquelle j'ai grandi. » C'est ma maison, ai-je envie d'ajouter, mais ce n'est pas vrai. C'est la maison de ma mère, et elle a fait preuve d'une grande générosité en me laissant y vivre aussi longtemps que je le souhaite. Comme pas mal de gens de ma génération, je ne supporte pas l'idée de quitter l'Hôtel Maman. « Mais peut-être que toi, tu devrais emménager dans la maison principale pendant que Kev n'est pas là. Il y a largement la place.

— Je vais y réfléchir, mais comment ça se passe si tu sors avec Elena ? » Kate s'est souvenu du prénom de la nièce de Roland. « Et que tu veux la ramener chez toi ?

— Si ça se produit, ce sera pas la semaine prochaine. »

Kate acquiesce, comme si elle était totalement sur la même longueur d'ondes que moi.

« Mon audition est lundi et j'espère décrocher un call back. Je vais pas en plus stresser pour un blind date.

— Tu veux que je prenne ma journée et que je t'y conduise ? propose Kate.

— C'est gentil, mais ça va aller. » L'appréhension me vrille l'estomac et j'en lâche ma fourchette. « J'aurai peut-être besoin de soutien moral lundi soir. Je ne suis pas sûre de vouloir pleurer sur l'épaule de Keanu si c'est une catastrophe.

— Et Hayley ?

— En déplacement jusqu'à mardi. » Je baisse la tête.

« Tu peux compter sur moi, Stella. Je serai là.

— Merci.

— Je ne fais que te renvoyer l'ascenseur.

— Est-ce que c'est vraiment… c'est vraiment un renvoi d'ascenseur quand ça reste en famille ?

— Peut-être pas quand on est lié par le sang… »

Je rigole. « Ça l'est quand on se retrouve coincées ensemble à cause des membres de notre famille et qu'on n'a plus qu'à croiser les doigts pour que ça se passe bien, comme nous. »

Kate lève son verre de vin. « Voilà ! »

Nous trinquons. « Est-ce que quelqu'un a parlé de moi à la nièce de Roland ou pas encore ? » Je pose la question parce que c'est le week-end qui précède l'audition, et malgré l'inévitable anxiété, c'est aussi un moment où tout est possible. L'espoir règne toujours en maître parce qu'il peut encore se passer n'importe quoi. Le rôle ne m'a pas encore été refusé.

« J'avais prévu d'en parler à Skye lundi, mais je peux accélérer les choses si tu veux. » Kate me sourit. « Pour info, vous formeriez un couple super sexy, toutes les deux.

— Venant de ma belle-sœur, c'est un compliment qui vaut son pesant de cacahuètes ! Mais non, ça peut attendre, j'étais juste curieuse. » J'ai tourné dans un film qui cartonne au box office, Elena a peut-être entendu parler de moi…

« En tout cas, je suis contente que tu aies décidé de tenter ta chance à nouveau.

— Hum, je commence à me dire qu'en fait, ton objectif c'est de vivre un peu par procuration, vu que tu es casée avec Kev depuis dix ans. Je peux même pas imaginer comment c'est d'être avec quelqu'un depuis si longtemps. » Bien qu'à une époque, j'envisageais sérieusement de demander Toni en mariage.

« C'est assez génial mais… ouais, il peut arriver que l'esprit vagabonde. » Kate porte sa main à sa bouche. « Pardon. Je ne suis pas certaine que tu sois la bonne personne à qui parler de ça. C'est sorti tout seul, à cause, euh, de la nature de notre conversation.

— T'inquiète. C'est pas parce que c'est mon frère que tu peux pas te confier à moi. Notre amitié n'est pas conditionnée à Kevin. On peut vraiment parler de tout. »

— D'accord. Dans ce cas, j'ai une question pour toi. » Les yeux marron de Kate se posent sur moi. Elle a toujours eu un regard très doux. C'est ce que j'ai dit à Kev quand il m'a demandé ce que je pensais de Kate et que je ne savais pas quoi répondre parce que je la connaissais à peine et que Kate n'a jamais fait aucun effort pour que ça change.

« Oh, merde. Est-ce qu'il faut que je me prépare psychologiquement ?

—Peut-être. » Elle serre les lèvres d'un air songeur.

« Allez, vas-y. Envoie. » Je redresse les épaules par avance.

« Est-ce que tu as été avec qui que ce soit depuis Toni ? » Son regard semble s'adoucir encore.

Parce que la question vient de Kate, je sais qu'elle n'essaie pas de se mêler de mes affaires, comme ma mère, qui veut à tout prix que sa cadette retrouve l'amour. « Je suis sortie avec quelques personnes, mais je n'ai jamais ressenti ce truc, tu sais ?

— L'étincelle furtive dont tu parlais hier ? demande Kate.

— Elle est pas si furtive que ça.

— Je crois que si, surtout si tu l'attends avec passivité.

— Qu'est-ce que tu veux dire ?

— J'étais avec toi hier soir, Stella. Tu es sexy, célibataire, une jeune actrice très prometteuse. J'ai vu comment certaines femmes te regardaient. Celle qui a essayé de te draguer, par exemple. Comment s'appelle-t-elle ? Raimy ?

— Je suis pas la seule à m'être fait draguer, si tu te souviens.

— Mais je ne suis ni célibataire ni homo. Je ne cherche pas. Ça n'a rien à voir.

— Pourquoi est-ce que j'ai le sentiment que je suis en train de me faire disputer pour quelque chose que je n'ai pas fait ? » C'est surtout le ton de Kate qui est déroutant. Ses mots ne collent pas avec sa façon de me regarder.

« Je ne me permettrais jamais de te disputer. Je trouve juste... infiniment intrigant que tu sois célibataire.

— Infiniment intrigant, hein ? » Maintenant que j'y pense, Kate ne cesse de ramener la conversation à ma situation amoureuse, alors que moi, je ne m'en préoccupe pas des masses. «

Pour tout te dire, si ça fait si mal d'aimer, je suis pas sûre d'en avoir encore très envie. Je suis pas sûre que ça vaille la peine.

— Tu parles de la façon dont Toni t'a blessée, à cause de Sheena ?

— Elles m'ont blessée toutes les deux et... Ouais. J'aime bien qui je suis. Okay, j'habite avec ma mère, et je sais ce que pensent les gens, mais je m'en fous, parce que, pour être honnête, c'est formidable de vivre avec Maman. Jusqu'ici en tout cas. On verra comment ça se passe avec Nathan.

— Il ne s'agit pas seulement d'où tu habites, cela dit...

— Je ne tombe plus amoureuse aussi facilement qu'avant, je crois. Je suis sûre que la peur joue aussi un rôle. Mais ma génération ne considère plus non plus le couple comme sacrosaint. On remet tout en question, en particulier chez les lesbiennes. » Je souris. « Pour info, Hayley et moi avons tenté le plan sexfriends, mais ça a fait un flop direct.

— Pourquoi ? » Kate se détend contre le dossier de sa chaise. Cette conversation lui plaît, c'est évident... beaucoup plus qu'avoir une sexfriend ne m'a plu.

« C'est Hayley. Ça peut pas fonctionner avec elle.

— Qui a proposé d'essayer ?

— C'est elle. »

Kate prend un air pensif, ses sourcils bien dessinés tout froncés. « Est-ce qu'elle avait un crush sur toi ?

— Non.

— J'imagine que ça peut être délicat, quand on est, hum, deux femmes homos.

— Non. Quand il se passe quelque chose de plus, on le sent. L'atmosphère change. C'est jamais arrivé avec Hayley, et c'est pour ça que j'ai jamais pu coucher avec elle. Si c'était ce dont j'avais envie, je sortirais vraiment avec elle.

— Mais qui dit qu'elle n'aurait pas voulu sortir avec toi ?

— Moi. » Est-ce que Kate fait exprès de ne pas comprendre ? « Quand on s'est embrassées, c'est elle qui a le plus rigolé.

— Les rires peuvent servir à masquer toutes sortes de choses. » Elle presse ses lèvres l'une contre l'autre et hoche la tête, les yeux plissés, comme si elle avait toutes les réponses. Bizarrement, ça ne m'agace pas. Je ne pense même pas qu'elle essaie de me décontenancer. Elle tente juste de me tirer les vers du nez sur un sujet que je n'aborde pas facilement. Peut-être pour équilibrer avec ce que je sais de son mariage avec mon frère.

« Hayley et moi, ça marchera jamais. Je l'adore, mais nos différences nous rendent fondamentalement incompatibles pour une relation amoureuse. » J'ajoute malicieusement : « Si tu veux voir les têtes se retourner, tu devrais accompagner Hayley à une teuf lesbienne. Il suffit qu'elle fasse son entrée pour que toutes les meufs qui cherchent un plan saphique tombent à ses pieds.

— Ah bon ? » Kate se mord la lèvre inférieure, comme si elle essayait d'imaginer à quoi ressemble Hayley.

« Je te jure. »

Les doigts de Kate tambourinent doucement sur la table. « Je vais te dire un truc, d'accord ? Un truc que je n'ai pas osé te dire l'autre soir.

— Je t'écoute. » C'est à mon tour de lui sourire d'un air satisfait, même si je n'ai aucune idée de la direction que va prendre la conversation.

« Quand tu m'as demandé si j'avais, euh... fantasmé sur Faye Fleming... » On dirait que Kate a refait le plein de confiance en elle ce soir. Sa voix est ferme, son ton presque cash.

Je hoche la tête avec un sourire d'encouragement, sans un mot.

« J'ai effectivement fantasmé... là-dessus. Même si je t'ai répondu que non quand tu m'as posé la question. »

Je n'aurais probablement pas dû la poser, cette question. « Okay. » Comment suis-je censée réagir à cette confession ? C'est le genre de truc qu'on se raconte dans les soirées entre filles, j'imagine, quand les confidences ne sortent pas de la pièce. « Je suis contente pour toi. ». *Je suis contente pour toi ?* Wow. J'ai beau bien aimer la personne que je suis, je ne suis pas dingue de cette réponse. Vraiment, je n'ai pas trouvé mieux ? « Je veux dire, euh, Faye est une bombe.

— Je ne sais pas pourquoi je ne te l'ai pas dit sur le moment. C'est ce que ça sous-entend, quand je dis que je pourrais virer ma cuti pour Faye, de toute façon. » Son ton est un peu plus hésitant à présent.

« Et, hum, Faye est la seule femme au sujet de qui tu as... eu ces pensées ? » Au point où on en est, autant passer ma curiosité.

# CHAPITRE 11
# KATE

Je ne m'attendais pas au tour qu'a pris la soirée. C'est comme si mon cerveau avait perdu le contrôle de ma bouche. Ou alors j'apprécie tellement la compagnie de Stella que je me sens vraiment libre de m'exprimer. Je peux être dans l'instant, tout simplement.

« Peut-être pas. » Je ne sais pas très bien où je veux en venir. Quoique, quelque part, je commence à en avoir une vague idée. Parce que pour être franche, même sans compter la fête d'hier soir, ça fait longtemps que je ne me suis pas autant amusée. De longs mois, voire des années. Une partie de moi est heureuse que Kevin ne soit pas là parce que, bien que sa compagnie me manque, il aurait plombé la soirée. C'est l'effet que nous avons ces temps-ci lorsque nous sommes tous les deux dans la même pièce, et que tous nos faux pas remontent à la surface comme l'eau qui bouillonne.

C'est pour ça qu'il a trouvé une raison à peu près valable de m'éviter, m'a larguée avec sa mère et sa sœur, comme ça il savait qu'au moins quelqu'un prendrait soin de moi, et qu'il n'aurait pas à le faire lui-même. Il ne l'a pas dit en ces termes, mais nous n'avons pas grand-chose à faire ensemble à l'heure actuelle. Il a sa maison à rebâtir, j'ai Stella. Et donc me voilà, laissant s'échapper de ma bouche des mots que je devrais vraiment retenir. Peut-être que moi aussi j'ai besoin de démolir un mur, métaphorique celui-là. Peut-être que j'ai besoin de faire quelque chose de dangereux, d'irréfléchi. Comme de casser quelque chose. Je note dans un coin de ma tête d'acheter de la vaisselle pas chère au bazar, juste pour la pulvériser, la voir voler en éclats devant mes yeux.

« Qui ? » Le visage de Stella est l'innocence incarnée, et pourquoi en serait-il autrement ? Stella, si charmante, si éblouissante, avec qui il est si facile d'être. Il y a des milliards de gens sur cette planète, et parmi les quelques dizaines que je connais, c'est avec elle que je préfère passer du temps, parce qu'elle n'a pas d'enfants. Elle est célibataire et avoir des enfants ne lui traverse même pas l'esprit.

Elle est juste autocentrée comme il me faut. En plus, elle m'a emmenée à la fête de Faye. La voir embrasser Faye à l'écran a défait l'un des nombreux nœuds de mon estomac, et je rêve de ressentir cette sensation une nouvelle fois.

« Je ne peux pas te le dire. Ne me redemande pas, parce que c'est vraiment impossible.

— C'est pas comme ça que ça marche. » Stella se penche au-dessus de la table. J'aurais dû me douter qu'elle ne se contenterait pas de cette réponse. « Tu nous lances sur le sujet et maintenant tu veux que je m'arrête ? Au moment où ça devient intéressant ? » Quelque chose brille dans ses yeux. « Je sais qu'on parle de femmes mais juste pour être sûre, c'est pas Nathan, hein ? Je peux comprendre qu'il fasse craquer une hétéro, je crois. Il est... »

Je l'interromps d'un geste. « Ce n'est absolument pas Nathan.

— Ouf. Ça aurait été bien trop compliqué. » Elle se recule à nouveau. « Tu veux que je continue à essayer de deviner ? À condition que ce soit quelqu'un que je connaisse, bien sûr. »

Je la regarde dans les yeux. Ils sont bleus, vifs, attirants. Ses cheveux mi-longs sont retenus loin de son visage dans un chignon flou. Les Flack sont tous tellement séduisants que c'en est ridicule, et le fait qu'ils n'en semblent pas conscients, ou qu'ils n'attachent aucune importance à leur apparence ajoute encore à leur charme. Stella serait d'ailleurs sans doute vexée si je lui disais qu'avec un tel physique, elle ne peut que réussir. Ce ne serait pourtant pas une insulte.

« Je suis désolée, Stella. » Il faut que j'étouffe ses spéculations dans l'œuf. « Je plaisantais, je n'aurais pas dû. Il n'y a personne. » Je me lève, empile nos assiettes. « Laisse-moi débarrasser. C'est le moins que je puisse faire après le délicieux repas que tu m'as préparé. »

Stella me regarde bizarrement mais n'insiste pas. Elle met peut-être mon comportement incohérent sur le compte de ce que j'ai traversé... un délire de non-mère.

« Tu veux faire un jacuzzi ? La météo est idéale ce soir. »

Je réponds sans réfléchir.

« Avec plaisir.

— Rapporte une bouteille de vin. » Stella a déjà commencé à déboutonner son chemisier. Attendez... Elle ne monte pas enfiler un maillot de bain ?

« Tu y vas toute nue ? » J'en manque de lâcher les assiettes.

« Oh, merde. » Elle s'interrompt, une main sur le front. « J'ai intérêt à changer mes habitudes maintenant que Keanu vit aussi ici. » Elle reprend son déboutonnage. « Keanu n'est pas là, cela dit. Mais si ça te met mal à l'aise, je peux comprendre. » Elle me lance un clin d'œil. « Je suis une star de cinéma, maintenant, après tout. » Elle se lève et ramasse la salière et la poivrière. « Et avec tous les fantasmes de stars que tu as eu récemment... » Elle entre dans la maison en rigolant ouvertement, me laissant ruminer les choix qui se présentent à moi. Trop tard pour reculer...

« Maintenant qu'on a de l'eau jusqu'au menton, ça t'ennuie si je retire le haut ? » Stella soupire comme si devoir porter un bikini dans son propre jardin était le sacrifice le plus contraignant qu'on lui ait jamais demandé. « Ça me soûle d'être en maillot dans le jacuzzi. » Elle se renfrogne. « Mince. Ça m'a fait imaginer Maman et Keanu dans le jacuzzi. Sans maillots. Vite, Kate, fais moi penser à autre chose pour effacer cette image insupportable ! » Ses mains couvrent son visage. « Argh. »

Je ne peux pas m'empêcher de rire, tout en cherchant une pensée chaste pour remplacer celle qui torture Stella. J'essaie de me souvenir d'une blague, mais comme d'habitude, quand on en a besoin, rien ne vient.

« Pense à Elena, je lâche finalement.

— Elle est trop canon », répond Stella, qui retire néanmoins ses mains de devant ses yeux. « Ça va. C'est passé. » Elle enlève son haut de bikini et le catapulte sur la pelouse.

Détournant rapidement mon regard, je le focalise sur l'arrière de la maison. « Quelle vue. » C'est assez facile de comprendre pourquoi Mary a choisi de mettre le jacuzzi à cet endroit. L'éclairage extérieur donne à la maison une allure encore plus spectaculaire. Bien que celle que Kevin a bâtie pour nous soit loin d'être modeste, je peux néanmoins m'estimer heureuse d'être ici, même si c'est pour de mauvaises raisons.

« N'est-ce pas ? Au cas où tu n'aurais pas remarqué, les Flack adoooorent bâtir des trucs. Enfin, tous sauf une Flack.

— C'est une demeure magnifique. » La paroi vitrée qui ouvre sur le jardin me laisse songeuse.

« Et après, on se demande pourquoi je n'ai jamais déménagé. Je crois que je partirai jamais. C'est peut-être pour ça que Toni m'a trompée avec Sheena. Je n'ai pas emménagé avec elle au moment où elle le souhaitait, parce que je vivais ici.

— La décoratrice en moi comprend qu'on puisse être attaché

à un endroit, mais ça ne peut pas être au point de t'empêcher d'emménager avec la femme que tu aimes. C'est limite malsain.

— Je plaisantais, Kate. C'est pas comme si j'avais pas emménagé avec Toni parce que j'étais trop bien ici. Je trouvais juste que c'était trop tôt. Nous n'étions ensemble que depuis quelques mois quand elle a commencé à en parler.

— Et pourtant tu voulais l'épouser.

— À terme, oui, et on aurait fini par vivre ensemble. Évidemment. Mais j'aime pas qu'on me mette la pression et apparemment, j'ai merdé.

— Parfois, je crois, deux personnes peuvent tomber amoureuses, même si elles sont déjà avec quelqu'un, même si elles aiment la personne avec qui elles sont en couple, même si cette personne est merveilleuse. Ça arrive tout le temps, des histoires de ce genre.

— Ça ne leur donnait pas le droit de coucher ensemble derrière mon dos.

— Non, c'est vrai. »

Stella se redresse légèrement et ses tétons ne sont plus qu'à moitié dissimulés sous l'eau. Elle ne semble pas s'en rendre compte. Elle doit se sentir aussi à l'aise avec moi que je le lui suis avec elle, même si je commence à l'être de moins en moins.

« Tu as déjà eu un crush sur quelqu'un d'autre depuis que tu es avec Kev ? demande Stella. Un vrai, pas pour une star.

— Rien qui dure suffisamment longtemps pour que je m'en souvienne. »

Stella poursuit d'un air songeur. « Je me demande seulement ce qui fait que de la sensation initiale qu'on a peut-être des sentiments pour quelqu'un qui vont au-delà de l'amitié, qu'on commence à regarder et voir cette personne différemment, on en arrive à passer à l'acte, et à trahir celle qu'on aime. » Elle glisse une main dans ses cheveux, dévoilant au passage encore un peu plus ses seins. « C'était mon obsession, quand Toni m'a annoncé qu'elle me quittait pour Sheena. J'avais besoin de savoir. C'était arrivé quand ? Pourquoi je m'en étais pas rendu compte ? De quoi j'ai l'air, sérieux ? Ma petite amie et ma meilleure amie ? » Elle gonfle ses joues puis relâche l'air qu'elle a inspiré. « Ça montre à quel point je suis autocentrée, comme me l'a fait remarquer Toni à l'époque.

— Si c'est tout ce qu'elle a trouvé pour se défendre, c'est nul. Elle essayait sans doute de se donner bonne conscience.

— L'autre jour, je me demandais si elle irait voir *Like No One Else* avec Sheena, sans savoir que je suis dedans, et me verrait embrasser Faye Fleming sur grand écran.

— Ça te ferait plaisir ?

— Tu m'étonnes !

— Toni est fan de Lana Lynch ?

— Je te défie de trouver une lesbienne qui ne le soit pas, rit Stella. Et qui ne kiffe pas Fida.

— Fida ?

— Faye et Ida. Deux stars absolues qui se mettent en couple, jouent dans un film lesbien, et font leur coming-out, c'est énorme, encore aujourd'hui. J'aimerais que ça ne soit pas le cas, que ce soit juste une anecdote sans intérêt, mais ça reste énorme. Toutes les lesbiennes que je connais kiffent Fida pour ce qu'elles ont fait pour la communauté ! Même si, et d'ailleurs j'en ai parlé avec Faye sur le tournage, elles sont extrêmement privilégiées. Si elles, elles ne le font pas, alors qui peut ? Quoique le point de vue d'Ida sur la question ait été très différent pendant toutes ces années où elle était dans le placard.

— Les temps changent, on dirait. » Je ne pense pas que mon propre avis très privilégié sur le sujet passionne Stella.

« Je suis consciente que moi aussi, je suis privilégiée, bien sûr. Regarde où je me trouve. Qui ma mère est. Et, en plus de ça, je suis une bombe atomique, à en croire ma belle-sœur. »

C'est peut-être dû à la température de l'eau mais je sens une vague de chaleur monter du plus profond de moi jusqu'à mes joues. « Ne me fais pas dire ce que je n'ai pas dit, Stella. Je n'ai jamais employé ce mot.

— Ah bon ? » Stella me sourit à pleines dents. « Il me semblait, pourtant.

— Ça ne veut pas dire que ça n'est pas vrai. » Mon regard glisse vers sa poitrine. L'atmosphère change encore, en tout cas en ce qui me concerne. Mais je n'ai qu'une envie, que cette sensation dure jusqu'au bout de la nuit, voire les jours qui suivent, afin que la première pensée qui me vienne au réveil ne soit pas que je ne peux pas avoir d'enfants, que mon mari n'est pas à mes côtés pour en discuter ou réfléchir à des pistes ou des possibilités, que je suis seule et triste, et que la seule personne qui est vraiment là pour moi, bien que ce soit par la force des choses plutôt qu'un choix de sa part, c'est Stella. Qui est sublimissime et effectivement une bombe atomique et les moments que je partage avec elle sont les plus sympas que j'aie passés depuis longtemps. Alors qu'importe si les choses commencent à s'embrouiller dans mon esprit troublé. Si je flirte avec ma belle-sœur. Quelle importance ? Sur le moment, je n'ai pas le sentiment d'avoir grand-chose de plus à perdre. « Tu es aussi séduisante qu'une star d'Hollywood peut l'être. Toni ne sait pas ce qu'elle a perdu. Elena a bien de la chance d'avoir rendez-vous avec toi. »

Le corps de Stella s'immerge et seules ses épaules demeurent visibles à présent. « Tu es sûre que ça va ? » Elle fait une pause. « C'est l'effet de l'alcool en plus du jacuzzi ? Tout le monde ne supporte pas…

— Rien de tout ça. »

Elle plisse les yeux comme pour mieux lire mon visage et comprendre à quoi je joue.

Sous l'eau, j'étends mes jambes. Je faufile mon mollet derrière sa cheville. Je n'arrive plus à réfléchir. Je ne réfléchis plus du tout, en fait.

Stella penche la tête sur le côté, reprend un peu son souffle, mais ne dit rien. Elle ne m'arrête pas et ça suffit pour que je trouve le peu de courage qu'il me reste. De nos jambes entrelacées je l'attire vers moi.

« Kate, murmure Stella. Qu'est-ce... »

Je ne la laisse pas finir sa phrase. Je pose mes lèvres sur les siennes. Et ce n'est pas comme si j'en avais envie depuis des jours, ni que je crushe soudain sur elle depuis que je vis dans le pool house. Tout ce que je sais, c'est que je veux l'embrasser. Que je veux ressentir quelque chose d'assez puissant pour faire taire toutes les autres émotions qui m'habitent.

Avant que le baiser n'aille plus loin, Stella se retire. « Non. Non. Non, répète-t-elle. Oh non. Pas question. » Elle se redresse à toute vitesse et s'assoit sur le bord. « Putain, Kate! » Elle secoue la tête. « Je ne... Ce n'était... Non, quoi.

— Je suis désolée. » *Oh merde.* Un instant, un millième de seconde à ne penser à rien d'autre qu'à ce dont j'avais envie dans l'instant, et j'ai tout fichu en l'air à nouveau. J'ai fait fuir la personne qui m'apporte le plus de réconfort.

Stella couvre sa poitrine de ses mains le temps de trouver une serviette. Elle en repère une de l'autre côté du jacuzzi, se lève et s'éloigne, sans un mot. Ruisselante, elle disparaît dans la maison.

## CHAPITRE 12
## STELLA

Je sais pas quoi faire. Avec Kate dans le jardin, j'ai l'impression d'être prisonnière dans ma propre maison. Mais qu'est-ce qui vient de se passer, bordel ? On n'était pas en train de flirter, si ? Pas moi, en tout cas. Je ferais jamais ça, c'est la femme de mon frère ! Je me douche rapidement pour me remettre les idées au clair et m'habille, superposant les couches de vêtements jusqu'à ce que mon corps sature. C'est parce que j'ai retiré mon haut de maillot de bain ? Je touche mes lèvres du bout des doigts, là où Kate m'a embrassée. Bordel de merde. Pourquoi elle m'a embrassée ? Est-ce qu'il y avait un truc dans l'air qui m'a échappé ? Peut-être un peu. La conversation a peut-être viré un peu plus personnelle, un peu plus espiègle qu'avant. Je lui ai servi le dîner au bord de la piscine, aussi. Mais je n'avais pas d'arrière-pensée, j'essayais seulement d'être une belle-sœur attentionnée, de la distraire de tout ce qui débloque dans sa vie.

J'ose pas regarder par la fenêtre. Je ferme les stores sur l'arrière. Mais qu'est-ce qui lui a pris ? Je fais les cent pas dans le salon. Quelle heure il est ? Maman et Keanu ne vont peut-être pas tarder à rentrer, ou peut-être que si. Je ne sais pas comment sont les parents de Keanu. Si ça se trouve, ils sont tous les meilleurs potes du monde à l'heure qu'il est. Où est Kevin quand j'ai besoin de lui ? Quand sa femme a vraiment besoin de lui ?

Est-ce que je devrais aller parler à Kate ? Désamorcer la bombe avant qu'il soit trop tard ? Ce serait peut-être une bonne idée. On devrait peut-être mettre tout ça derrière nous au plus vite pour pouvoir faire comme s'il s'était rien passé. Je ne suis pas une grande fan du déni parce qu'on se fait toujours rattraper au tournant, mais parfois, on a pas le choix. Kate et moi sommes de la même famille. Elle habite avec nous. Je vais pas pouvoir la ghoster.

Je ressors par la porte de derrière. La lumière du pool house est allumée. Kate doit être mortifiée, se demander ce qui lui a pris. Je frappe doucement à la porte. « Kate ? C'est moi. On peut se parler ? »

J'entends des pas. Dès que la porte s'ouvre, Kate enfouit son visage dans ses mains. « Je suis tellement désolée, bafouille-t-elle. Tu ne peux pas savoir à quel point.

— C'est pas grave.

— Je ne sais pas pourquoi j'ai fait ça.

— Eh. » Je retire gentiment ses mains de son visage. « Ça va aller. Ça arrive. On a pas besoin d'en faire un drame. On peut faire comme si c'était pas arrivé. C'était rien. » Sauf que ce n'était pas rien et pourtant, ça ne peut rien être d'autre.

« D'accord, chuchote Kate. C'était rien. Je te promets, Stella, c'était rien. Un moment d'égarement. C'était...

— Rien. Bien. Je suis contente qu'on soit d'accord.

— N'en parle pas à Kev. N'en parle à personne, s'il te plaît.

— Il n'y a rien à raconter de toute façon.

— Merci. Mille fois. Je culpabilise complètement... » Kate resserre son peignoir au maximum avant de s'effondrer dans un fauteuil. Elle laisse sa tête retomber contre le dossier. « Oh merde. Tout déconne en ce moment. Regarde-moi... Je suis toute seule dans ce putain de pool house, qui est ravissant, en fait, mais ça ne change rien.

— Je sais que c'est super tendu actuellement. » Je m'accroupis à côté d'elle. « Mais ça ne durera pas éternellement. »

Kate avale bruyamment sa salive. Elle hoche vaguement la tête. « Merde. » Elle presse les paumes de ses mains contre ses yeux. « Il n'y a qu'avec toi que je me sens mieux, renifle-t-elle. Je... » Encore des larmes, que seules de brusques inspirations viennent interrompre.

« Ça va aller. Pleure un bon coup. » Je lui touche brièvement le genou, en prenant garde que le geste soit le plus chaste possible. « Tu as le droit. »

Et c'est ce qu'elle fait. Kate pleure, encore et encore, expulsant toutes les larmes qui sont restées enfermées à l'intérieur depuis bien trop longtemps. Je n'ai pas beaucoup de souvenirs de la mort de mon père, mais je sais que je n'ai pas pu pleurer pendant des lustres. Il a fallu une méchante engueulade avec Kevin, un jeu entre frère et sœur qui a dégénéré en bagarre, pour que j'explose enfin en larmes.

J'ai pleuré des seaux, comme Kate à présent, et ensuite, pendant un moment, je me suis sentie un peu mieux. Au fil du temps, je me suis sentie de mieux en mieux. Maman s'est plongée dans le boulot et engrangeait des commandes de plus en plus importantes. Kevin a rencontré Kate et s'est marié. Je me suis consacrée à mon rêve de devenir actrice, je me suis perfectionnée dans l'art d'essuyer les refus et j'ai appris à me relever plus vite à chaque fois. Et des fois, il y en a eu d'innombrables.

Et donc, malgré ce qu'il vient de se passer, ou peut-être à cause de ça, je laisse Kate pleurer aussi longtemps qu'elle le désire, jusqu'à ce que mes jambes soient saisies de crampes. Je m'affaisse sur le sol à côté d'elle, la main sur son genou, juste pour qu'elle sache que je suis là, et je la laisse pleurer ce qu'elle a perdu et ce qu'elle n'aura jamais. Le rêve qu'elle a dû abandonner, la vie dont elle a toujours eu envie mais qui n'est pas à l'ordre du jour. Je la laisse oublier ce baiser, si on peut même appeler ça un baiser. Nos lèvres se sont à peine touchées avant que j'y mette un terme. Quand on y pense, nous n'avons même pas besoin de prétendre qu'il ne s'est rien passé, parce que ça aurait tout aussi bien pu ne pas arriver.

J'attrape une boîte de mouchoirs dans le meuble derrière moi et la lui tend. Kate sort mouchoir sur mouchoir jusqu'à ce qu'un tas de petites boules blanches s'empile sur le sol.

« Ne reste pas ici ce soir. » J'ai attendu qu'elle sèche suffisamment ses joues. « La chambre d'amis est prête. Dors à la maison. Tu te sentiras peut-être moins seule.

— Peut-être. » Lorsqu'elle lève les yeux vers moi, ils brillent de nouvelles larmes. « Tu es d'une gentillesse et d'une attention incroyables. Tu es…

— Je peux très facilement redevenir la gosse gâtée que tu as toujours cru que j'étais, si tu préfères. » Je sais pas si c'est le moment de plaisanter, mais bon, un peu de légèreté ne fait jamais de mal.

« Je ne crois pas, non. Je crois que tu n'as jamais été une gosse gâtée.

— Allez. » Je m'efforce de me lever. « Tu as besoin que je te prenne des affaires ?

— C'est bon. Accorde-moi juste un instant. » Le regard de Kate parcourt la pièce comme si elle ne reconnaissait rien de ce qui lui appartient.

— Prends ton temps. » Je me dirige vers la porte. « Je peux parler à Kevin. Lui faire comprendre que tu ne vas pas bien.

— Je crois que Kevin le sait.

— Dis-moi si je peux faire quoi que ce soit.

— Tu fais déjà tellement, Stella. » Sur ces mots, elle se retourne et disparaît dans la salle de bain.

Kate débarque dans la cuisine au moment où Nathan me propose un pancake. « Bonjour, Kate, salue-t-il. Plus on est de fous, plus on rit.

— Je comprends que tu aies besoin d'intimité, dit Maman, mais le pool house, ça va pour quelques nuits, c'est tout. Je suis heureuse que tu aies décidé de t'installer à la maison. »

Kate et moi échangeons un regard. Elle vient s'asseoir à l'îlot de cuisine, à l'endroit exact d'où elle m'observait hier soir.

Je remercie Nathan pour la pile de pancakes qu'il vient de déposer devant moi.

« Prends aussi des fruits, ma chérie », intime Maman.

Pour eux, c'est un dimanche matin comme les autres.

« Comment s'est passée votre soirée ? » demande Kate d'une voix un peu rauque. Elle n'a pas dû beaucoup dormir. Moi non plus, d'ailleurs.

« Super, commente Nathan avec sa nonchalance habituelle, comme si Maman et lui avaient dîné avec des amis et pas chez ses parents.

— Harry et Hope sont merveilleux, renchérit Maman. Nous leur rendrons l'invitation bientôt. » Elle regarde Nathan avec tendresse. Magnifique. Apparemment, les présentations aux parents n'ont fait que renforcer leur lien. « Et ici ? La cuisine n'a pas pris feu ? » Non, pas la cuisine, je pense intérieurement.

« Ta fille cuisine très bien, déclare Kate. C'était délicieux. Nous avons partagé un très bon moment.

— Tant mieux. » Si Maman savait… Même si, hier soir, nous avons décidé qu'il ne s'était rien passé, en fait.

Nathan a refait des pancakes. Sans demander, il sert à Kate une assiette pleine.

De l'extérieur, tout ça ressemble à un dimanche matin en famille parfait, mais il n'en est rien. Le petit ami de ma mère est toujours trop jeune pour que j'accepte pleinement la situation. Kate ne peut toujours pas avoir d'enfant. Ma belle-sœur a essayé de m'embrasser dans le jacuzzi hier soir et l'absence de mon frère est toujours aussi flagrante.

« J'imagine que Kev n'a pas montré le bout de son nez ? » Maman ne parvient pas à dissimuler la tension dans sa voix.

Kate et moi secouons la tête de concert.

« Je vais passer pas mal de temps avec lui cette semaine. J'essaierai de percer la muraille derrière laquelle il se cache. » Elle me fixe. « Mais avant cela, ma fille chérie. » Elle rayonne de fierté, comme si j'avais déjà obtenu le rôle. J'ai envie de hurler, tu me mets trop de pression ! « Demain est un grand jour. »

Je prends une bouchée de pancake. Ils sont meilleurs que ceux de Maman, mais le moment serait mal choisi pour le lui dire. Je me contente d'un « Tu m'étonnes ».

« Tu as le trac ? » demande Nathan en coupant des fruits.

Maman s'approche et colle ses hanches contre lui. Je ne sais pas comment je vais pouvoir m'y habituer. Sans doute à force d'y être exposée le dimanche matin.

« À fond, j'avoue. Mon agent n'arrête pas de me répéter que j'ai toutes mes chances. Le scénario est excellent. C'est pas une comédie quelconque, même si je ne refuserais pas si on m'en proposait une. C'est plutôt une dramédie, c'est très à la mode en ce moment, et puis l'idée de bosser avec Nora Levine... » C'est comme si mon esprit n'osait pas s'aventurer sur cette voie. Tout le monde parle du « nouveau projet de Nora Levine », mais il y a deux rôles principaux à parts égales : celui de Nora et celui que je vise.

« Est-ce que tu as besoin que je sois là demain soir ? demande Nathan. En l'absence de ta mère ? » Est-ce que Keanu va jouer les papas avec moi maintenant ?

« Pas la peine.

— Quand sauras-tu si tu es rappelée ? s'enquiert Kate.

— Ça peut être immédiat, comme ça peut être plus tard dans la journée, voire dans la semaine. Ça dépend d'un million de détails sur lesquels j'ai aucun contrôle.

— Je serai là, Stella. » La main de Kate m'effleure le dos. Avant la soirée d'hier, ça aurait été un geste de soutien anodin entre belles-sœurs, mais ce matin, je pourrais l'interpréter différemment. Il s'avère également que prétendre que cette esquisse de baiser n'a jamais eu lieu est plus complexe que prévu. Mais je dois me concentrer sur mon audition.

« Merci pour le petit-déjeuner, mon trésor. » Maman embrasse Keanu sur la joue sous mes yeux et je jurerais que Kate et moi tressaillons en même temps . « Dans les prochaines heures, je serai dans mon bureau, je dois préparer la semaine qui vient. »

Keanu l'attire contre lui un instant, puis la libère. En passant, sa main frôle mon épaule.

« Est-ce que je peux te parler une minute, Stella ? demande Nathan dès qu'elle a quitté la pièce.

— Euh, bien sûr.

— Tu veux que j'aille finir dans le jardin ? propose Kate en désignant son assiette à moitié vide.

— Non, puisque tu vis aussi ici, nous devrions discuter tous les trois. » Nathan appuie ses coudes sur l'îlot. « Je voudrais juste vous dire que je serai discret quand Mary sera partie. Je sais que nous cherchons tous encore nos marques avec cette orga. » Le mec vient vraiment de dire « orga » pour parler du fait qu'il vit avec ma mère. « Mais c'est important pour moi que vous ne me voyiez pas comme une sorte d'intrus ou quoi. J'essaierai de ne pas prendre trop de place. » Le problème avec Keanu, c'est qu'il est charmant, en fait. Ce serait beaucoup plus simple pour moi de le détester si c'était un sale type, mais c'est tout le contraire. « J'ai un boulot urgent à faire aux Studios Burbank, un réalisateur en vogue qui a décidé qu'il lui fallait de tout nouveaux décors d'ici la fin de la semaine. Tu sais comment ça se passe. » Il s'est adressé à moi. J'aimerais bien savoir comment ça se passe, ça voudrait dire que je passe ma vie sur les plateaux de tournage. « Mais je veux aussi que vous sachiez que je suis là si l'une de vous a besoin de moi.

— Merci, Nathan. » Je ne sais pas très bien que dire de plus.

— J'apprécie. » Kate lui sourit chaleureusement. « Vraiment.

— Kev et moi montons un nouveau mur dans votre chambre, alors… » Il sirote son café un instant avant d'apporter deux bols de salade de fruits. « Mangez. C'est bon pour la santé. » Et revoilà le papa. Il a beau être le petit ami de ma mère, il ne sera jamais mon beau-père.

« Je passerai tout à l'heure, annonce Kate.

— Je vais me préparer. Bonne journée, mesdames.

— Merci », répondons-nous en chœur. Nous attendons qu'il se soit éloigné pour échanger un regard.

« Putain, ce mec.

— C'est vraiment une crème. Comme si Mary avait remporté le gros lot, remarque Kate, incrédule. Il est beau, doué de ses mains, et il n'a pas un gramme de masculinité toxique.

— C'est vrai que ses pancakes sont délicieux. » J'attrape mon bol de fruits. « Et il coupe les mangues à la perfection. »

## CHAPITRE 13
## KATE

L'humiliation de la soirée de la veille n'a pas disparu, mais plaisanter avec Stella aide à estomper la tension. Je me demande si je dois lui en reparler ou s'il vaut mieux oublier, comme nous l'avons décidé.

« Quels sont tes plans aujourd'hui ? » Je tente d'insuffler toute la nonchalance dont je suis capable dans la question.

« Essayer de ne pas stresser », répond Stella. Son bol à la main, elle tourne son tabouret dans ma direction. « Est-ce que… euh… il faut qu'on parle ? On a encore des choses à dire ? »

Ignorer ce baiser est nettement plus facile à dire qu'à faire. Mais quel autre choix avons-nous ? Quel autre choix ai-je ? Je secoue la tête. « J'aimerais juste te présenter des excuses une dernière fois. Je suis tellement désolée. Je ne sais pas ce qui m'a pris. C'était déplacé, et j'espère que ça ne change pas trop les choses entre nous. » Parce que j'ai besoin de toi. Je le pense mais je ne le dis pas.

« On va laisser du temps au temps, et on oubliera, mais, euh, dis-moi, Kate… » Stella se penche vers moi. « Qu'est-ce qui t'a fait craquer ? J'ai retourné la question dans tous les sens… » Elle prend un air faussement lubrique. « Et j'en ai tiré la seule conclusion plausible, qui est que tu as trouvé mes nichons tellement fascinants que tu as été incapable de résister à la tentation de m'embrasser. »

Nous éclatons toutes les deux de rire, et mes muscles se dénouent enfin. C'est pour ça que j'ai besoin d'elle. Pour ce genre de trucs. Parce qu'elle est l'inverse de ce que j'ai toujours cru qu'elle était : quelqu'un qui se prend tellement au sérieux qu'elle ne voit qu'elle.

Une idée me traverse l'esprit. Lorsque nos rires se sont apaisés, je demande, « Tu sais ce que j'aime faire quand j'ai besoin de me changer les idées avant de rencontrer un nouveau client important ?

— Tu n'as qu'une seule belle-sœur à embrasser par inadvertance dans le jacuzzi, et j'imagine que ce n'est pas ça.

— Okay, d'accord, tu peux te moquer de moi aussi longtemps que tu le voudras, et au moins jusqu'à ton audition. » Je lui lance un regard faussement sévère.

« Oh, merci, Kate ! » Elle serre ses mains sur son cœur.

« Ce que j'aime, c'est regarder des comédies romantiques, dont certaines avec Faye Fleming, mais… » Mes doigts tambourinent d'excitation sur le comptoir. « Je pense qu'on devrait retourner voir ton film cette après-midi. » J'observe Stella. C'est aussi simple que ça. Quelques blagues et nous voilà redevenues comme avant. « Comme ça, tu te verras en action et ça te rappellera comme tu es douée. Et pour être honnête, j'adorerais le revoir dans des circonstances plus détendues. » Et avec Stella à côté de moi, cette fois, afin d'assister à sa réaction quand elle se verra.

« Mais tu trouves déjà que je suis égocentrique. Tu es sûre que je devrais m'admirer sur grand écran ? » Stella sourit. « C'est une excellente idée, cela dit. On peut passer voir ta maison en route.

— Laisse tomber. Kev et Nathan se débrouilleront sans nous. » J'espère bien que Kevin fera une apparition ce soir, puisqu'il sera absent quasiment toute la semaine prochaine. « Tu vas devoir porter une casquette et des lunettes de soleil quand nous arriverons au cinéma, sinon tu risques d'être reconnue.

— Reconnue ? » Le dos de la main de Stella s'envole jusqu'à son front. « Moi ?

— Ça ne t'est jamais arrivé ?

— Seulement après la pub pour la DivaCup et c'était super gênant. » Elle ricane. « Je n'ai pas beaucoup quitté la maison depuis la sortie du film, le moment est peut-être venu de tenter l'expérience. » Elle se tapote ostensiblement le menton du bout des doigts. « Quand on y réfléchit, la seule conséquence évidente de ce rôle, c'est que ma belle-sœur a tenté de m'embrasser... »

Je lève les yeux au ciel, parce que je peux. Elle ne va pas me lâcher, elle va me torturer avec ça, et ça me va. Je préfère ça à me prendre la tête toute seule en silence.

―――

Le cinéma est blindé et, spontanément, je me penche vers Stella, m'éloignant de l'inconnu qui est assis de l'autre côté. Stella a proposé que nous choisissions une banquette pour deux, mais j'ai mis ça sur le compte de la plaisanterie.

La scène du fameux baiser ne va plus tarder, un frisson d'anticipation me parcourt le corps. Je profite de chaque instant où le personnage de Stella n'est pas à l'écran pour la regarder à la dérobée. Elle est complètement focalisée sur le film. J'espère que ma suggestion a l'effet espéré et qu'elle y trouve un peu plus de confiance en se voyant au sommet de son art.

À l'écran, les visages de Lana et Cleo se rapprochent. Leurs lèvres se touchent et c'est comme si je sentais Lana qui embrasse Cleo, ou Cleo qui embrasse Lana... Stella qui embrasse Faye, et Faye c'est moi. Évidemment. Sauf que là,

Stella ne recule pas. Loin de s'interrompre avant même d'avoir commencé, le baiser s'approfondit. Elles s'ouvrent leurs lèvres et je ne suis plus sûre que ce soit de Stella et du fait qu'elle embrasse Faye que je suis jalouse.

« C'est assez embarrassant, en fait, chuchote Stella à mon oreille, me tirant de mon rêve éveillé. Je t'en prie, promets-moi que tu me crois quand je te dis que je ne suis pas à ce point autour de moi-même que j'apprécie de me voir embrasser quelqu'un à l'écran. C'est pas vraiment mon trip. »

Je ne parviens à répondre que d'un vague grognement. Lana et Cleo s'embrassent toujours et l'alchimie qui les unit est tangible. Quand ce film sera-t-il accessible en VOD, pour que je puisse le revoir quand j'en ai envie ? Mais non, en fait, parce que c'est de voir Stella et Faye s'embrasser que tout est parti et je commence à me dire que c'est peut-être moi qui suis égoïste. Je voulais revoir cette scène. Je voulais revoir Stella embrasser une femme comme elle n'a pas pu m'embrasser.

« Ça va ? Tu veux qu'on parte ?

— Pas question, refuse Stella. J'aurais l'air d'être l'homophobe qui s'enfuit en voyant deux femmes se bécoter. »

Quelqu'un au rang derrière le nôtre nous fait taire, à juste titre.

Stella murmure des excuses et met son doigt devant sa bouche. Cette bouche ravissante, délicieusement tentante. Mais tout n'est pas encore perdu. Mon mari passera peut-être la nuit avec moi ce soir et me fera peut-être me sentir à nouveau comme une épouse. Comme quelqu'un qui est aimé pour autre chose que sa propension biologique à porter un enfant. Si seulement…

À la fin du film, les spectateurs applaudissent. S'ils savaient que l'une des stars est parmi eux ! Stella n'a remis ni sa casquette ni ses lunettes de soleil, et nous émergeons à peine de notre rangée que quelqu'un la repère.

« Oh la vache ! s'écrie la fille. C'est Cleo Palmer !

— En chair et en os, plaisante Stella. Mais ne me demandez pas de vous chanter une chanson, même si je dois pouvoir me débrouiller dans un duo. »

À la voir, on croirait que c'est son quotidien, qu'elle est une star de cinéma qui a su garder les pieds sur terre et ne rechigne pas à plaisanter avec ses fans à la sortie du cinéma.

Stella se prête au jeu des photos avec quelques spectatrices puis, lorsque nous sommes enfin sur le trottoir, elle trouve mon regard. « C'était top. Merci, Kate.

— Et si on faisait un selfie ? » Moi aussi, j'ai l'impression qu'il me faut un souvenir de ce week-end.

« Tu n'as qu'à faire semblant que je suis Faye, rigole Stella en balançant son bras autour de mes épaules, comme si la nuit dernière n'était déjà plus qu'un lointain souvenir qu'elle se remémorerait un jour, mais pas avant longtemps.

— Pas la peine. » Je lève mon téléphone et prends la photo. « Tu es Stella Flack. Et demain, tu vas casser la baraque. »

# CHAPITRE 14
## STELLA

« Comment ça s'est passé ? » Je suis à peine sortie de la voiture - à peine garée - que Kate fonce vers moi.

« Super ! Je pense que je m'en suis bien tirée, mais bon, on sait jamais. Si ça se trouve, ils cherchent quelque chose de totalement différent. » L'enthousiasme de Kate est contagieux.

« Mon intuition me dit que le rôle est à toi, affirme-t-elle, une main sur le cœur. Est-ce qu'ils t'ont dit quand tu saurais ?

— S'ils me rappellent, ça devrait être dans la journée. Mon agent me préviendra. » J'avais Damian en ligne sur tout le chemin du retour, pour lui raconter chaque détail. Il a des tonnes de clients, dont bon nombre sont bien plus charismatiques que moi, mais il a tellement envie que je décroche ce rôle que sa voix tremblotait de ouf.

« Et quand je dis rappeler, c'est pour vérifier que l'alchimie fonctionne entre Nora Levine et moi. » Rien que d'y penser, j'en ai des sueurs froides à nouveau.

Kate m'entraîne vers la maison. « Mary et Kev sont partis il y a à peu près une heure. Ils ne pouvaient pas attendre plus longtemps sans risquer de manquer leur avion.

— Maman m'a envoyé un SMS. Elle me téléphonera dès

qu'ils auront atterri à Washington. » Je reprends mon souffle. « Comment allait Kev ? Tu as pu passer du temps avec lui ? »

Kate écarte ma question. « On a toute la semaine pour parler de Kevin. D'abord, tu vas me raconter ton audition dans les moindres détails. Qui était là ? Qu'est-ce qu'ils ont dit ? À quel point as-tu cassé la baraque ?

— Pour des rôles de ce calibre, on ne te fait pas poireauter pendant des heures dans une salle d'attente miteuse avec des dizaines d'autres femmes un million de fois plus jolies que toi, donc c'était déjà bien parti. Tout était plutôt classieux, et personne ne s'est montré grossier ou m'a laissé entendre qu'ils n'auraient aucun mal à trouver quelqu'un d'autre.

— La vache, quand tu présentes les choses comme ça...

— On s'habitue. On se blinde. On n'a pas le choix. Sinon, on s'effondre après chaque casting et c'est intenable. » J'expire en conscience, pour relâcher les tensions de mon corps... même si je ne pourrais pas me détendre complètement tant que je n'aurai pas de nouvelles de Damian. « Cela étant dit, si je n'obtiens pas au moins un call back pour celui-ci, je vais effectivement m'effondrer, et il faudra recoller les morceaux. » J'aperçois la piscine par la fenêtre. « Je vais peut-être aller nager. Pour me débarrasser de toute cette nervosité. » Je souris à Kate. C'est tellement tentant de la faire bisquer, maintenant. « Ne t'en fais pas, je porterai un maillot de bain.

— Tu n'es pas obligée. » Elle ne réagit même pas. Elle est déjà habituée. « Sois toi-même. Fais ce que tu ferais si je n'étais pas là.

— Tu sais à quelle heure Nathan rentre ? »

Kate fait non de la tête. « Je ne suis pas sûre. Tard, je crois.

— Maman a zappé ça, quand elle lui a proposé de vivre ici. J'aime bien nager topless, mais maintenant c'est impossible, parce qu'il peut débarquer à tout moment.

— Et si tu retirais tous les vêtements que tu souhaites et je fais le guet ? Je surveillerai ton téléphone, aussi. Je serai à l'affût de ton appel super important. »

L'appréhension me tord l'estomac. C'est pas juste le rôle. Un boulot comme celui-ci me changerait la vie. J'aurais un travail stable pour la toute première fois. Je pourrais jouer tout le temps. Bref, tous mes rêves se réaliseraient.

« Si ça t'embête pas, je veux bien, merci beaucoup.

— Avec plaisir. » Kate tend la main et je lui confie mon portable, non sans avoir vérifié pour la énième fois que je ne l'ai pas mis en mode silencieux par erreur. « Je serai ton assistante personnelle.

— Oh, à ce propos... » Je reprends mon appareil et cherche le sms que j'ai reçu tout à l'heure.

Juste pour te dire merde, Stella. Tu vas déchirer. Bises. Faye

« Oh mon dieu. » Kate ouvre de grands yeux. « Elle s'en est souvenu !

— Tu l'as pas mal répété vers la fin de la soirée, faut dire.

— Peut-être, mais regarde le résultat. » Kate ne quitte pas mon portable des yeux, comme si Faye était cachée à l'intérieur. Soudain, l'écran s'illumine et la sonnerie stridente retentit.

« Oh, putain. C'est Damian. » Le nom et la photo de mon agent s'affichent. « Oh, putain. J'ai peur de décrocher.

— Vas-y, réponds. C'est une bonne nouvelle. Je le sais. »

Je n'ai pas le choix. Hors de question que cet appel atterrisse sur la messagerie.

« Allo, Damian ? » Je ne fais rien pour camoufler mon stress.

« Stella. Salut. » En deux mots, le ton de sa voix m'indique tout ce que j'ai besoin de savoir. « Je suis désolé. J'ai parlé longuement avec le directeur de casting. Ils t'ont adorée. Je te le jure, c'est vrai, mais pas pour ce rôle-ci. Je suis vraiment désolé.

— Oh. » Je ne peux rien dire de plus, mon corps tout entier s'affaisse. Ça fait des jours que j'attends ce moment et au final, la réponse est toujours la même. « D'accord.

— Écoute, pas mal de gens bien placés savent que tu existes, à présent. Ce ne sont pas des paroles en l'air, Stella. Je ne suis pas en train de te servir du blabla d'agent. Je vais te trouver le rôle que tu mérites. Je te le promets. »

Je n'ai plus l'énergie nécessaire pour réagir. J'ai tout mis dans ma préparation pour cette audition.

« Je sais que c'est dur et que tu es extrêmement déçue, Stella. Et tu as raison de l'être. Tant pis pour eux. Ils ne savent pas ce qu'ils ratent. Mais les choses ne font que commencer pour toi. On a déjà connu ça, toi et moi. Et à chaque fois qu'on se fait assommer, on se relève, et on avance un peu plus. C'est comme ça que ça marche. Mais n'oublie pas, tu as tourné un film important, où tout le monde t'a remarquée. La remarquable Stella, je vais t'appeler comme ça désormais.

— Il faut que je raccroche, Damian. Merci.

— Tu m'appelles quand tu veux, OK ? »

Je coupe la conversation et même si j'aimerais ne pas être le genre de personne qui pleure quand elle n'obtient pas de call back, les larmes me montent aux yeux.

« Oh, Stella. » Kate ouvre ses bras, et je me laisse aller dans son étreinte.

« Merde. Merde, merde, merde, dis-je dans ses cheveux.

— Enfoirés, répond Kate. Enfoirés ignares, imbéciles, aveugles. » Elle me serre fort contre elle. « Je n'y crois pas. »

J'essaie de me calmer en inspirant profondément à plusieurs reprises, mais l'ampleur de la déception me paralyse. Damian peut me baratiner autant qu'il veut, et peut-être qu'il était partiellement sincère, mais une fois de plus, je n'ai pas atteint mon objectif. Une fois de plus, mon corps est en proie à l'intense brûlure du rejet. Je ne peux pas prétendre que ce n'est pas le cas. Et le pire, c'est que je ne peux rien y faire.

« Salut. » Nathan fait son entrée. « Oh non. Stella.

— Elle ne l'a pas eu, dit Kate en me caressant les cheveux.

— Je suis tellement désolé. » Qu'est-ce qu'il fait déjà là ? Il avait pas du bois à scier pour un tournage auquel je participerai jamais ? Dans ces moments-là, après un énième coup de fil m'annonçant un refus, j'ai l'impression que jamais je remettrai les pieds sur un plateau.

Je me détache des bras de Kate.

« Je me suis dit que j'allais rentrer pour célébrer ou compatir avec vous. » Il pose brièvement une main un peu gênée sur mon bras.

« Je croyais que tu avais un boulot urgent, s'étonne Kate.

— Le travail passe après la famille. » Il y a une telle évidence dans sa voix qu'on croirait que nous sommes réellement parents.

« Tu pourrais le rappeler à mon mari ? » lâche Kate.

Nathan ne sait pas quoi répondre. Curieusement, j'apprécie sa présence. De ne pas être seule. D'être effectivement entourée de gens qui me sont proches, et là pour m'aider à supporter le plus gros du choc.

« On n'a pas le choix, il me semble. » Nathan se dirige vers le bar. « Il nous faut des shots. » Il sort une bouteille de tequila encore scellée. « J'attendais l'occasion de l'ouvrir et c'est donc aujourd'hui. » Je n'imagine pas Nathan faire ça quand Maman est là. Je me tourne vers Kate, cherche son regard.

« Pourquoi pas, dit-elle. Ce n'est pas comme si l'une de nous était enceinte de toute façon. »

---

Une multitude de shots plus tard, la douleur s'est estompée et une question me brûle les lèvres.

Nathan s'est improvisé barman dans la cuisine extérieure et nous approvisionne en shots, citron, sel, et quelques trucs à grignoter pour absorber l'alcool un minimum.

« Je peux te demander un truc, barman ? » J'ai l'impression que les mots sonnent encore à peu près correctement, mais je suis sans doute pas la mieux placée pour en juger. Mon seul objectif ce soir, c'est de prendre la cuite de ma vie pour oublier que c'est pas encore aujourd'hui que je vais percer à Hollywood. Kate et Nathan se sont enfilé autant de shots que moi. Ils ne me laissent absolument pas boire seule, ce que j'apprécie, surtout que je suis la seule à ne pas aller bosser demain.

« Un autre ? » La main de Nathan est déjà sur la bouteille.

« Nan. On devrait faire une pause.

— Je vais peut-être aller me tremper dans la piscine, annonce Kate.

— Non, Kate, ne fais pas ça. » Je pose ma main sur son genou, comme si je pouvais l'en empêcher.

— Pourquoi ?

— Tu es bourrée et on n'a pas de maître-nageur. » Je suis hyper sérieuse.

Ils rigolent tous les deux. « On n'a pas besoin de maître-nageur !

— Nathan, écoute. » Ça y est, j'ai du mal à articuler. « Je sais que ma mère est exceptionnelle et tout, mais un mec comme toi, musclé, beau, doué de ses mains… Tu pourrais te taper n'importe quelle meuf. Pourquoi ma mère ?

— Parce que Mary est la femme la plus extraordinaire que j'ai jamais rencontrée », répond-il simplement. Il n'a pas à se justifier auprès de moi, je le sais. Mais je me disais qu'après quelques verres, il le ferait peut-être.

« Tu ne veux pas d'enfants ? » interroge Kate.

Nathan avance le menton et secoue la tête. « Nan.

— Je ne t'appellerai jamais beau-papa, OK ? Je préfère que

ce soit clair. » J'essaie de le regarder dans les yeux mais les miens n'en font qu'à leur tête.

« Ça tombe bien, parce que je ne suis le beau-père de personne. » Il remplit nos verres à nouveau.

« Tu es qui, alors ? » J'attrape le mien avec impatience. « À part le mec qui est en train de me soûler la gueule.

— Je suis le petit ami de ton extraordinaire mère. » Il glisse l'assiette de quartiers de citron vers moi. « Et je suis là si tu as besoin de moi.

— Maman t'a demandé de garder un œil sur moi ce soir ? C'est pour ça que t'es rentré ? »

Il fait non de la tête. « J'ai juste pensé que ce serait mieux. C'est tout.

— Je suis désolée si je n'ai pas toujours été très sympa avec toi, Ke… »

Kate me balance un coup de pied.

« T'en fais pas. Je sais que vous m'appelez Keanu derrière mon dos. Je le prends comme un compliment.

— C'en est un », confirme Kate. Elle est probablement aussi pintée que moi. Nous descendons quand même notre tequila.

« Je vais devoir en rester là. Je dois me lever tôt demain matin. » Nathan désigne la bouteille. « Mais n'hésitez pas à finir. »

---

« Regarde-moi. » La bouteille de tequila me fait de l'œil. Nous avons pris Nathan au mot et son précieux alcool a quasiment complètement disparu. « Je suis vraiment un cliché. » Tout en adoucissant les angles de mes émotions, l'alcool m'a aussi plongée dans un océan d'apitoiement. « Totalement biturée dans le jardin de ma mère après une nouvelle audition foirée.

— Je vais nous chercher de l'eau. Peut-être aussi de l'Advil.

» Kate me regarde mais ne se lève pas. « Ça limitera peut-être la gueule de bois de demain.

— Fais-toi porter pâle. » Je rigole, même si c'est pas franchement marrant. « Au moins, j'ai pas besoin de le faire puisque j'ai pas de travail et qu'on dirait que c'est pas demain la veille que j'en aurai un.

— Hollywood peut aller se faire foutre. Et les gens qui décident qui a un rôle ou non peuvent aller se faire foutre aussi. » Kate glisse du tabouret de bar sur lequel elle est perchée depuis des heures. Elle perd l'équilibre et je réussis tant bien que mal à la retenir par le bras. Peut-être que deux personnes déséquilibrées équivalent à une équilibrée. « Je sais que tu méritais ce rôle, Stella. Je le sais au plus profond de moi. »

Je la tiens un peu plus longtemps par le poignet, parce qu'elle n'a pas du tout l'air stable. Et que j'ai aussi besoin de m'accrocher à quelqu'un.

« Tu sais ce que je pense de toi, » poursuit Kate, les yeux larmoyants. « Je trouve que tu devrais obtenir tous les rôles. » C'est une de ces nuits où la frontière entre ce qu'on pense et ce qu'on dit a disparu. Ça nous aidera à en rire demain, quand j'aurai commencé à cicatriser.

« Nora Levine ne m'invitera pas à déjeuner à l'improviste. Désolée, je ne pourrai pas te demander de m'accompagner, ni t'inviter sur le tournage.

— Tu as répondu à Faye ou pas encore ? »

Je secoue la tête. « Je vais pas envoyer un SMS à Faye Fleming pour lui dire que j'ai pas eu le rôle. » Ça aurait été tellement merveilleux de pouvoir lui annoncer la bonne nouvelle. D'avoir eu une conversation surexcitée au téléphone avec ma mère pour parler de l'avenir et de tous les trucs formidables qui m'attendent maintenant. D'avoir ouvert une bouteille de champagne pour fêter ça avec Kate et Nathan. De ne pas avoir le sentiment d'être une moins que rien parce qu'un directeur de casting a décidé que mon visage ne colle pas avec le rôle.

« D'accord. Je comprends. » Les doigts de Kate glissent de mon poignet à ma main. Ça fait du bien d'être touchée par un autre être humain, avec autant d'amour, de tendresse. « Mais tu sais tout le bien que je pense de toi, Stella. Pour de vrai. »

Ah bon ? Parce que je suis à deux doigts de tout plaquer. De jeter l'éponge après avoir galéré pendant près d'une décennie.

« Je veux bien un autre câlin, dis-je plutôt.

— Viens là. » Elle réduit la distance entre nous et m'enlace doucement, comme si j'allais me briser, comme si mon enveloppe physique était aussi fragile que mon état d'esprit. Je m'agrippe à elle, retenant encore quelques larmes. Alors que j'inspire profondément pour réprimer une nouvelle vague, le parfum floral de ses cheveux flotte jusqu'à moi. Elle sent délicieusement bon. La sensation de son corps contre le mien me fait un bien dingue, comme si ma place était dans ses bras. C'est la meilleure épaule sur laquelle il m'ait été donné de pleurer depuis un bail.

Je prends une nouvelle inspiration, juste pour humer son odeur. Ma main remonte dans son dos, jusqu'à la douceur magnifique de sa chevelure. On dirait de la soie entre mes doigts. Je pourrais rester dans les bras de Kate pour l'éternité, ou en tout cas jusqu'à ce que je sois un peu réconfortée. Elle ne bouge pas, ce qui me convient parfaitement.

Elle me caresse légèrement le dos. Mes bras se couvrent de chair de poule. *Oh.*

« Ça va aller, murmure Kate. Ça va aller. »

Tout ce que j'ai perdu, c'est un rôle que je voulais vraiment. Mais Kate a perdu beaucoup plus. J'aimerais tant pouvoir lui faire la même promesse.

« Moi aussi, je pense beaucoup de bien de toi, je murmure à mon tour.

— Qu'est-ce que tu as dit ? » Les doigts de Kate se baladent de mes épaules à mes bras. Pourquoi est-ce qu'elle me fait cet effet ? Ce n'est pas une question à laquelle mon esprit enivré peut répondre. Pas ce soir.

Je lève la tête, la regarde droit dans les yeux. « Je pense beaucoup de bien de toi aussi, je répète. Je te trouve absolument merveilleuse. » J'ai une boule dans la gorge. Quelque chose d'impulsif s'éveille en moi. Mes inhibitions se sont évaporées il y a cinq shots. Tout ce dont j'ai envie à cet instant, c'est de me sentir mieux dans ma peau. De desserrer ce poing froid qui me tord vicieusement le ventre depuis l'appel de Damian. Kate a peut-être la clef. Peut-être que je me trompe complètement. Je ne suis sûre de rien, mais je l'attire à nouveau contre moi. Je n'enfouis pas mon visage dans ses cheveux, cette fois-ci. Mes mains se posent sur ses joues, mes doigts se promènent autour de son menton.

Son regard rencontre le mien mais je ne parviens pas à lire ce qui s'y cache. Au point où j'en suis, il ne me reste plus qu'à m'approcher si près que nos lèvres se touchent presque.

« Stella, mon dieu », murmure-t-elle, et quand elle prononce ces mots, nos lèvres se frôlent. Je sens les siennes se mouvoir contre les miennes. Ses mains se faufilent jusqu'à ma nuque. Son souffle est chaud contre ma peau. Il est encore temps d'arrêter. On pourrait en rire et prétendre - à nouveau - qu'il ne s'est rien passé. Il ne s'est rien passé, d'ailleurs, pas vraiment. Jusqu'ici. Il se passe indéniablement quelque chose maintenant.

Je me courbe vers l'avant. Mes lèvres se posent entièrement sur les siennes. Est-ce un baiser ou simplement deux personnes qui se tiennent très très près l'une de l'autre ? J'incline doucement la tête, modifiant l'angle de nos bouches l'une contre l'autre.

Kate s'avance. Ses lèvres sont douces sur les miennes.

Ça ne fait plus aucun doute.

C'est un baiser.

# CHAPITRE 15
# KATE

J'ouvre mes lèvres à Stella. Le bout de sa langue glisse dans ma bouche. Je lui réponds. Nos langues se touchent. Nos bouches s'ouvrent plus grand. Ses mains sont dans mes cheveux. Je la serre contre mon corps. Quelque chose s'éveille en moi. Je n'ai pas de mot pour le nommer, mais je n'en ai pas besoin. Je le sens. Je me presse contre elle. Appuie mes doigts plus fermement contre l'arrière de sa tête. Je veux qu'elle sache que c'est ce que je veux. Que je veux l'embrasser… et peut-être plus.

Mais elle se recule. La sensation divine de sa bouche sur la mienne a disparu.

« Hum. » Elle se mord la lèvre inférieure, ce qui la rend encore plus séduisante. « Qu'est-ce qu'il se passe ? » Elle émet un petit rire interloqué, et secoue la tête.

« Stella. » J'essaie de me concentrer sur ses yeux. « Peut-être que ce qu'il se passe est exactement ce qui est censé se passer. » Ce que je dis n'a probablement aucun sens. Pas après une bouteille de tequila.

« Je suis bourrée. Je ne sais plus ce que je fais », soupire Stella. Pourtant, au lieu de me repousser, elle me garde contre elle. « N'empêche. Je n'ai qu'une envie, t'embrasser encore. Tu veux bien ?

— Absolument. » Parce qu'à cet instant, avec tout l'alcool que j'ai dans le sang, mes défenses réduites à néant, sans rien de plus à perdre, je n'ai, moi aussi, qu'une envie. Mes lèvres n'attendent que les siennes.

Elle m'attire contre son corps. Elle est toujours assise sur le tabouret de bar, jambes écartées autour de moi. Je la surplombe, une vue parfaite sur elle, son joli visage triste, ses ravissants yeux emplis de larmes.

« On pensera à demain demain », dis-je avant de l'embrasser. Un vrai baiser cette fois, plein d'intention et de désir assumés. Mes mains encadrent ses joues et je l'embrasse encore et encore. Sa langue fait des allers-retours dans ma bouche et elle est tellement douce, sa peau si veloutée contre la mienne, ses mains si délicates dans mon dos que j'en veux déjà plus.

Rien de tout cela n'arriverait si nous n'étions pas soûles, mais nous le sommes... Et nous avons des raisons de l'être, c'est le moins qu'on puisse dire. Je ne suis pas du genre à chercher des solutions dans l'alcool ni à y noyer mes chagrins mais ce soir, c'est le scénario. Et que c'est agréable de pouvoir faire ça, de laisser mon désir secret pour Stella prendre vie! De la sentir y répondre. Qu'elle aussi m'embrasse encore et encore, que ses lèvres, et ses mains, en réclament plus.

« On devrait sans doute rentrer », dis-je quand nous reprenons notre souffle.

Stella acquiesce. « Allons dans le pool house. » Elle se lève de son tabouret et nous voilà parties sur la pointe des pieds dans le jardin, comme deux ados de retour après leur couvre-feu.

« Je vais nous chercher de l'ea... » Stella ne me laisse pas finir et se précipite sur moi à peine la porte fermée. Peut-être parce que si elle se laissait le temps de penser, de réfléchir à ce qui est en train d'arriver, elle serait obligée de s'enfuir et de ne plus jamais remettre les pieds dans le pool house. Je m'abandonne à son étreinte à la fois tendre et sensuelle. Un instant plus tard, Stella soulève mon haut.

« Oh, putain. J'ai tellement envie de toi, Kate. » Elle se précipite à nouveau sur moi, et défait mon soutien-gorge.

Je trouve son oreille. « Moi aussi, j'ai envie de toi, » je murmure, pour qu'il n'y ait aucun doute sur ce que je souhaite.

Les lèvres de Stella se promènent le long de mon cou, de ma clavicule. Elle fait coulisser mon soutien-gorge sur mes bras avant de reculer d'un pas.

« Ce que tu es belle, » s'exclame-t-elle, le souffle entrecoupé de désir, et je ne peux que la croire.

Elle déglutit visiblement, puis ses baisers reprennent où ils se sont arrêtés. Ses lèvres trouvent un mamelon et c'est comme si quelqu'un avait enclenché un interrupteur qui serait resté bloqué pendant des années. Quand on essaie d'avoir un bébé, les rapports sexuels prennent un aspect purement pragmatique, il y a toujours une arrière-pensée. Est-ce que ça va fonctionner, cette fois ? Qu'est-ce que je peux faire pour augmenter nos chances de grossesse ? Là, c'est l'inverse. Du sexe pour le sexe. Nous n'avons d'autre but que le plaisir que nous pouvons nous donner mutuellement et à chacune.

Ses dents se referment sur mon téton, et la sensation se diffuse jusqu'au plus profond de mon être. Stella est tendre et espiègle et pourtant, le regard qu'elle pose sur moi est tout ce qu'il y a de plus sérieux. Comme si mon plaisir était de la plus haute importance. Je suis heureuse de m'ouvrir ainsi à elle ce soir. Je suis heureuse d'être celle qu'elle a besoin que je sois. Parce que depuis que je l'ai vue embrasser Faye Fleming, j'ai envie d'être la destinataire de ses baisers. Je ne savais pas que c'était ce que je voulais. Peut-être parce que je ne pouvais pas me le permettre. Parce que je sais très bien que rien de tout cela ne devrait se produire, mais le fait que ça se réalise rend ce moment extatiquement délicieux. La sensation des mains de

Stella sur moi est décuplée, le désir que j'ai de sa langue sur ma peau plus intense que j'aurais jamais imaginé.

Son doigt franchit la taille de mon jean. Oh bon sang. On passe aux choses sérieuses. Je n'ai pas perdu l'esprit au point de ne pas en être consciente. Je devrais prendre un instant pour m'écouter, me demander si c'est vraiment ce que je veux, mais le doigt de Stella plonge plus bas et il n'est plus nécessaire de me demander quoi que ce soit. Mon corps parle pour moi. Mon désir prend les commandes. Je tirerai les conséquences de ce qu'il va se passer demain.

Stella déboutonne mon jean et le fait descendre le long de mes jambes. Je l'ai déjà aperçue à moitié nue, et je suis impatiente de la voir à nouveau. Nous bataillons avec ses vêtements jusqu'à ce qu'elle soit torse nu et que ses seins parfaits, ou presque, s'offrent à mon regard. Mon expérience de décoratrice, mais surtout d'être humain, m'a appris que la perfection n'existe pas, mais s'il y avait un prix des seins les plus proches de la perfection dans l'univers, Stella l'emporterait haut la main. Avec révérence, j'enveloppe son sein dans ma main avant de refermer mes lèvres sur son téton. Entre mes cuisses, je ruisselle. Plus ma langue se délecte du mamelon de Stella, plus mon propre désir croît. Sentir ses seins parfaitement dessinés dans mes mains, avec leurs petits tétons pointés qui ne demandent qu'à être picorés par mes lèvres, est l'une des sensations les plus délicieuses que j'aie jamais connues.

Un gémissement monte de la gorge de Stella et le son guttural, presque animal de son désir fait écho au mien. Je ne me suis pas sentie aussi vivante depuis des mois, voire des années. L'alcool a effacé tout obstacle de mon chemin, à commencer par toute pensée rationnelle, et c'est exactement ce qu'il me faut. J'ai besoin d'être libre de tout bon sens le temps d'une soirée dans les bras de Stella. J'ai besoin de me débarrasser des ténèbres qui naissent des espoirs trahis et à ce jour, malgré mes efforts, je n'ai pas trouvé meilleur moyen. C'est peut-être ça, la solution. Une expérience extraordinaire, partagée avec quelqu'un qui compte profondément pour moi. Parce que Stella et moi sommes toutes deux victimes des circonstances dans lesquelles nous nous trouvons, des embûches que la vie nous impose, qui ont conduit à notre rencontre, aussi improbable qu'elle puisse paraître, sur ce terrain vague où chagrin et déception pourrissent, dans l'hinterland de ce que furent nos rêves - de bébés pour moi, d'un premier grand rôle pour elle. Et il ne m'appartient pas de comparer mes rêves à ceux de Stella, d'en estimer la gravité. Parce que la Stella que j'ai vue après le coup de fil de son agent tout à l'heure était aussi anéantie que moi après chaque appel de notre spécialiste de la fertilité. Parfois, deux personnes ne peuvent se trouver qu'au fond du gouffre, même si ce n'est que pour une journée, ou une heure… ou même une nuit.

Il ne nous reste que nos slips lorsque nous nous laissons choir sur le lit. Je ne me lasse toujours pas des seins de Stella, mais ses lèvres réclament aussi mon attention, parce que ses baisers sont tout aussi divins. Ses lèvres sont d'une douceur infinie lorsqu'elles trouvent les miennes, encore et encore. Son genou s'installe entre mes jambes, et ses baisers s'éloignent à présent de ma bouche. Quand elle atteint mon oreille, elle tire mon lobe un instant, puis dit, « j'ai tellement envie de te faire jouir ». C'est plus un gémissement, une supplication, qu'une déclaration. Comme si c'était la seule chose qui pouvait la remettre d'aplomb. Rien ne me ferait plus plaisir que de lui rendre ce service.

« Oui, dis-je. S'il te plaît. » J'accepte, évidemment. Je n'ai pas cessé d'accepter depuis que j'ai emménagé dans le pool house. Tout ce dont Stella a besoin. Qu'il s'agisse de parler de la pluie et du beau temps, d'aller à la première, de pénétrer à ses côtés dans la maison de Faye Fleming. Du dîner qu'elle m'a préparé. De plonger dans le jacuzzi avec elle. De l'emmener au cinéma pour qu'elle reprenne confiance en elle. De m'ouvrir à elle d'une façon dont je n'ai plus pu m'ouvrir à qui que ce soit d'autre depuis si longtemps. Je pensais sincèrement que nous étions en train de devenir amies, mais peut-être devenions-nous autre chose.

Le bout des doigts de Stella s'insinue dans ma culotte.

Instinctivement, j'écarte les jambes.

J'observe son expression lorsque ses doigts plongent plus avant, quand ils rencontrent ma moiteur. Stella écarquille les yeux, comme abasourdie de mon désir pour elle. Il n'est sans doute pas nécessaire que je répète combien j'ai envie d'elle, envie qu'elle me fasse jouir.

« Tu es incroyablement sexy », dit-elle tandis qu'un doigt parcourt ma moiteur. À mon grand regret, il se retire. Mais c'est seulement pour qu'elle puisse baisser ma culotte. Elle la fait glisser lentement sur mes jambes, jusqu'à ce que je sois entièrement nue sur le lit, devant elle.

Mon clitoris pulse comme un second cœur, mon souffle est saccadé. Stella m'embrasse à nouveau, ses doigts dessinent des courbes à l'intérieur de ma cuisse. Jusqu'à ce que l'un d'eux ne revienne là où je le veux, baguenaude dans mon désir, poussant mon excitation à l'extrême. Elle esquisse des cercles autour de mon clito, et un grognement s'échappe de ma gorge. Elle l'attrape avec sa bouche, m'embrasse consciencieusement, son doigt toujours en action. Quand elle met fin au baiser, elle me regarde dans les yeux et, sans s'interrompre, introduit son doigt à l'intérieur de moi.

C'est d'une intimité infinie, insensée, inattendue mais extraordinaire, aussi. Le doigt de Stella est en moi. Il ne devrait pas y être. Il ne devrait même pas être à proximité. Le plus étonnant, voire terrifiant, c'est à quel point j'ai envie qu'il s'y trouve. À quel point j'ai envie qu'elle le remue en moi. À quel point j'ai envie d'elle.

Stella bouge son doigt. De longues et lentes caresses à l'intérieur de mon corps. J'essaie de garder les yeux sur elle, mais je meurs d'envie de la sentir contre moi, de fermer les yeux et de me perdre complètement dans ces sensations. Elle écarte davantage mes jambes. Ajoute un doigt... ajoutant à mon plaisir. Elle me prend. Il n'y a pas d'autre mot. Stella me prend. Et j'adore chaque seconde.

Ses doigts en moi sont délicats et subtils, qui déclenchent de nouvelles sensations. Elle aiguise mon plaisir jusqu'au précipice divin, au point de non-retour, quand l'orgasme s'annonce au plus profond de mes muscles. Mais soudain, elle cesse ses va-et-vient.

« Je veux plus, plus de toi », murmure-t-elle dans mes cheveux, avant de se retirer entièrement. Son corps se coule jusqu'au pied du lit, et s'installe entre mes jambes. En un clin d'œil, ses lèvres ont remplacé ses doigts. Sa langue effleure mon clitoris et chaque synapse de mon cerveau s'enflamme. Le contact de la bouche de Stella sur moi me fait oublier tout ce que ses doigts faisaient au même endroit un instant plus tôt.

Je plonge mes mains dans ses cheveux alors que mes muscles se bandent, que l'excitation envahit mon corps de plus belle. Stella me lèche, et je suis peut-être pompette, voire plus, mais jamais je n'oublierai l'instant où sa langue s'est posée entre mes cuisses. Le moment où elle s'est délectée de mon désir et m'a fait ressentir ce que je ressens, comme si tout dans ma vie était encore possible. Comme si, malgré les difficultés de ces dernières années, le meilleur était à venir. Comme si je pouvais être qui je rêve d'être, y compris une mère.

À cet instant, cependant, je suis une femme que la langue d'une autre femme fait jouir. Une vague de plaisir me transperce, immédiatement suivie d'une autre. Mes cuisses enserrent la tête de Stella, comme pour la garder amarrée à moi pour toujours, parce que je refuse de laisser cette sensation, cet orgasme ultra-satisfaisant, disparaître trop rapidement.

« Ça va ? demande Stella, toujours entre mes jambes.

— Oui », je réponds en hoquetant, puis la libère et l'attire vers moi, pour la sentir contre mon corps à nouveau, mais différemment.

« Je, euh… Je ne sais pas très bien quoi dire. » Stella mâchouille sa lèvre inférieure. « Je…

— Ne dis rien. » Ce soir, nous n'avons pas besoin de mots. Je pose mes lèvres sur les siennes et l'embrasse encore.

# CHAPITRE 16
## STELLA

J'ai beau avoir encore pas mal d'alcool dans le sang, mon esprit est loin de baigner dans la paix et la sérénité. Je sais que je ne devrais pas être là, que nous ne devrions pas faire ce que nous sommes en train de faire. Je suis curieuse d'entendre ce qu'en pense Kate, bien que je sois heureuse qu'elle ait préféré pulvériser mes doutes dans un baiser. Pour le moment, c'est beaucoup plus simple.

Elle continue de m'embrasser, plus langoureusement, plus longuement. Elle m'embrasse jusqu'à ce que tout s'évanouisse encore. Jusqu'à ce que nous ne soyons que deux corps qui vibrent à l'unisson, qui trouvent leur plaisir l'un dans l'autre. Kate m'oblige à m'allonger. Elle se couche sur moi, une jambe entre les miennes. Je suis trempée, pour elle, pour ça. Pour nous. Et l'espace d'un instant, d'une minuscule fraction de seconde, j'ai conscience que je peux encore décider d'arrêter, d'éviter que ça n'aille plus loin. Que ne pas avoir obtenu de rappel n'est pas une excuse. Mais c'est là que les millions de shots entrent en jeu. C'est là que l'apitoiement et l'égoïsme refont surface. Je balaie cette pensée, et je suis de nouveau toute à Kate. La curiosité le dispute à l'excitation. À ma connaissance, même si je ne sais pas tout d'elle, Kate n'a jamais couché avec une femme. Que je trouve ça excitant est peut-être à ajouter à la longue liste de mes nombreux défauts - dieu sait que j'en ai. Même si bizarrement, à cet instant, ce n'est pas le sentiment que j'ai.

Je ne suis peut-être pas parvenue à me faire aimer des puissants d'Hollywood, mais à l'évidence, Kate, elle, m'apprécie. Elle était là pour me soutenir quand je me suis effondrée. Elle est avec moi maintenant. Ce que nous sommes en train de faire, nous le faisons ensemble.

Elle descend vers mes seins en laissant derrière elle baisers et coups de langue, puis elle s'immobilise. Elle étudie ma poitrine comme s'il s'agissait d'un chef d'œuvre du Louvre, un truc de ce genre, la Joconde des poitrines, et qu'elle ne pouvait que s'émerveiller.

Du doigt elle trace une ligne depuis ma clavicule jusqu'à mon sein et mon téton. Avec tant de nonchalance et de facétie que l'air me manque. Un tel sang-froid dans un moment comme celui-ci force mon admiration. Du bout du doigt, légère comme une plume, elle caresse mon mamelon.

« Stella, tu es ravissante », susurre-t-elle, son autre main écartant ses cheveux de son visage. Sa bouche fond sur mon sein et sa langue taquine mon téton. C'est fou comme la délicatesse des premières fois est excitante. Avoir le privilège de vivre avec elle les délices de son exploration enflamme encore plus le désir tapi en moi.

Mais si c'est la première fois de Kate, l'hésitation ne dure pas. Elle aspire mon téton dans sa bouche, le caresse de sa langue. Sa main poursuit son chemin, le bout de ses doigts frôle le fond trempé de ma culotte. C'est la dernière barrière qui me sépare de ce que je convoite. J'ai hâte de la retirer et de la balancer dans l'obscurité de la chambre. D'éliminer le dernier obstacle, parce que même si je ne parviens pas à faire complètement taire la partie de mon cerveau qui sait que nous ne devrions pas, d'autres parties de moi ont clairement pris les commandes. Peut-être qu'à Hollywood, je demeurerai une inconnue encore un peu plus longtemps, voire pour toujours - l'une de ces actrices qui ont inlassablement tenté leur chance mais à qui il a manqué ce petit coup de pouce de la chance pour qu'elles connaissent le succès - mais ici, je ne suis pas n'importe qui. Je suis celle qui a fait jouir Kate avec ma langue. Je suis celle qui la réconforte. Je l'ai soutenue, et notre intimité soudaine en a découlé spontanément, encouragée par les circonstances et la proximité, et voilà le résultat. S'il est contre nature, ce n'est pas du tout l'impression que j'ai à cet instant.

L'engouement de Kate pour mes seins ne semble pas diminuer. Elle les prend dans ses mains et joue avec mes tétons comme si la fin du monde était proche. Peut-être parce que c'est un peu le cas. Nous n'aurons que cette nuit. Mais, comme elle l'a dit tout à l'heure, on pensera à demain... demain.

Je caresse ses cheveux, ils sont incroyablement doux. Apparemment, ça la tire de la transe dans laquelle ma poitrine l'avait plongée. Elle lève les yeux vers moi, un sourire étonnement malicieux aux lèvres - ce qui n'aide en rien à éteindre mon désir - et ponctue de baisers sa descente le long de mon corps. Elle embrasse mon bas-ventre, la bordure de ma culotte, l'intérieur de mes cuisses lorsqu'elle écarte mes jambes.

J'ai du mal à croire ce qui est en train d'arriver. Qu'est-ce que ça dit de moi ? Non, je ne peux pas y penser. Ce qui arrive est la conséquence pure et simple d'un mélange chimique. L'alcool dans mon sang fait son effet habituel, confisquant mon discernement. Effaçant toute trace de bon sens, de raison. Et Kate est tellement attirante et bienveillante et, argh, sa langue parcourt le fond de ma culotte maintenant. Je suis hyper tentée de la retirer mais je veux aussi que Kate fasse les choses à son rythme. Je ne veux pas la brusquer ni l'obliger à quoi que ce soit qu'elle ne voudrait pas. Mais elle veut ce qui est en train d'arriver. Elle l'a dit elle-même.

L'un de ses doigts se faufile sous la bordure de mon slip, m'exposant à la fraîcheur de l'air, m'arrachant un grondement. Elle m'excite tellement! J'ai besoin d'effacer les derniers vestiges de cette journée de merde… et la langue de Kate va m'y aider. Parce que quand j'ai quitté le casting, j'étais convaincue d'avoir été bonne, que ça s'était bien passé. Que c'était peut-être enfin ma chance. Je n'avais pas l'arrogance de croire que c'était gagné - quoi que je fasse, la décision ne m'appartient pas - mais j'étais confiante après ma prestation. J'en suis sortie avec le sentiment que le destin allait pencher en ma faveur. Mais j'avais tort et ça fait mal.

Kate retire enfin ma culotte. J'écarte les jambes. Elle me contemple. J'ai beau ne plus avoir toute ma tête, je sais qu'il faut que je m'assure qu'elle va bien. C'est peut-être trop, pour toutes sortes de raisons. Nous sommes peut-être en train de commettre une erreur monstrueuse, mais au moins nous la commettons ensemble. Nous sommes toutes les deux engagées à cent pour cent. Avant que nous n'allions plus loin, je dois vérifier que c'est toujours le cas.

« Kate, je murmure. Ça va ? Ne te sens pas obligée de…

— Oh merde, Stella. » Son regard trouve le mien. « J'en ai tellement envie. J'ai envie de toi. »

Je bous de désir. Mon clitoris bat la chamade. L'entendre prononcer ces paroles alors que mes cuisses sont grandes ouvertes devant elle est l'une des expériences les plus émoustillantes de ma vie.

Kate rampe sur moi et s'installe entre mes jambes. Les battements dans mon clitoris s'accélèrent de plus belle. J'ai du mal à reprendre mon souffle. Mon corps est en feu et elle seule peut éteindre l'incendie. Et-ce que c'est juste l'effet d'une attirance réprimée associée à beaucoup trop d'alcool ? Ce désir insensé que j'éprouve pour elle ? Ce n'est pas n'importe quelle femme. Il s'agit de Kate, que je connais depuis dix ans. Ce n'est pas une inconnue que j'ai rencontrée dans un bar - c'est pas mon trip, de toute façon. Il s'agit de quelqu'un qui compte beaucoup pour moi. Ça doit être ça. Quel que soit l'angle sous lequel on examine la situation, c'est le bordel, et la seule façon d'en sortir, de me débarrasser de tout ce qui me déchire à cet instant, c'est que Kate me donne un orgasme à battre des records. L'orgasme qui remettra les choses d'aplomb.

Kate se courbe sur moi, sa chevelure s'éparpille sur mon ventre, et soudain sa langue est sur mon clitoris. Je perds aussitôt les pédales, parce que je ressens tout. Tout ce que je ne suis pas censée ressentir se mêle à ce que je ressens effectivement. La dissonance, la déception, l'amour, la honte aussi. Un cocktail détonant qui attise le désir jusqu'à la moelle, comme si mon pauvre clitoris n'avait toujours rêvé que d'être léché par Kate. Mais je jure que ça ne m'avait jamais traversé l'esprit, pas avant ce soir. Pourtant, si c'est vrai, pourquoi ça me paraît si naturel d'un seul coup ? Comme si seule la langue de Kate pouvait me faire ressentir ça désormais. Comme si c'était là, entre mes jambes, dans ce lit, avec moi, qu'elle devait être. Comme si sa place dans ma vie n'était pas celle que je croyais. Comme si c'était avec moi qu'elle devait être et non avec mon…

Les lèvres de Kate aspirent mon clitoris et je jouis déjà. Je suis tellement allumée, tellement à vif, tellement mûre qu'il suffit que ses lèvres me touchent brièvement.

Peut-être que je l'aime d'une façon totalement différente de ce que je pensais pouvoir, ou devoir. Peut-être que je vais me haïr toute ma vie de m'être autorisée à ressentir ce que je ressens, comme si quelque chose de divin me transperçait, comme si des papillons virevoltaient sous ma peau, comme si une erreur monumentale était enfin réparée, mais bon sang, ça fait longtemps que je n'ai pas ressenti ça.

Je ferme les yeux de toutes mes forces parce que ça fait beaucoup. Cet orgasme ne remet pas les compteurs à zéro comme par magie. Au contraire. La journée que je viens de vivre ressurgit violemment, mais Kate est là, qui, une fois de plus, me prend dans ses bras.

« Ça va ? » demande-t-elle, une infinie tendresse dans la voix, tandis qu'elle m'enveloppe et presse son corps bouillant contre le mien. C'est peut-être de ça que j'ai le plus besoin. Que quelqu'un me prenne dans ses bras, comme ça. Peau contre peau. Même si j'ai déjà eu bien plus.

Mon menton cogne son épaule quand je fais oui de la tête. « Ça va », je souffle, parce qu'à cet instant, dans ses bras, c'est vrai.

# CHAPITRE 17
## KATE

Il fait encore sombre quand je me réveille. L'air autour de moi sent le renfermé. J'ai chaud. Je pousse les draps. Ma main rencontre un obstacle. Je me tourne vers la gauche, le mouvement brusque déclenche une douleur aiguë à la base de mon crâne. *Oh non.* Les événements de la soirée me reviennent d'un coup, parce que l'obstacle, c'est la hanche de Stella. Stella, endormie dans mon lit, dans le pool house de sa mère. Oh, merde. Une autre flèche de douleur s'enfonce dans mon crâne. La punition est instantanée. L'horreur, l'indécence, l'effroi absolu que j'éprouve ce matin sont proportionnels au plaisir de la nuit.

J'ai la bouche sèche. Je tends la main pour attraper le verre d'eau qui se trouve d'ordinaire près de mon lit, mais il n'y est pas. Depuis que je dors dans la maison principale, la plupart de mes affaires sont dans la chambre d'amis. Il y a des bouteilles d'eau dans le frigo et je ne pense à rien d'autre. De l'eau. Une douche. Un miracle qui ferait que la nuit dernière n'ait pas eu lieu.

Je sors du lit avec précaution, pour ne pas réveiller Stella. Ce n'est pas une conversation que j'ai envie d'avoir maintenant, alors que je suis en proie à une gueule de bois magistrale. Il faut que je dorme encore un peu d'abord, et que je prenne un anti-douleur costaud… si possible quelque chose qui efface ma mémoire. J'avale une bouteille d'eau, en ouvre une autre. Ma trousse à médicaments n'est pas là non plus. Plus rien n'est là. Il n'y a que Stella dans le lit, qui respire calmement, apparemment inconsciente, les draps repoussés loin de sa poitrine.

Bien que je sois épuisée, je ne peux pas retourner dans le lit avec elle. Je ne peux pas sciemment me recoucher à côté d'elle. Qu'est-ce qu'on a fait, bordel ? J'espère qu'au moins Nathan n'a rien vu, que tous les shots qu'il a bus l'ont fracassé et qu'il s'est endormi immédiatement. Parce que personne ne peut savoir.

Il y a un canapé de l'autre côté de la chambre. Je m'effondre dessus, mais il est trop court pour que je trouve une position confortable. Je devrais peut-être tout simplement réveiller Stella et la renvoyer dans sa chambre. Je ne sais pas quoi faire. Le plan, c'était que je devienne mère, pas le genre de personne qui se conduit ainsi. Je devrais peut-être partir quelque temps dans l'Iowa, chez mes parents. Revenir aux sources. Me retrouver. Parce que la personne qui était dans ce lit avec Stella hier soir, ce n'était pas moi. Cette personne ne pourrait pas être plus éloignée de moi. Mais avant de pouvoir agir, avant de trouver des solutions pour défaire ce qu'il s'est passé, je vais devoir rester assise là à souffrir pendant quelques heures. Je n'ai pas le courage de retourner à la maison, bien que si je croisais Nathan, je pourrais tout à fait dire que Stella et moi étions tellement soûles que nous n'avons pas pu remonter dans nos chambres et nous sommes écroulées dans le pool house. Personne ne mettrait en doute une explication aussi simple et plausible. Je devrais peut-être juste y aller, mais tout mon corps est si lourd, ma tête si douloureuse, que je n'ai pas envie de bouger le moindre muscle. Je suis tellement fatiguée que mes yeux se ferment d'eux-mêmes, et, malgré ma position inconfortable, je m'assoupis.

Quand je me réveille à nouveau, mon cou est aussi douloureux que mon crâne, il fait jour, et Stella a disparu. Je regarde ma montre. Il me reste un peu de temps avant de devoir me pointer au bureau. Mais je n'ai pas le choix, il va falloir que je passe par la maison principale. Nathan a dit qu'il commençait tôt, il est peut-être déjà parti, on ne sait jamais. Et avec un peu de chance, Stella a décidé de cuver dans sa chambre. Il me faut des litres de café et une bonne dose d'antidouleurs. J'ai également besoin d'une très longue douche. Et à un moment, il faudra que je parle à Stella. Bien que j'imagine qu'elle aura aussi à cœur que moi de garder tout ça secret.

Je marche vers la maison. Le jardin a été débarrassé des preuves de notre crime. Il n'y a plus ni verres sales ni bouteille de tequila vide. Est-ce Nathan qui a nettoyé avant de partir travailler ? Ou Stella ? Il n'y a personne dans la cuisine mais le café est prêt. Je me dirige vers l'avant de la maison pour vérifier si la voiture de Nathan est là. Je ne la vois pas. Je m'autorise un petit soupir de soulagement. Il a probablement préparé le café avant de partir.

Je pénètre dans la cuisine sans un bruit, mon peignoir serré contre moi et je me sers une tasse. L'idée même de petit-déjeuner me révulse. J'envisage un bref instant de ne pas aller au bureau mais qu'est-ce que je pourrais faire d'autre ? Traîner ici toute la journée ? Ou bien je pourrais aller chez moi, me rappeler ce que j'ai, ce qu'était ma vie et ce qu'elle peut redevenir. Peut-être commencer à réfléchir à une nouvelle déco, le papier peint que j'aimerais trouver pour notre chambre, le type de robinets qu'il faudrait dans notre salle de bain. Avec l'avalanche de honte qui m'enveloppe alternent des flashes de la nuit. Comme si une partie de mon cerveau, mon subconscient peut-être, refusait de me laisser oublier à quel point j'ai pris mon pied. La joie, pourtant, ne devrait pas faire partie de l'équation. Ce que j'ai fait est méprisable. Impardonnable. Irrespectueux. La honte est la seule réponse acceptable.

J'entends du bruit à l'étage. Stella doit être levée. C'est parti. Je me prépare pour une conversation que je ne veux pas avoir parce que la raison pour laquelle elle est nécessaire ne devrait pas exister.

« Oh, formidable, dit Stella. Du café. Dieu merci. » Elle passe devant moi, les yeux fixés sur la cafetière. « On les a enchaînés, hein ?

— Stella. » Je peux à peine prononcer son nom.

Elle se sert une tasse puis contourne l'îlot, aussi loin de moi que possible.

« J'ai réfléchi et, hum… dit-elle. Je ne pense pas qu'on devrait en discuter, ni même en parler, ou rendre la situation plus réelle qu'elle l'est. On avait trop bu et on a déconné. C'est tout ce que j'ai à dire sur le sujet. »

Le déni. C'est une possibilité.

« Tu as vu Nathan ? Il a dit quelque chose ? »

Stella fait non de la tête. « Je l'ai entendu partir il y a un moment. J'ai quitté le pool house vers six heures. Tu dormais sur le canapé, et je ne voulais pas te réveiller. »

Soulagée que Nathan ne se soit sans doute aperçu de rien, j'insiste un peu. « Nous ne pouvons pas simplement faire abstraction de ce qui est arrivé.

— Peut-être pas, mais… qu'est-ce qu'on peut faire d'autre ? Nous repasser les meilleurs moments ? Je ne crois pas, Kate. » Son ton cinglant m'empêche de m'appesantir sur son allusion au fait que c'était bien. Ceci explique peut-être cela.

« Je ne sais pas. » Je tiens mon mug à deux mains, comme agrippée à une bouée de sauvetage. Le café apaise un peu la nausée, mais la douleur me martèle toujours le crâne, et ce qui est arrivé la nuit dernière est toujours arrivé. « Tu as raison. Nous étions complètement dans le cirage. Et… euh… ouais… C'était une énorme erreur.

— Indéniablement. » Stella pose son mug et appuie son front sur sa main. « Nathan et sa putain de tequila. »

On peut toujours faire porter le chapeau à Nathan. Il n'en saura jamais rien, ce qui fait de lui le bouc-émissaire parfait.

« Alors... voilà ? On n'en reparle plus jamais ? »

Stella lève la tête. Elle cherche mon regard, mais ne cesse de détourner les yeux. Je la comprends. Moi aussi, j'ai du mal à la regarder. « On ne peut pas non plus y repenser. On ne peut pas faire que ce ne soit pas arrivé, mais on peut tout à fait prétendre que ce n'est pas le cas. »

Comme pour le premier baiser, donc. Est-ce que c'est moi qui suis à l'origine de tout ça ? Est-ce que j'en suis l'instigatrice ? Devrais-je aller à l'hôtel ? Louer un Airbnb pendant quelques semaines ? Ça ne ferait qu'éveiller les soupçons...

« Comment tu vois les choses ? D'un point de vue pratique ? Je vais être dans les parages un certain temps, est-ce que ça va être un problème ?

— Faire comme s'il ne s'était rien passé ne veut pas dire t'effacer de ma vie, Kate. » Stella pousse un soupir d'exaspération. « Tu es mariée à mon frère. » Sa voix se casse un peu. « Oh, merde. Mais qu'est-ce qu'on a fait ? »

Même s'il m'est difficile de la regarder, je suis obligée de me faire violence pour ne pas aller la prendre dans mes bras. Mais je ne peux pas lui dire que ça va aller. Bien qu'il va falloir que ça aille, d'une manière ou d'une autre.

« Plus jamais de tequila », dis-je.

Stella lève les yeux au ciel. Elle fixe le contenu de son mug. « Nous devrions peut-être garder nos distances pendant un moment. Autant que possible. Je veux que tu te sentes bien ici.

— Je ne vais pas vivre ici éternellement, et je veux que tu sois à l'aise dans ta propre maison. Je vais retourner dans le pool house, déjà. » Je ne suis pas sûre d'être capable de dormir à nouveau dans ce lit, cela dit... la scène de notre crime.

« Ce n'est pas la peine. Ne changeons rien, à part... passer moins de temps ensemble. Tu vis ta vie. Je vis la mienne.

Donnons-nous le temps de digérer. J'étais désespérée hier soir mais je vais vite m'en remettre.

— D'accord. » Je hoche la tête. « Je dois me préparer pour le boulot.

— Pas trop mal au crâne ?

— J'espère que Skye n'amène pas Thiago au bureau aujourd'hui.

— Bois beaucoup d'eau, et il devrait y avoir de l'Advil dans les toilettes. » Stella a un petit sourire en coin. « Je sors ce soir. Dîner chez Hayley.

— À plus tard, alors. » Je me dirige vers la porte mais même si je sais qu'il faut que j'oublie au plus tôt ce qui s'est produit - et divers endroits endoloris de mon corps me rappellent nos activités de la nuit - quelque chose en moi a du mal à s'éloigner de Stella. Parce qu'elle a été ma seule source de réconfort. Elle est la seule qui ait réussi à me faire me sentir mieux dans ma peau. Et pourtant, je m'éloigne parce que je n'ai pas le choix.

# CHAPITRE 18
## STELLA

Je reste dans la cuisine longtemps après que Kate est partie se doucher, éliminer les scandaleux vestiges de nos actions. Chaque mot que je viens de prononcer était sincère. On avait trop bu, on se sentait toutes les deux vulnérables, à vif. On peut plaider les circonstances atténuantes. On doit oublier ce qui est arrivé le plus rapidement possible. Tout ça, c'est vrai. Mais ce qui est aussi vrai, c'est que c'est arrivé. Et sous cette première couche d'explications, si je gratte un tout petit peu, il y a une autre couche. Une couche de raisons qui devraient rester cachées. Je le sais. Et je suis sûre que Kate a vécu cette expérience très différemment de moi. Toutes les deux, on avait besoin que quelqu'un nous serre dans ses bras, de nous sentir aimées, et c'est devenu charnel. Mais au final, je suis célibataire et homo. Kate est hétéro et mariée à mon frère.

Je ne peux pas imaginer ce qui pourrait arriver s'il découvre un jour ce qui s'est passé. Je ne veux pas être celle qui aura brisé le cœur de mon frère, faisant au passage imploser notre famille. Et donc, il faut que j'arrête de gratter la surface, et que j'enfouisse mes sentiments pour Kate, quels qu'ils soient, tout au fond de moi-même où ils finiront par se flétrir et mourir.

Elle va m'organiser un blind date. Qui sait, Elena sera peut-être fabuleuse. Peut-être que la petite étincelle qui n'existe probablement même pas - même si la nuit dernière aura au moins servi à me rappeler que si - fera son apparition avec elle.

Un message de Nathan fait vibrer mon téléphone.

> J'espère que ça va. La bouteille était quasi vide ce matin. Pense à bien t'hydrater. À ce soir.

Allez vous faire foutre, toi et ta tequila. Mais Nathan n'est pas responsable. Il n'a pas poussé Kate dans mes bras. J'espère juste qu'il a rien vu. On a commencé à s'embrasser dans le jardin et, on sait jamais, il pourrait très bien avoir regardé par la fenêtre pile à ce moment-là. Improbable ne veut pas dire impossible, la preuve avec ce qui s'est passé hier soir. Je lui réponds pour m'accorder un peu de tranquillité d'esprit. Je ne le mérite pas, quoique je ne sois pas catholique et que je ne croie pas que nous devions souffrir horriblement pour nos péchés.

> Aïe ! J'espère que nous ne t'avons pas empêché de dormir.

J'attends la réponse de Nathan, le cœur battant. S'il a vu quoi que ce soit, on est dans la merde. Je ne le connais pas assez bien pour anticiper sa réaction. Son message arrive quelques secondes plus tard.

> Je suis tombé comme une masse. Je rapporte un truc pour le dîner ?

Oh punaise, quel soulagement ! Notre secret est sauf. J'échange quelques SMS de plus avec Nathan et l'informe que je ne dînerai pas à la maison, et que je ne sais pas ce qu'a prévu Kate. Qu'est-ce qu'elle va faire ? Il n'y aura qu'elle et Nathan ce soir, sans Maman pour faire tampon. Elle préférera peut-être aussi dîner ailleurs. Peut-être qu'elle va parler à une amie… Ce qui me rappelle qu'on n'a pas discuté de savoir si on peut en parler avec nos meilleures amies. Ou si c'est le genre de chose dont absolument personne d'autre ne doit être au courant. Je penche pour la deuxième proposition. Je ne suis pas experte en secrets, c'était plutôt la spécialité de Toni. J'arrive pas à croire que je sois tombée aussi bas qu'elle. Parce que je suis peut-être célibataire, mais Kevin est mon frère, mon seul, mon unique frangin, le gars qui s'est défoncé pour moi depuis la mort de notre père.

D'ailleurs, j'ai même pas besoin d'en parler avec Kate, j'emporterai ce qui est arrivé entre nous dans ma tombe et personne d'autre ne saura jamais. Je ne dirai rien à personne. Avec le temps, comme après ma rupture avec Toni, je tournerai la page. Peut-être que je passerai une autre audition et peut-être que j'obtiendrai le rôle de mes rêves un jour.

Je devrais sans doute appeler mon agent, caler un rendez-vous pour qu'on décide d'une nouvelle stratégie, qui me permettra enfin de décrocher un truc décent. J'ai incarné la trop jeune amante de Faye Fleming dans un blockbuster, quand même. Ça devrait bien vouloir dire quelque chose dans cette ville. Je suis convaincue que si j'avais obtenu le rôle dans la nouvelle série de Nora Levine, jamais je me serais retrouvée au pieu avec ma belle-sœur.

« Je vais au bureau. » Kate surgit dans la cuisine. On dirait une autre personne. Ses cheveux mouillés sont noués en queue de cheval, et je ne sais pas par quelle magie, elle a presque bonne mine. On pourrait peut-être se servir de cette même magie pour effacer la soirée.

« Pour info, Nathan n'a rien vu. On vient d'échanger des SMS et il s'est endormi d'un coup, apparemment.

— Merci mon dieu, répond Kate avec un soupir de soulagement.

— Il faudrait que tu le préviennes si tu rentres pour le dîner.

— Oh. D'accord, bien sûr. » J'ai l'impression qu'elle veut ajouter autre chose, mais elle ne dit rien. Et elle disparaît. J'attends d'entendre la voiture quitter l'allée. Pour respirer. Pour essayer de redevenir moi-même et non plus la personne qui a couché avec sa belle-sœur. C'est comme si, maintenant que je suis seule dans la maison, et que je peux enfin reprendre mon souffle, après avoir retenu ma respiration pendant bien trop longtemps, je pouvais enfin laisser quelques souvenirs de la nuit remonter. Ma gueule de bois est rude et sans pitié, je n'ai pas droit au trou noir, ni même à une minuscule perte de mémoire. Je me souviens de tout jusqu'au plus infime détail. Je me souviens quand Kate m'a dit qu'elle avait envie de moi. Quand j'ai vérifié que ça allait et qu'elle a répété à quel point elle me désirait. Je me souviens aussi qu'elle m'a embrassée samedi soir, dans le jacuzzi. C'est d'autant plus difficile à oublier qu'il le faudrait. Le désir qui s'est épanoui dans ma poitrine lorsque son doigt a caressé mon mamelon. Le tout premier instant où nos lèvres se sont touchées dans ce qui était presque un baiser mais pas complètement, jusqu'à ce que ça le devienne. Jusqu'à ce que nous nous ouvrions nos lèvres l'une à l'autre, et bien plus.

Je note intérieurement qu'il est temps que j'aie une discussion avec mon frère, de lui dire qu'il faut qu'il soit présent pour son épouse. Sinon, il risque fort de la perdre. Pas pour moi, évidemment, mais…

Dieu merci, un appel de Damian interrompt le cours de mes pensées.

« Je viens aux nouvelles de ma cliente préférée. Tu as dormi ? » demande-t-il.

S'il savait ce que j'ai fait au lieu de dormir… « Ils ne t'ont pas rappelé pour te dire qu'ils avaient fait l'erreur de leur vie, hein ?

— Pas encore, mais il est encore tôt, réplique Damian, jouant le jeu. Je peux t'inviter à déjeuner ? On pourra parler de l'avenir plutôt que de nous lamenter sur le passé.

— J'adorerais », lui dis-je, m'adressant aussi un peu à moi-même.

# CHAPITRE 19
## KATE

« Tiens, ma belle. » Skye m'apporte un autre café. « Je te l'ai déjà dit et je le répète. Tu devrais prendre ta journée, glander au bord de la piscine de Mary. Tu vis déjà dans son pool house, tu devrais en profiter. »

Rien que de penser au pool house, à faire quoi que ce soit au bord de la piscine, j'ai à nouveau la nausée. Je secoue la tête. Je ne veux pas retourner chez Mary, et la vérité, c'est que je n'ai aucun autre endroit où aller. Je n'ai plus de maison, pas avant un certain temps en tout cas. Je n'ai pas d'endroit où me poser, où trouver refuge jusqu'à ce que les choses s'apaisent. Quand Kevin a suggéré que nous nous installions chez sa mère pendant quelque temps, ça paraissait rationnel. La demeure de Mary est immense et elle-même est souvent en déplacement. Mais c'était compter sans la présence de Stella. Quelle bêtise de l'avoir ignorée de la sorte, mais ça aussi, c'est logique, puisque je l'ai grosso modo toujours fait. Jusqu'à présent.

« À quoi ça sert d'être sa propre boss si tu ne peux pas prendre une journée pour te remettre d'une gueule de bois ? » Skye en a peut-être marre de voir mon visage fatigué et défait.

« Je n'ai pas de maison, je réponds d'un ton pathétique.

— Tu n'es pas SDF, non plus. Tu sais ce que je donnerais pour passer ne serait-ce qu'une nuit chez Mary Flack ? »

J'aimerais bien pouvoir échanger de places avec Skye. Qu'elle prenne ma chambre chez Mary, ou dans le pool house, et j'irais dormir chez Roland et les enfants. Mais pas ce soir. Bien que les antalgiques fassent effet, tout mon être est encore blessé, comme un nerf enflammé prêt à m'infliger la douleur la plus insupportable au moindre faux mouvement.

« Tu es la bienvenue. Mary et Kev sont en déplacement jusqu'à jeudi et il y a toute la place du monde. »

Skye se mâchouille l'intérieur de la joue. Elle hésite sans doute, vu mon triste état, à me dire qu'elle doit rentrer chez elle après le boulot et enfiler sa casquette de mère.

« Je te prendrai peut-être au mot », dit-elle, mais je sais qu'elle ne le fera pas. Roland est père au foyer et passé dix-neuf heures, il a grand besoin d'un break. « Où en est votre maison ? »

— Elle est loin d'être terminée.

— Vous devriez peut-être embaucher des renforts et en finir. Je sais que Kevin veut faire tout le boulot lui-même, que c'est une forme de thérapie, mais est-ce vraiment réaliste ? »

Je réponds de la tête à ses deux questions : non, nous ne pouvons engager personne, et non, ce n'est pas réaliste de croire que Kevin puisse faire tout ça dans des délais raisonnables. Je devrais peut-être y mettre le holà. J'ai mon mot à dire dans ce mariage, moi aussi, et il faut que nous nous parlions.

« Comment est-ce que je peux aider ? » Skye est l'une des personnes les plus gentilles que je connaisse. C'est vers elle que j'aurais dû me tourner plutôt que Stella. Oh, Stella... Je ne me sortirai jamais l'image de ses seins de la tête. J'espère que demain je me sentirai plus forte. Quand je pense que je croyais pouvoir gérer dès le lendemain... Qui sait combien de jours il me faudra pour me remettre d'une seule nuit ?

« Apporte-moi un nouveau crâne. » Et un nouveau cerveau qui prenne de meilleures décisions.

« Le mieux que je puisse faire, c'est du café et des antalgiques. » Elle pose la main sur mon épaule. « Qu'est-ce que Nathan a mis dans vos shots ? Tu l'as vu, depuis ? Est-ce qu'il a aussi mauvaise mine que toi ?

— Nathan n'y est pour rien, malheureusement.

— Tout ça parce que cette gosse gâtée de Stella n'a pas eu le rôle ! » Skye n'a que rarement croisé Stella. L'essentiel de ce qu'elle sait d'elle vient de ce que je lui ai dit, et je n'ai pas toujours été charitable avec la petite sœur de Kevin.

« Ne l'appelle pas comme ça, s'il te plaît.

— Ah, ce n'est plus d'actualité ? Tu aurais dû me dire. »

Il y a tant de choses que je n'ai pas dites, et tant de choses que j'ai faites et dont je ne peux pas parler.

« Elle n'est pas si gosse gâtée que ça, et tu aurais dû la voir quand elle est rentrée… Elle était anéantie, et Mary n'était pas là, alors…

— Nathan et toi vous êtes soûlés avec elle. Je comprends.

— C'est pas comme si d'un coup j'avais surmonté tout ce qui se passe dans ma propre vie. Parfois, ça soulage de relâcher la pression, surtout quand ton mari prend prétexte de la rénovation de votre maison pour t'ignorer. » Comme si ça excusait quoi que ce soit.

« Tu prêches une convaincue, ma belle. Ce week-end, nous larguons tous les gosses chez mes parents, et Roland et moi filons à Napa en amoureux. »

Elle ne m'avait pas parlé de cette escapade, ou est-ce que je n'ai pas écouté ? Ça ne peut pas être une décision impromptue, on ne peut pas être impulsif avec quatre enfants.

« Ça fait rêver…

— Et ne t'en fais pas, je me suis fait ligaturer les trompes ! Il n'y aura pas d'autre bambino, tu peux en être certaine. » Skye se fige brusquement. « Désolée, est-ce que j'ai fait une gaffe ?

— Non. Tout va bien. Tu n'as pas besoin de marcher sur des œufs avec moi. Tu as quatre enfants, et je n'en ai aucun. C'est comme ça. Je t'en prie, dis ce que tu veux. Sois la Skye que tu as toujours été. C'est d'elle que j'ai besoin.

— Pourtant, elle ne fait rien pour ton teint, cette Skye-là. Tu es sûre que c'est juste une gueule de bois ? »

Ce matin, dans le miroir, avant de quitter la maison, j'avais l'air plutôt présentable, mais ce n'était qu'un masque, une façade qui se délite rapidement à présent.

« J'aimerais bien, je lâche, parce que je ne peux plus le garder à l'intérieur. Il s'est passé un truc… Un truc qui n'aurait jamais dû arriver.

— De quoi parles-tu ? » Skye s'assied. « Quel genre de truc ? »

Je secoue la tête. « Du genre dont on ne peut pas parler.

— Tu peux me parler de tout, ma belle.

— Pas de ça. » Je porte mes doigts à mes tempes que le mal de crâne fait palpiter. J'ai besoin d'avouer. J'ai besoin de le dire à quelqu'un, dans l'espoir de me sentir un tout petit peu moins mal, que partager avec ma meilleure amie ce fardeau que je me suis moi-même imposé le rendra un tantinet plus supportable.

« Je… j'ai trompé Kevin. »

Je ne vois pas la réaction de Skye parce que je ne parviens pas à la regarder. Mes yeux sont focalisés sur un défaut du plateau de mon bureau, une tache qui a toujours existé.

« Mais… avec qui ? Tu as passé la nuit avec Nathan et Stella, non ? » Elle écarquille les yeux. « Oh mon dieu. Ne me dis pas que tu as couché avec Nathan. »

Je secoue à nouveau la tête.

« Ce ne serait pas complètement inconcevable. Il est super canon et tout, mais je croyais qu'il était dingue amoureux de Mary ? » Ça ne lui traverse même pas l'esprit. Elle ne peut pas imaginer que j'ai couché avec Stella.

« Pas avec Nathan. » Je ferme les yeux aussi fort que possible, comme pour tout faire disparaître.

« Tu es sortie après ? Où es-tu allée ?

— Skye. » J'expulse un soupir. « J'ai couché avec Stella. » Voilà. Je l'ai dit. C'est sorti. Je ne me sens pas mieux. Au contraire, c'est encore pire.

« Comment ? Non. Tu plaisantes, hein ? » Elle tente un rire mais il sonne faux. Évidemment qu'elle ne veut pas que ce soit vrai. J'aimerais aussi que ce ne soit pas vrai. « Kate, s'il te plaît, dis-moi que c'est une mauvaise plaisanterie.

— Non, c'est la vérité. » Je déglutis bruyamment, mais je ne peux plus retenir mes larmes. « J'ai couché avec la sœur de Kevin.

— Oh non. » Un silence pesant s'installe. « Oh bordel, commente Skye au bout d'un moment. Bordel de merde, Kate.

— Je sais. C'est pire que tout.

— Mais, enfin, vous étiez toutes les deux super bourrées et déprimées et... est-ce que c'était, euh, une forme de réconfort ? »

Je hoche la tête parce que c'est exactement ça.

« Sans déconner... Pas étonnant que tu aies une tête de déterrée.

— Il n'y a aucune excuse, même si nous avions nos raisons. Le pourquoi n'a aucune importance, en fait. Tout ce qui compte, c'est que ce soit arrivé et que ça n'aurait vraiment pas dû et maintenant, il faut que nous trouvions un moyen de vivre avec.

— Ne le dis jamais, jamais à Kevin, ma belle. » La voix de Skye est montée d'une octave. « Je suis partisane d'une honnêteté modérée. Ça fait des merveilles dans un mariage.

— Ça ne me viendrait pas à l'esprit de le dire à Kevin. Tu es la seule à être au courant, et tu ne peux en parler à personne. Même pas à Roland.

— Ne t'inquiète pas. Je n'avais pas prévu de lui dire. Au-delà du fait que Stella est la sœur de Kevin, eh bien, c'est aussi une femme, à l'évidence. Comment t'expliques ça ?

— Je ne sais pas. » J'hasarde enfin un regard vers son visage. « Je ne sais plus rien. » Je gonfle mes joues et laisse l'air sortir lentement. « En fait non, ce n'est pas vrai. Je sais très bien ce que je veux. Je veux récupérer mon mari. Je veux récupérer ma maison. Et je veux un bébé, bon sang ! » Des larmes ruissellent sur mon visage. « Au lieu de ça, je me retrouve avec ce bordel. »

Skye se lève et passe un bras autour de mes épaules. « Tu peux avoir tout ça, ma douce. Tu peux y arriver. »

J'ai beau m'éponger les joues, je pleure toujours comme une madeleine. « C'est ça, le truc. Je ne suis vraiment pas sûre de pouvoir. »

# CHAPITRE 20
## STELLA

Il est plus de vingt-trois heures quand je rentre, mais j'entends des voix dans le jardin. Nathan et Kate ne sont pas encore couchés. Dieu merci, pas de tequila à l'horizon, seulement quelques bouteilles d'eau vides et les restes d'un repas.

« Salut, Stella. J'imagine que tu as dîné ? demande Nathan, qui visiblement ne se doute de rien.

— Ouais. » Je souris brièvement à Kate. « Je pense que je vais monter directement, je voulais juste vous dire bonne nuit.

— D'ac. Y a rien de tel qu'une bonne nuit de sommeil pour se remettre. » Son téléphone se met à vibrer. « Ah, désolé. Ça doit être Mary », dit-il d'un ton insouciant. Il décroche et s'éloigne.

« Salut. » Le visage de Kate reflète tout ce que je ressens : le désarroi, l'égarement, la honte, l'épuisement. « Ça va ?

— J'ai déjeuné avec mon agent, donc c'est déjà ça. » Mon regard est attiré par le tabouret de bar sur lequel j'étais assise hier soir, là où tout a commencé.

« Hum. » Kate jette un œil derrière elle, peut-être pour s'assurer que Nathan ne peut pas nous entendre. « Écoute, je suis désolée, mais j'ai tout raconté à Skye. Il fallait que j'en parle à quelqu'un. J'étais en train de m'effondrer.

— Tu l'as dit ? » Je m'affale dans la chaise à côté de la sienne, sans faire gaffe. « Merde.

— T'en fais pas. J'ai une confiance absolue en Skye. Elle ne dira rien à personne.

— J'espère bien. » Je peux comprendre le besoin d'en parler, d'en discuter avec quelqu'un d'autre. Pendant le dîner de ce soir avec Hayley, j'ai été tentée à plusieurs reprises, moi aussi, mais je trouve ça trop indécent. Trop inconcevable. Trop incroyable, tout bêtement. Pas pour Kate, on dirait, mais bon, nous sommes très différentes.

« Je me suis dit qu'il fallait que tu le saches, ajoute Kate.

— D'accord. » Avant que je puisse ajouter quoi que ce soit, Nathan revient vers nous.

« Je lui dirai, promet-il avant de raccrocher. Ta mère va t'appeler dans… » Il n'a pas le temps de terminer sa phrase que mon téléphone vibre. S'il y a quelqu'un à qui je n'ai aucune envie de parler à cet instant, c'est bien ma mère, mais je réponds quand même.

« Coucou, ma chérie. Tu tiens le coup ? »

Je ne peux pas avoir cette conversation devant Kate. Je m'écarte de la table, mais tout me ramène à la soirée d'hier. Le jacuzzi. Le pool house.

Maman me raconte comment s'est passée la présentation et je n'ai pas d'autre choix que de demander : « Comment va Kevin ?

— Pour être honnête, je crois qu'il est heureux d'être parti quelques jours. C'est son projet que nous défendons, et s'il est retenu, au moins il pourra en être fier. Comment va Kate ? »

J'aurais dû me douter qu'elle poserait la question, mais je suis quand même prise de court, comme si, plutôt que de s'enquérir du bien-être de Kate de façon générale, ma mère m'interrogeait sur ma nuit avec elle. « Je crois que Kevin lui manque », dis-je, même si en réalité, je ne sais pas comment va Kate. De ce que je vois, elle est à ramasser à la petite cuiller, comme moi.

« Avant notre retour, je vais lui parler de la maison, tenter de lui faire comprendre que la situation devient ingérable. » Maman soupire. « Il a encore redessiné les plans. Il faut que quelqu'un lui dise d'arrêter. »

Alors que je lui raconte le déjeuner avec Damian, je me demande si Nathan a évoqué la bouteille de tequila que nous avons bue ensemble, mais je n'ai pas envie d'aborder le sujet. Lorsque nous raccrochons, je traîne un peu près de la piscine. Mon regard divague vers le pool house et, pour la énième fois de la journée, un torrent de souvenirs de la nuit précédente se déverse dans mon cerveau. Parce que c'était peut-être terrible, mais c'était fabuleux, aussi. J'inspire profondément. La journée a été difficile, une fois les événements survenus dans l'obscurité de la nuit exposés à la lumière froide et sans pitié du matin, mais demain est un autre jour, et il ne peut qu'être meilleur.

Lorsque je reviens dans le patio, Nathan est en train de ranger.

« Je n'ai pas le droit d'aider, prévient Kate.

— Peut-être allons-nous nous habituer à sa présence. » J'hésite à me rasseoir.

« Il fait tout pour être dans nos petits papiers.

— On devrait sans doute faire un effort.

— Je crois que le mieux que nous puissions faire, c'est l'accepter, souligne Kate. Comment va Mary ?

— Ça va... Tu as parlé à Kev ?

— Rapidement, avant le dîner, mais... je n'ai pas pu. Je n'ai pas pu lui parler. C'est... » Elle pose une main sur son ventre. « Ça m'a rendue malade. » Elle cligne lentement des yeux. « Je n'arrive pas à croire que je lui ai fait ça, Stella. Je n'aurais jamais pensé être ce genre de personne, et pourtant... »

Pauvre Kate. Tout ce qu'elle cherchait, c'était du réconfort, et maintenant elle se sent encore plus mal.

« C'est une question de contexte, qui tu es ne s'arrête pas à ça. »

Le retour de Nathan nous fait taire.

« Je vais mettre la viande dans le torchon. Soyez sages, mesdames. » Il nous lance un clin d'œil - comme s'il savait quelque chose, mais je dois être parano - et regagne la maison.

« Je devrais aller me coucher aussi. Je suis claquée. » Kate retient un bâillement.

Je lui fais face. Des poches mauves cernent ses yeux et elle semble sur le point de s'endormir debout. « Je sais que ce qu'on a fait est horrible à tous points de vue, mais sois indulgente avec toi-même, d'accord ? On est des êtres humains et les humains déraillent. On fait des trucs qu'on ne devrait pas faire et on blesse les gens qu'on aime. C'est la vie. »

— Tu es très philosophe.

— Je déteste te voir dans cet état.

— J'ai besoin d'une bonne nuit de sommeil, c'est tout, répond Kate.

— Vas-y. » Je montre la maison. « Va dormir.

— Si seulement les choses pouvaient être différentes demain…

— Les choses peut-être pas, mais toi si. Tu auras bien dormi, et tu verras les choses autrement.

— Merci, Stella. » Son regard s'attarde sur moi avec un sourire mêlé de désinvolture et de lassitude. « Dors bien. »

Avant d'entrer dans la maison, elle me presse gentiment l'épaule, et la sensation se réverbère dans tout mon être.

## CHAPITRE 21
## **KATE**

« J'ai déchiré ma race, ma puce, se réjouit Kevin en défaisant le premier bouton de sa chemise. Je les ai cloués, comme un pro. Haha, un peu comme Nathan, tiens. » Il m'attire à lui. C'est comme si un autre homme était revenu de Washington. « Comment ça s'est passé avec lui ? Sans Maman dans les parages ?

— C'est un amour. » Comme je ne peux pas regarder mon mari dans les yeux, je colle ma figure contre sa poitrine.

« Un amour, hein ? » Ma tête monte et descend au rythme de son rire.

— Vraiment un mec bien.

— Et Stella est du même avis ? » En l'entendant prononcer le prénom de Stella, je voudrais pouvoir disparaître de la surface de la terre.

« J'ai l'impression, oui.

— Peut-être Maman et moi devrions-nous nous absenter plus souvent. » Il m'embrasse sur le front.

« Ça a l'air de t'avoir fait du bien, à toi, en tout cas. » Je m'esquive de son étreinte.

« Je n'avais jamais eu à ce point besoin d'un succès. De sentir que je suis encore bon à quelque chose.

— Félicitations, mon chat.

— Dis. » Il me ramène contre lui. « Je sais que je n'ai pas été là et que je me suis conduit comme un con de façon générale, mais ça va changer. Je te le promets.

— Et la maison ? » J'ai besoin de sortir de là, de quitter la scène de notre crime.

« S'il suffisait de défaire ce que j'ai déjà fait… J'ai besoin d'aller jusqu'au bout et ça prendra le temps que ça prendra. Ça t'ennuie de rester ici un peu plus longtemps ?

— Ta famille est adorable et Nathan est sympa, mais nous avons besoin d'être chez nous, Kev. On ne peut pas louer quelque chose temporairement ?

— Tu crois ? » Il me regarde avec curiosité. « C'est à cause de Stella ? Qu'est-ce qu'elle a fait ? Est-ce qu'elle t'a mal parlé ?

— Ce n'est pas à cause de ta famille. C'est de nous qu'il s'agit. Comment pouvons-nous retrouver une quelconque proximité en vivant ici ? Comment pouvons-nous prendre les décisions qui s'imposent sur notre avenir, sur ce que nous voulons, si nous n'avons pas l'intimité nécessaire ? »

Sa curiosité laisse la place au soupçon. « Tu es sûre qu'il ne s'est rien passé pendant que nous n'étions pas là ? » Il s'assied au pied du lit. « J'ai senti une certaine tension entre Stella et toi tout à l'heure. J'ai une sorte de sixième sens avec elle. Je sais souvent qu'il se passe quelque chose avant même qu'elle s'en rende compte.

— Pourquoi est-ce que tu ne m'écoutes pas ? Je viens de te dire que ça n'a rien à voir avec ta famille. Nous, c'est-à-dire toi et moi, avons besoin d'un endroit à nous.

— Et nous en aurons un sublime, je te le promets. » Sa lèvre inférieure s'avance et il me regarde avec un air de chiot malheureux.

« Je suis sérieuse, Kevin. Je ne peux pas rester ici encore longtemps.

— D'accord. OK. Si tu veux plus d'intimité, on peut chercher une location. Mais je croyais sincèrement que ce serait mieux pour toi d'être là que toute seule tout le temps à la maison.

— Je n'ai pas l'intention d'être seule tout le temps à la maison. Soit tu trouves des gens pour te donner un coup de main, soit tu prends des congés pour finir ce que tu as commencé.

— Mais est-ce que l'idée de louer quelque chose, ce n'est pas justement pour que je puisse prendre mon temps sans que tu sois obligée d'être ici ? » Il se gratte le menton, où pointe sa barbe naissante.

Argh. Les hommes... Qu'est-ce qu'il ne comprend pas ? Parce qu'évidemment il ne comprend pas. Alors qu'il devrait vraiment comprendre au moins en partie.

« Tu sais quoi ? » Je bouillonne de frustration. « Peut-être que je devrais simplement louer l'un des appartements au-dessus du bureau. Tu restes ici avec ta précieuse famille, ou tu dors à la maison, et moi, je serai là-bas.

— Mais de quoi tu parles, chérie ? »

Je ne sais pas. Cette situation est insupportable. Être ici avec lui, dans la maison de Mary, est insoutenable. Cette conversation, que j'ai si longtemps appelée de mes vœux, me paraît soudain si bouleversante que je ne vois qu'une façon de la poursuivre, en lâchant tout, parce que j'étouffe sous la culpabilité de ce que Stella et moi avons fait.

« Je suis profondément malheureuse, Kevin. Rien ne se passe comme je le souhaiterais et contrairement à toi, je ne peux pas me consoler en abattant des murs et en les remontant. Moi aussi, je dois gérer mes emmerdes, et je me retrouve à devoir gérer seule parce que tu n'es jamais là, et certainement pas quand j'ai le plus besoin de toi. » *Quand j'embrasse ta sœur dans le jacuzzi*. Quand elle et moi faisons des trucs indicibles dans le pool house.

« Je comprends. C'est vrai, mais ça ne veut pas dire que nous devons vivre séparément.

— Ça m'éviterait au moins d'attendre que tu rentres à la maison…

— Je t'ai expliqué. Ça va changer. » Il se lève, vient vers moi, les bras ouverts. « Trouvons un autre endroit où vivre temporairement. Tes désirs sont des ordres. »

À l'exception de ce que je désire vraiment, me dis-je intérieurement. Je le laisse me prendre dans ses bras. J'ai beau être physiquement tout proche de lui, je me suis rarement sentie aussi éloignée de mon mari. À cause de ce que j'ai fait et de la culpabilité que ça éveille en moi, ajouté à tout ce qui s'est passé auparavant et à la distance que cela avait déjà créée entre nous.

Pour la première fois depuis que je l'ai rencontré, pour la première fois depuis que notre interminable galère pour avoir un enfant a explosé en vol, j'envisage l'éventualité que Kevin et moi ne soyons pas destinés à être ensemble pour l'éternité. Cet homme charmant, beau, talentueux, cet homme que j'ai épousé. Il mérite certainement mieux que moi.

« Je commencerai à chercher demain. » Je connais bien le marché immobilier de Los Angeles. Nous devrons soit payer un prix exorbitant pour une location à court terme dans un Airbnb décent, soit vivre dans un quartier que je ne souhaiterais pas à mon pire ennemi. Alors que nous pourrions loger dans l'une des trop nombreuses pièces de la somptueuse propriété de Mary Flack. Je sais que ça paraît absurde, mais comment pourrais-je rester ici, alors que Stella peut surgir à chaque instant ?

« Tout ce qui te fait plaisir, ma puce. » Kevin dépose un baiser au sommet de mon crâne. « Ça me fait un bien fou de te voir. » Il me serre dans ses bras, mais là non plus je ne suis pas à l'aise longtemps. Me retrouver seule dans cette chambre avec lui me met les nerfs en pelote, comme si j'allais me trahir à tout instant, comme s'il allait pouvoir lire la vérité sur mon visage. Je ne peux pas rester dans cette chambre et je ne peux pas m'en échapper. C'est exactement ce que je ressens. Physiquement et mentalement, je n'ai nulle part où aller. Par mes actes, je me suis moi-même emprisonnée dans ce purgatoire.

Je me retire une nouvelle fois de ses bras.

« J'ai besoin de prendre l'air.

— Okay. » Ses paupières sont lourdes. « J'ai du sommeil à rattraper. J'ai l'impression que je pourrais dormir une semaine entière.

— Fais la grasse matinée, Mary comprendra.

— Tu sais quoi ? » Il se laisse choir sur le lit. « Tu as sans doute raison. Nathan a un effet apaisant sur elle. Elle est plus cool à présent. Sans oublier que j'ai remporté un projet énorme. » Il prend un air pensif. « Quel dommage que Stella n'ait pas obtenu le rôle qu'elle désirait tant. Comment a-t-elle réagi ? Elle était anéantie ? »

Je ne peux que confirmer de la tête.

« J'ai entendu parler d'abus d'alcool, taquine-t-il.

— Je confirme. » J'arbore le pire sourire qu'on puisse adresser à son conjoint : un sourire factice. « C'est pourquoi je ne me souviens quasiment de rien. » *Si seulement.*

« Ça aurait été sympa de pouvoir célébrer ça en famille.

— C'est sûr. » Je m'approche de la porte. « Je sors un instant.

— À ton retour, je dormirai. » Il m'envoie un baiser. « Je t'aime, ma puce.

— Moi aussi. » Je n'ai même pas fini de répondre que je m'éloigne déjà. Même lorsque nous avons reçu les plus mauvaises nouvelles, je n'ai jamais eu ce sentiment déchirant de ne pas pouvoir me trouver dans la même pièce que mon mari, mon complice, l'homme qui sait tout de moi. Tenaillée par la culpabilité, je rôde dans les couloirs de la maison de Mary, croisant les doigts que tout le monde soit couché. Las, j'entends des voix dans le jardin. Stella et Mary sont toujours debout.

Mary a son bras autour des épaules de sa fille, qu'elle est probablement en train de réconforter. Quand on est une fille à sa maman, c'est pour la vie. Je devrais peut-être aller dans l'Iowa, comme je l'ai évoqué, mais Skye et moi débutons un chantier important la semaine prochaine, un acteur devenu une star qui veut revoir la déco de son domicile afin qu'elle reflète son nouveau statut social.

J'observe Stella et Mary par la fenêtre de la cuisine et je ne peux retenir une larme de couler sur ma joue, parce qu'une petite voix, peut-être mon intuition la plus profonde, la plus vraie, me dit que cette famille ne sera plus jamais la même. Et c'est entièrement de ma faute.

# CHAPITRE 22
# STELLA

Il est près de onze heures et je suis encore au lit. Alors que je m'apprête à envoyer un texto à ma coach pour annuler la séance de cette après-midi parce que je ne me sens pas du tout d'humeur à bouger mon corps aujourd'hui, mon téléphone sonne. C'est Damian. Il m'a peut-être dégoté une audition ou, qui sait, peut-être que Faye Fleming a fait jouer ses relations pour que je sois impliquée dans la promo de « notre » film - même si c'est pas vraiment notre film. Cleo et Lana sont peut-être toujours ensemble, mais Cleo n'est apparue que récemment dans la longue vie de Lana, et le biopic porte essentiellement sur tout ce qui s'est passé avant leur rencontre. Mais bon, on sait jamais.

« Hello, que me vaut cet appel matinal ? » Je force mon entrain.

« Matinal ? Stella, c'est presque l'heure du déjeuner! Mais on s'en fiche, j'ai une nouvelle phénoménale à t'annoncer. »

Je m'assieds dans le lit et repousse les draps. Quand je ne sors pas d'une audition, un appel de mon agent est toujours source d'espoir.

« Apparemment... » Une pause. « Nora Levine n'a accroché

avec aucune des actrices sélectionnées pour le call back et elle savait que la personne qui a incarné Cleo Palmer dans *Like No One Else* avait également auditionné. C'est une fan inconditionnelle de The Lady Kings et de The Other Women. Et donc… »

Mon pouls s'accélère. Je saute du lit.

« Nora Levine veut te rencontrer et voir si le courant passe. Elle a expressément donné ton nom. Elle t'a adorée dans *Like No One Else* et elle est tombée des nues en apprenant que tu n'avais pas été retenue.

— J'y crois pas ! » Des larmes de joie me montent aux yeux.

« Tu es dispo cette après-midi ?

— Oui. Évidemment ! » Même si j'avais un emploi du temps de ministre, je me libérerais pour un call back avec Nora Levine.

« D'accord. Super. Je t'envoie toutes les infos dès que j'ai raccroché. Tu as besoin de paroles d'encouragement aussi ? Tu veux qu'on déjeune ensemble ? Dis-moi ce qu'il te faut, Stella. Je suis là.

— Non, ça va aller. » Oh putain. Je vais pas juste rencontrer Nora Levine cette après-midi, je vais jouer face à elle. « Je suis prête. De toute façon, il y a pas grand-chose à préparer pour un test d'alchimie.

— Bien sûr que si. Pense à la personne qui occupe ton esprit en ce moment », dit Damian. J'ai du mal à savoir s'il plaisante.

« Le personnage pour lequel j'auditionne n'a pas de relation amoureuse avec celui de Nora. » Pas dans les parties du scénario que j'ai lues, en tout cas.

« Pas encore, mais de nos jours on ne sait jamais. Ça peut évoluer dans n'importe quelle direction à tout moment.

— Qu'est-ce que tu veux dire ?

— Rien. Rien du tout. » Est-ce que mon agent est aussi survolté que moi ? Ce serait une jolie victoire pour lui aussi. « Sois toi-même, dans toute ton extraordinaire splendeur, Stella, et oublie tout ce que j'ai dit.

— J'essaierai. » Nous mettons fin à la conversation et je me pince. Nora Levine m'a expressément réclamée, a expressément réclamé l'actrice qui a interprété Cleo Palmer. Bordel de merde.

Avant toute autre chose, j'appelle ma mère pour lui annoncer la nouvelle. Puis j'envoie un message à Hayley. Je suis obligée de me retenir de prévenir Kate ensuite. J'ai super envie de partager avec elle, mais les règles ont changé, et ce n'est plus convenable.

Après m'être douchée et avoir choisi la tenue que je vais porter, c'est comme si mes mains prenaient le contrôle, et j'envoie un SMS à Kate sans réfléchir aux conséquences, parce que c'est énorme et qu'elle a été à mes côtés à chaque étape. Il faut qu'elle sache, c'est tout. Le message est à peine parti qu'elle m'appelle.

« Oh mon dieu, Stella ! » hurle-t-elle dans mon oreille. Ça doit être purement instinctif, comme quand nous étions en parfait accord, avant que tout bascule, et ça me fait un bien immense de laisser son enthousiasme me réchauffer. « Je n'en reviens pas. Ou plutôt, si, et c'est merveilleux. Tu vas épater Nora Levine, c'est pas possible autrement. » C'est la Kate d'avant cette foutue bouteille de tequila, la femme à laquelle je n'ai pas pu résister. Le conseil de Damian me revient, de penser à la personne qui occupe mon esprit quand je serai face à Nora. Je ne devrais même pas me l'admettre à moi-même, mais au-delà de ce qui est logique et acceptable, je sais que pour moi, à l'heure actuelle, cette personne, c'est Kate. « Merci de m'avoir prévenue, Stella. Je suis si heureuse pour toi. Je croiserai les doigts pour toi toute l'après-midi.

— Je te tiendrai au courant.

— Merci, je veux bien. » Dans sa voix, l'enthousiasme a laissé place à autre chose. Elle a dû être rattrapée par la culpabilité. « Hum, donc...

— Tout va bien ?

— J'aimerais te parler d'un truc, répond-elle. Plus tard. Ce soir, après ton rappel. Ou quand ça t'arrange.

— D'accord. Okay. Je vais sans doute sortir ce soir, cela dit.

— Est-ce que Mary veut célébrer en grande pompe ?

— Elle voulait changer ses plans avec Nathan et m'inviter dans un restaurant chic, mais j'ai refusé. C'est une opportunité incroyable, surtout après la déception de lundi, mais évitons d'agir comme si le rôle était déjà à moi. C'est encore loin d'être acquis. » Le stress commence à monter. Et l'heure tourne. Je dois être dans le centre-ville dans une heure. Il faut que j'y aille.

« Ça ne m'étonne pas d'elle mais tu as raison. Chaque chose en son temps. Nous serons tous avec toi par la pensée.

— Merci. J'y vais. À plus. »

Ça sera peut-être comme ça, désormais. Peut-être qu'à quelques à-coups près, on peut s'en remettre, Kate et moi, et redevenir amies, ou au moins des belles-sœurs cordiales. Mais je n'ai pas le temps de penser à ça pour l'instant. Il faut que j'aille épater Nora Levine.

───

« C'est la meilleure audition de toute ma vie ! » L'adrénaline me porte encore tellement quand je rentre que je ne peux pas m'arrêter de parler. « Nora et moi, on a… On a totalement accroché. En tout cas quand on était dans la peau des personnages. Le reste du temps, elle est un peu… distante, j'ai l'impression. Je veux dire, elle essaie, mais on sent que c'est pas naturel pour elle, de parler de la pluie et du beau temps, tout ça, quand on attend. Mais oui, c'était vraiment génial, Maman. » C'est à peine si je reprends mon souffle tandis que ma mère se prépare pour aller dîner avec Nathan et des amis. « D'un autre côté, j'avais déjà le sentiment d'avoir cartonné la dernière fois, alors je ne peux pas vraiment m'y fier. » Même si Nora m'a appréciée et bien qu'elle ait son mot à dire dans le projet, son pouvoir s'arrête là. Au bout du compte, la décision ne lui appartient pas. Comme toujours, mon destin est entre les mains d'un producteur d'Hollywood dont je ne connais même pas le nom.

« Mon dieu, qu'est-ce qu'on va faire de toi ce week-end, ma chérie ?

— Aucune idée. Je vais probablement péter les plombs d'ici lundi.

— Tu devrais peut-être aller profiter du cottage ? Aller marcher, te dépenser. Passer du temps dans la nature.

— Aller toute seule à Topanga alors que j'attends des news ? Je ne pense pas, non.

— Je viendrais bien avec toi... » Elle s'interrompt dans son maquillage. « Mais les Lippmann ne me pardonneront jamais si je manque leur cinquantième anniversaire de mariage. La fête est prévue de longue date. Je suis désolée, ma chérie. Mais pourquoi pas Kate ? Ça lui ferait du bien de se changer les idées. »

Un ricanement nerveux m'échappe. « Non. Je ne vais nulle part ce week-end. » Et certainement pas avec Kate. « Je sors ce soir. » Qui sait, peut-être trouverai-je cette fameuse étincelle à nouveau. C'est à peine si Kate et moi avons échangé deux phrases et elle ne m'a pas reparlé de l'éventuel blind date. C'est un peu bizarre maintenant, sans doute.

« Tu es prête ? » Nathan apparaît dans l'embrasure de la porte. Il brandit à nouveau ses deux pouces levés. « Pour te montrer toute ma foi en toi, je ne remplacerai pas la bouteille de tequila de sitôt. Cette fois-ci, tu n'auras pas besoin de noyer ton chagrin parce qu'il n'y aura rien à noyer.

— Où sors-tu ce soir ? » Maman se tourne vers moi, ignorant le commentaire de Nathan sur notre beuverie. Il est fort possible qu'elle n'approuve pas, que ça lui rappelle un peu trop que son petit ami est nettement plus jeune qu'elle.

« Je vais retrouver Hayley et les autres.

— C'est parfait, ma chérie. » Pour ne pas avoir à remettre du rouge à lèvres, ma mère ne pose pas complètement ses lèvres sur ma joue lorsqu'elle m'embrasse avant de partir.

---

« Tu rêves déjà de Nora Levine ? » demande Hayley. « Je m'attendais à ce que tu sois extatique, mais tu m'as surtout l'air distraite.

— Je ne peux pas rêver de Nora Levine. » Plus je bois, plus mon esprit s'égare en terre interdite. « Il est trop tôt et je ne veux pas tenter la chance. Rien n'est encore fait. À Hollywood, tout est possible, mais l'inverse est aussi vrai. »

Hayley acquiesce. Au fil des années, elle a été témoin de tous les hauts et les bas de ma carrière. Elle sait à quel point ça peut être éprouvant.

« Tu as le droit de rêver de Faye Fleming, en revanche », dit Melissa, l'encore assez nouvelle petite amie d'Hayley. « On est déjà allées voir le film deux fois.

— Il faut qu'on le regarde ensemble, Stella, réclame Hayley. Comment ça se fait qu'on l'ait pas encore fait ? »

Je fais la moue. J'étais trop occupée à le voir avec Kate et… « Allons-y ce week-end. » Pourtant, plus on avance dans la soirée, plus l'idée de m'échapper ce week-end, loin de l'omniprésence du showbiz, commence à me tenter. Je devrais peut-être proposer à Hayley et Melissa de m'accompagner à Topanga. Ça pourrait être marrant.

« Oh, on peut pas ce week-end, regrette Melissa. Mes parents viennent à L.A.. Je vais leur présenter officiellement Hayley.

— Oh mon dieu, c'est génial !

— Garde ton téléphone à portée de main au cas où j'aurais besoin de m'enfuir discrètement, plaisante Hayley.

— Je vais peut-être aller à Topanga. Juste… pour prendre l'air quelques jours.

— Tu vas tourner en rond toute seule », remarque Hayley.

Pas autant que si je reste à la maison avec Kate pour seule compagnie la plupart du temps. « Je verrai. La nuit porte conseil.

— Mais d'abord... » Melissa lève son verre. « On trinque! »

Et c'est ce que nous faisons, bien qu'en mon for intérieur, tout au long de la soirée, je ne peux m'empêcher de me demander de quoi Kate veut me parler.

## CHAPITRE 23
## KATE

Lorsque je rentre, après avoir bu un verre avec un client, il n'y a personne chez Mary. Kevin m'a appelée tout à l'heure pour me dire - surprise ! - qu'il dormirait chez nous pour être tout à fait prêt demain quand Nathan reviendra lui donner un coup de main. Il avait l'air de penser que c'était une bonne chose, comme s'il exauçait mon vœu de ne pas tout faire tout seul. Je suis sûre que Nathan l'aide réellement, mais ce n'est pas ce que je voulais dire. Une partie de moi est cependant heureuse qu'il ne soit pas là ce soir. Qu'il n'y ait que moi.

Alors que je m'installe dans l'un des fauteuils au bord de la piscine, mon œil est attiré par le pool house. Contrairement à ce que j'ai dit à Kevin, je n'ai pas encore commencé à chercher de location et là, je m'en félicite. Avoir cette propriété magnifique rien que pour moi est un luxe. Et peut-être ne devrais-je pas fuir ce à quoi je suis confrontée. Peut-être Stella et moi devrions-nous apprendre au plus vite à vivre avec ce que nous avons fait. C'est déjà un peu plus facile, même si je l'ai à peine vue depuis.

Quand j'ai reçu son texto ce matin, il fallait que je l'appelle. Il fallait que j'entende sa voix, que je partage sa joie. Elle m'a envoyé un nouveau message après l'audition pour me dire que ça s'était aussi bien passé que possible et qu'on pourrait discuter demain. En le lisant, j'ai eu envie de la rappeler, d'entendre sa voix, de partager son bonheur, mais je me suis retenue, parce qu'il faut bien fixer une limite quelque part.

Je vais dans la cuisine, toute en marbre étincelant et meubles chic, et je ne peux m'empêcher de comparer avec ce que nous aurions dans une location, même si c'est futile. Kevin s'en ficherait puisqu'il vit de plats à emporter ces temps-ci. Il est encore pire que sa sœur sur ce point. Mes pensées semblent revenir sans cesse vers Stella. Mais il faut que j'accepte que ce soit le cas pendant un moment. Que ce n'est pas grave. Avec le temps, Kevin terminera la maison et je pourrai enfin laisser libre cours à ma créativité pour la décorer. Nous ré-emménagerons et prendrons les décisions qui ne sont pas à notre portée pour l'instant. Notre vie peut redevenir merveilleuse, ensemble. Il faut que j'y croie, même si je n'ai pas grand-chose à quoi m'accrocher. J'ouvre le réfrigérateur, qui ne contient rien d'excitant. J'aurai aussi vite fait de me commander un truc, moi aussi. Sur mon téléphone, j'examine les choix qui s'offrent à moi avant d'opter pour des sushis d'un endroit dont Stella dit le plus grand bien.

Stella. Stella. Stella. Finalement, ce n'est peut-être pas une si bonne idée de rester ici. Certes, j'apprécie les jolies choses et l'opulence de la maison de Mary, mais j'apprécie également mon intimité, bien que ce ne soit pas tant de cela qu'il s'agisse que de tranquillité d'esprit. Stella vit aussi ici et tout me fait penser à elle. Sa veste dans l'entrée. Sa voiture dans l'allée. Même commander un repas. Sans parler de la tornade de souvenirs dans ma tête.

La vérité, c'est que je ne sais pas du tout quoi faire. Pas étonnant puisque c'est la première fois que je me retrouve dans une telle situation. À l'évidence, je ne peux pas non plus me fier à mon instinct. Stella a déjà été trompée, je devrais peut-être lui demander son avis, mais ça ne me semble pas être la meilleure idée de la terre.

Je retourne dans le jardin pour attendre la livraison, et concentre toute mon énergie à ne pas penser à Stella.

―――――

« Vos sushis, milady. » Je manque de tomber de mon fauteuil. Je guettais la sonnette d'entrée mais, au lieu de ça, Stella a fait irruption dans le jardin, un sac en papier à la main. « Désolée. Je voulais pas te faire peur. On est arrivés en même temps, le livreur et moi. » Elle me sourit. « Ne t'inquiète pas, je lui ai donné un super pourboire. »

— Merci. » Je prends le sachet, malgré le nœud dans mon estomac qui m'a immédiatement coupé l'appétit. « Tu es là tôt.

— Oui. Hayley et Melissa ont des plans de bonne heure demain, et du coup je suis rentrée, moi aussi. » Un autre sourire. « Tu as dit que tu voulais qu'on parle, et je vais peut-être m'absenter ce week-end, donc...

— Ah. » J'entre chercher des assiettes et nous nous retrouvons toutes les deux autour de l'îlot.

« On peut parler maintenant, si tu veux, propose Stella.

— D'accord. Tu as dîné ? Tu en veux ? » Sans attendre sa réponse, je dispose les sushis dans deux assiettes et en pousse une dans sa direction. « Encore bravo pour le rappel, au fait. Nora Levine était comment ?

— Kate. » Stella tend une main mais se ravise. « Respire. Mange. Ça va aller. » Ses yeux pétillent. « Mais Nora est incroyable. D'une intensité... J'ai jamais vu ça, une telle capacité de concentration. Ou alors elle essayait de me déstabiliser, ou de me tester, je sais pas. Même si elle était un peu distante, elle était aussi sympa et pas du tout arrogante.

— Travailler à ses côtés pourrait être formidable, on dirait. »

Les narines de Stella frémissent. « On verra. » Elle accepte les baguettes que je lui tends et trempe un maki dans la sauce soja. « De quoi voulais-tu parler ?

— Tu as dit que tu partais ce week-end ? » C'est comme si j'avais besoin de me réacclimater à sa présence avant de pouvoir aborder le sujet dont je veux discuter, m'adapter à ce que nous sommes devenues l'une pour l'autre, qui est assez indéfinissable.

« À Topanga, au cottage, tout bêtement, pour me ressourcer un peu. »

Le fait que les Flack emploient le terme « cottage » pour désigner la ravissante maison qu'ils possèdent à Topanga Canyon en dit long sur leur mode de vie.

« Bonne idée.

— Juste pour prendre l'air quelques jours, m'aérer la tête. »

Je ne sais pas si je suis soulagée ou triste à l'idée que Stella ne sera pas là ce week-end. Je devrais être soulagée ; je devrais être extatique. Et pourtant, non.

« Hier, j'ai discuté avec Kev de l'éventualité de louer quelque chose quelque part, le temps qu'il termine la maison. »

Stella hoche la tête. « À cause de moi ? »

J'abandonne mon assiette. Les sushis ont l'air délicieux mais ils ne font pas le poids contre les nœuds dans mon estomac.

« Oui, enfin non. Plutôt à cause de moi. Je ne sais pas. J'ai du mal à garder mes pensées… sur le droit chemin, en fait.

— Jolie façon de dire les choses », pouffe Stella.

Rire avec elle est tellement plus facile que de m'entêter à me faire des reproches. De la même façon que Stella et moi allons devoir trouver une façon de vivre avec nos actions, je vais devoir me pardonner.

« Tu sais ce que je veux dire.

— C'est agréable de te voir sourire, Kate. J'ai l'impression que ça fait une éternité.

— J'ai besoin de temps pour me remettre de… tu sais. » Plus que tout, ça a été une distraction par rapport à tout ce dont je devais déjà me remettre avant de coucher avec Stella.

« Je sais. » Elle pose ses baguettes. « La situation est différente pour toi, mais je comprends. C'est mon frère et je ne veux surtout pas lui faire de mal. Je n'en ai pas du tout l'intention si je peux faire autrement.

— Ça ne serait pas aussi plus facile pour toi si Kevin et moi ne vivions pas ici ?

— C'est déjà un peu le cas pour Kevin, et en ce qui te concerne, Kate, ce n'est pas moi qui vais te demander de partir. Pour commencer, ce n'est pas ma maison, et ce n'est pas à moi de le faire. Et puis, bon, toi et moi, on va continuer à être dans la vie l'une de l'autre, pour toujours, alors autant prendre le problème à bras le corps, encaisser au lieu d'essayer de l'éviter. Mais je comprends que ce soit difficile pour toi. » Elle prend un air pensif. « Tu peux t'installer dans le cottage si tu as besoin d'intimité. Après ce week-end, il est tout à toi. Ou dès maintenant si tu veux. Je ne suis pas obligée d'y aller.

— Ça ne va pas plaire à Kevin. C'est trop loin de son bureau et de notre maison.

— J'adore mon frère, mais il n'a pas son mot à dire, là. C'est ta décision. Tout ce qui peut t'aider à te sentir mieux.

— Avant d'emménager ici, nous avons évoqué l'idée du cottage, mais nous avons abandonné à cause du trajet et des embouteillages. Ce n'était pas seulement Kev. À l'heure de pointe, il me faudrait au moins une heure pour aller travailler et pareil au retour.

— C'est vrai. De toute façon, prends le temps de réfléchir à ce que tu veux faire. Je ne serai pas là ce week-end.

— Du temps, j'ai... C'est juste que... » Je m'interromps avant qu'il ne soit trop tard.

« Quoi ? » Stella penche la tête. Elle a l'air bien plus délicieuse que cette assiette de sushis. Quelques mèches de cheveux se sont échappées et encadrent ses joues, et il n'est pas facile de résister à la lueur qui fait briller ses yeux bleus. Pas étonnant que Nora Levine ait insisté pour qu'on la rappelle.

« Rien. » J'essaie de passer à autre chose.

« Dis-moi. S'il te plaît. » Je ne crois pas que Stella tente de me séduire. Elle est comme ça, c'est tout. Charmante et curieuse, surtout quand il s'agit d'elle.

« Tu… tu me manques un peu. C'était tellement agréable de passer du temps avec toi, et ça m'a vraiment aidée à… aller de l'avant. Maintenant, on ne peut plus et ça me manque.

— Seulement pendant quelque temps. » Stella parle plus doucement. « Jusqu'à ce que ça se calme. »

Je meurs d'envie de lui demander ce qu'elle veut dire, mais je crois savoir, et ce n'est pas une bonne idée d'orienter la conversation dans cette direction.

« On peut peut-être faire quelque chose ensemble la semaine prochaine. Aller déjeuner, un truc de ce genre. Ou aller marcher. Je sais pas. Juste pour voir comment ça se passe.

— Ça me ferait plaisir. » J'essaie d'empêcher ma voix de trembler. Je croyais savoir ce que ça fait d'avoir éperdument envie de ce qu'on ne peut pas avoir, mais apparemment, je n'ai pas encore fini d'étudier tous les degrés de cette pénible épreuve.

# CHAPITRE 24
# STELLA

Je viens de rentrer d'une balade magnifique dans la montagne. Rien ne vaut la sensation de mettre un pied devant l'autre, entourée de verdure luxuriante aussi loin que porte le regard. Je suis assise sur la terrasse qui surplombe la vallée, en train de boire de l'eau, quand j'entends une voiture approcher. C'est tellement calme ici, dans les bois, qu'on la repère à des kilomètres. D'un coup d'œil, je vérifie si j'ai raté un appel. Peut-être qu'Hayley a été obligée de s'enfuir, et quel meilleur refuge que Topanga ? Je descends l'allée pour voir qui a décidé de me faire la surprise. Je ne devrais pas le penser, encore moins le vouloir, mais j'espère que c'est Kate. Parce qu'elle me manque aussi. Le rouge éclatant de sa Prius émerge d'un nuage de poussière. Mon cœur bat la chamade. Qu'est-ce qu'elle fait là ? Elle sort de la voiture et tire deux sacs en papier du coffre.

« Je t'ai fait des courses. Je ne savais pas si tu avais assez à manger.

— Tu m'as apporté de la nourriture ?

— Oui, dont des trucs qui doivent aller au frigo rapidement. Donne-moi un coup de main, veux-tu ? » Elle fourgue l'un des sacs dans mes bras.

Nous rangeons les courses en silence. Elle a apporté un méli-mélo sans queue ni tête. Des pommes et des barres protéinées, je peux comprendre, mais de la farine et des tomates séchées ? À moins qu'elle ne soit venue ici exprès pour me cuisiner un repas gastronomique.

J'attrape une bouteille d'eau pour chacune avant de demander : « Je meurs d'envie de savoir, Kate. Qu'est-ce que tu fais vraiment ici ? »

Elle inspire profondément puis se tourne vers la vue. Les coudes sur la balustrade, elle admire la vallée qui s'étend sous nos yeux. « J'avais oublié comme c'est beau, ici. » Elle ouvre la bouteille, avale quelques gorgées. « Et je crains de m'être livrée à des pensées totalement irrationnelles. »

Je tente de toutes mes forces de ne pas laisser la jubilation qui m'envahit apparaître sur mon visage. J'ai beau être actrice, c'est quand même difficile, parce que jouer ne veut pas dire masquer ce qu'on ressent, ça veut dire se servir de ses émotions. La différence est de taille.

« Nathan et Kev sont à la maison. Mary vaque à son occupation du samedi.

— Elle dessine, dis-je. C'est une obsession. »

Kate hoche la tête. « Et je me suis dit... » Son regard est fuyant. « Eh bien, toi et moi, il faut qu'on trouve une nouvelle façon d'être ensemble. D'agir à nouveau comme des belles-sœurs lambda, et quel meilleur endroit pour s'entraîner qu'ici ? Personne n'attend de nous que nous agissions de telle ou telle façon puisqu'il n'y a que nous. C'est l'environnement parfait pour faire un test.

— Je vais enfoncer une porte ouverte... » Je ne suis pas venue ici spécifiquement pour éviter Kate, même si mon subconscient aurait sans doute un avis sur la question. « Mais ton plan est un peu bancal. » Avec sa longue robe à fleurs et son maquillage discret, Kate est l'image même de la femme de Los

Angeles en week-end. La seule chose qui clashe avec son style campagnard chic est son teint blafard.

« Je sais. Oh, Stella, je sais. Je suis tellement désolée de débarquer comme ça. J'aurais dû appeler, mais comment aurais-je pu expliquer cette absurdité au téléphone ? »

Elle a raison sur un point. C'est de la folie. C'est comme de mettre une soucoupe du lait le plus frais, le plus crémeux devant un chat et lui dire de ne pas y toucher parce que ce n'est pas normal. D'abord, le chat ne comprend pas, et en plus, il lui faudrait à peu près trois secondes pour laper le lait jusqu'à la dernière goutte parce que c'est ce dont il a envie et qui va l'en empêcher ?

« Bon, maintenant que tu es là, autant essayer. » Être ici, pas vraiment au milieu de nulle part mais suffisamment loin de notre vie quotidienne, me donne plutôt l'impression que tout est permis, que j'ai le droit de faire ce que je veux, pas ce que je dois. Et mon cerveau ne veut peut-être pas l'admettre, en tout cas pas tout le temps, mais mon corps, lui, sait très bien ce qu'il veut. Elle.

« OK. Par quoi on commence ? » Kate tape dans ses mains comme une institutrice survoltée.

« Je vais prendre une douche. Je rentre d'une randonnée, une activité que je recommande grandement pour, euh, se changer les idées.

— Ça fait des années que Kev et moi n'avons pas fait l'effort de venir jusqu'ici, tout est passé dans nos tentatives d'avoir un bébé. » Elle désigne la maison. « Je vais aller jeter un œil, voir s'il y a des endroits où la déco aurait besoin d'être rafraîchie.

— Fais comme chez toi. » Il me faut une douche froide. Je me rue vers la salle de bain, incapable de comprendre comment on s'est fourrées dans cette galère.

Le soleil a presque disparu, et Kate a allumé un feu sur la terrasse. Elle le surveille attentivement, alors que c'est inutile. Si je me souviens bien, c'est elle qui a conseillé à Maman d'acheter ce brasero, justement parce qu'il est très facile d'utilisation.

« Peut-être qu'effectivement, je devrais m'installer ici. Travailler à distance. Cet endroit est absolument magique », dit-elle en se détendant un brin. Nous sommes toutes les deux hyper crispées depuis son arrivée, à essayer de faire semblant de n'être que des belles-sœurs ordinaires. « Malheureusement, mon boulot ne se prête pas vraiment au télétravail.

— Le mien non plus, bien que j'aie souvent l'impression de travailler de chez moi, à attendre un appel de mon agent ou à lire des scénarios pour des rôles que je n'obtiendrai jamais.

— Tu as déjà envisagé d'abandonner ? De te reconvertir ? » Elle fait tourner son verre de vin entre ses mains. Plus tôt dans la soirée, nous nous sommes mises d'accord sur une limite d'une bouteille à deux. Aucune de nous n'a encore terminé son premier verre, terrifiées de ce qui pourrait arriver à la première vraie gorgée.

« Tous les jours ou presque, mais c'est ça que je veux faire, dis-je.

— Raconte-moi. » Sa tête repose contre le dossier du fauteuil Adirondack. Elle se tourne vers moi. « Que voudrais-tu être si tu n'étais pas actrice ?

— Comme la plupart des gens dans cette ville, je travaille sur un scénario depuis près de dix ans.

— Ah bon ? Je ne savais pas.

— Il y a beaucoup de choses que tu ne sais pas, Kate.

— Comme quoi ? » Ses lèvres dessinent un sourire.

« Jusqu'à il y a quelques semaines, nous n'avions jamais vraiment discuté, à part des trucs de famille par-ci par-là.

— C'est vrai. Alors, il raconte quoi, ton scénario ?

— C'est de la SF, une comédie complètement déjantée qui se passe dans un monde où le patriarcat n'a jamais existé, mais au bout du compte, le matriarcat a aussi fini par détruire la planète, mais après la découverte d'un autre monde où on peut survivre.

— J'adorerais le lire, un jour.

— Tu n'es pas obligée de dire ça. C'est juste un passe-temps. Une façon de canaliser mon imagination débordante, c'est tout.

— N'empêche. J'adorerais le lire. » Elle exhale bruyamment, cligne lentement des yeux. « Je vais être franche, Stella. Une partie de moi aimerait rester ici avec toi pour toujours. Ou au moins pour plus longtemps qu'une journée. Une semaine. Voire quelques mois. » Elle pose son verre et tend la main. « Rien que d'être avec toi je me sens… plus légère. »

J'observe sa main tendue. J'ai une boule dans la gorge. Je ne devrais pas lui prendre la main mais je sais déjà que je vais le faire. Comme si j'assistais à la scène plutôt que d'en être actrice, je me regarde approcher la mienne. Au contact de ses doigts, un courant électrique me traverse. Toutes les émotions que je tente d'ignorer depuis lundi se déchainent simultanément. Mes doigts remontent le long de son bras.

« J'ai le sentiment que je vais échouer spectaculairement à nouveau », dit Kate. Sa main toujours dans la mienne, elle se lève de son fauteuil. Je reste assise, et c'est comme si j'étais à ses pieds, en adoration. C'est tout comme. Je me lève également.

« Je ne peux pas dire non, Stella. J'ai beau essayer, je n'y arrive pas. S'il te plaît, dis non pour nous deux.

— Dire non à quoi ? Je ne t'ai rien demandé. » Ma main ne lâche plus son poignet. Je la fais descendre et entrelace nos doigts.

« Je n'aurais pas dû venir, mais je ne pouvais plus garder mes distances. C'est comme si… » De l'autre main, elle empoigne mon chemisier. « Comme si j'avais besoin de toi. Plus que de quoi ou de qui que ce soit d'autre.

— Même complètement à jeun ? » Ma voix s'étrangle.

« Surtout complètement à jeun », répète-t-elle.

C'est totalement injuste de me faire porter la responsabilité d'arrêter. Parce que je n'ai peut-être pas besoin d'elle, mais je la désire. Et à l'instar de Kate, je la désire encore plus maintenant que je suis à jeun. Maintenant que je ne peux plus me cacher derrière l'excuse de l'ébriété. Maintenant que toutes les circonstances atténuantes se sont évaporées. Elle est venue ici pour moi, c'était évident dès qu'elle est sortie de la voiture, toute déboussolée, avec ses excuses à la con.

« Moi non plus, je ne peux pas dire non. » On pourrait croire que les paroles qu'elle a prononcées tout à l'heure se répercutent du fin fonds du canyon, mais cette fois, c'est moi qui les prononce. « Ne me le demande pas.

— Je ne te demande rien. » De la même façon que notre conversation fait écho, quelque chose qui nous revient encore et encore, ce n'est pas la première fois que Kate m'attire à elle. Mais contrairement à un écho, le désir avec lequel elle le fait ne s'atténue pas avec les répétitions. Il ne fait que s'intensifier.

Nos nez se frôlent. « J'ai toujours envie de toi, murmure-t-elle. Peut-être pouvons-nous... » Mes lèvres sur les siennes l'empêchent de terminer sa phrase. On arrête les promesses, ai-je envie de dire. Aucune de nous n'est en position de promettre quoi que ce soit à l'autre.

## CHAPITRE 25
## KATE

Une fois de plus, ma capacité à me mentir à moi-même me stupéfie. Je suis venue jusqu'ici, convaincue que ce serait la solution à ce que nous sommes en train de faire. Parce que Stella m'embrasse et, bien sûr, je lui offre ma bouche. Bien sûr, je laisse sa langue y pénétrer. J'ai tellement envie d'elle que j'en pleurerais, même si je pleurerais aussi sans doute pour un milliard d'autres raisons. Mais c'est ça, le truc. Aucune de ces raisons ne compte quand Stella m'arrache à moi-même. Quand elle colle ses lèvres aux miennes, quand nos langues et nos doigts s'entremêlent. Je glisse une main sous son chemisier. Sa peau est douce et chaude et exactement ce que je veux.

Peut-être pouvons-nous avoir une nuit de plus, voulais-je dire. Et si Stella m'avait coupée d'un baiser pour que mes mots ne sonnent pas creux ? Comment pourraient-ils ne pas nous rappeler toutes les raisons pour lesquelles nous ne devrions pas nous embrasser ? Nous nous embrassons et les mots n'y changeront rien.

« Allons à l'intérieur », souffle Stella dans mon oreille.

Je hoche vivement la tête et la suis. Elle m'entraine dans sa chambre. Pas la peine de fermer la porte derrière nous, personne ne peut nous voir. Personne ne sait ce que nous faisons.

Tout habillées, nous nous effondrons sur le lit. Stella paraît sur le point de me dévorer. Laissant glisser sa main de ma joue à mes cheveux, elle m'oblige à m'allonger. Elle me regarde dans les yeux et s'interrompt. Est-ce qu'elle a des doutes ? J'espère que non, mais il faut que je lui laisse le temps de réfléchir si elle en a besoin, de se débarrasser de toutes ses hésitations.

Elle se mord la lèvre inférieure sans me quitter des yeux. Son visage est si proche que son souffle me caresse la joue. Elle semble vouloir dire quelque chose, se ravise. Comme si elle s'était intérieurement convaincue, elle efface lentement la distance qui nous sépare encore et m'embrasse avec une telle délicatesse que je devrais à peine sentir son baiser, et pourtant je le sens dans tout mon corps. Ma peau toute entière s'embrase à nouveau, et j'ai le sentiment de redevenir la femme que j'étais avant que tout ne s'écroule. Une femme pleine d'espoir, de rêves, de désir. Une femme que je reconnaitrais à peine si je la croisais dans la rue aujourd'hui. Parce que le long et laborieux processus pour tenter, en vain, d'avoir un enfant m'a vidée de l'intérieur. Il a progressivement sapé ce qui nous unissait, Kevin et moi, notre amour, notre respect mutuel. Les montagnes russes qui nous ont fait alterner sans répit espoir et déception nous ont éviscérés. Peut-être nous est-il devenu impossible de nous retrouver dans les ruines de ce que nous avons vécu.

Cela n'excuse en rien ce que je suis en train de faire, mais c'est une raison. Une explication. Et parfois, tout ce dont on a besoin, c'est d'une explication. Parce que je veux encore et toujours plus de ce que me donne Stella. Lorsque je suis avec elle, j'ai l'impression de revivre, de compter, que quelqu'un tient à moi, et, même si je trahis mon mari, cela me permet de me voir sous un jour nouveau. Il y aurait peut-être d'autres façons pour moi de me remonter le moral, de m'extirper du désespoir dans lequel j'étais tombée, mais j'ai fait avec ce que j'avais. Avec ce qui s'est présenté à moi. Et c'est sûrement égoïste de ma part, et irréfléchi, voire cruel, mais j'en ai besoin. J'ai besoin d'être là. Mon corps l'a compris avant mon cerveau. C'est pour ça qu'il m'a conduite ici, en pilote automatique. Dans les bras de Stella.

Je ne connais pas, en revanche, les motivations de Stella. Elle ne peut plus prendre prétexte de la déception ou de la tequila. Peut-être, tout simplement, que je lui plais vraiment. C'est la seule conclusion que je peux tirer de la manière dont elle m'embrasse. Sa langue contre la mienne est douce mais aussi très déterminée. Ses doigts se promènent le long de mon cou. Il serait facile de confondre la façon dont elle m'embrasse, pleine d'une ardeur et d'un désir indéniables, avec un baiser amoureux. Parce que ça aussi, ça joue, avec Stella. Ce n'est pas une inconnue. Nous n'étions peut-être pas proches, mais le socle existait. Ou peut-être y a-t-il une autre raison pour laquelle nous n'étions pas proches auparavant. Peut-être que si nous l'avions été, ce qui est en train de se produire se serait produit plus tôt.

Ma robe s'est plaquée contre mon corps, restreignant mes mouvements. Je fais comprendre à Stella que j'aimerais qu'elle retire son haut. Nous avons toute la nuit, toute la journée de demain, et peut-être même pourrons-nous ajouter encore une nuit… Et pourtant j'ai hâte que nous soyons nues. Ça ne fait que quelques jours et j'ai l'impression que ça fait des semaines et des semaines. Et cette fois, tout est différent. Il ne s'agit plus d'une erreur commise sous l'influence de l'alcool. Nous sommes deux adultes consentantes qui choisissent et décident avec enthousiasme d'agir quelles que soient les conséquences… et elles seront nombreuses.

Nous bataillons avec nos vêtements. Je dois me lever du lit pour retirer ma robe. Stella ne me quitte pas des yeux, n'en ratant pas une miette. Avant que je puisse dégrafer mon soutien-gorge, elle m'attire à elle. Manifestement, elle veut s'en charger elle-même.

Nous n'avons pas prononcé un mot. Il n'y a d'autre son que le vent qui bruisse dans les arbres et le frottement de notre peau contre les draps. Celui de nos lèvres qui se touchent. Celui de mon souffle qui s'accélère.

Je m'agenouille sur le lit, face à Stella. D'une main sur ma nuque, elle me guide vers elle. Elle m'embrasse et je l'embrasse en retour. Et j'ai beau essayer de ne pas penser à mon mariage, je sais que nos actions le désagrègent. Qu'il ne sera plus jamais le même. Que tout n'est pas réparable, qu'il est des blessures dont on ne revient pas. Ce que je suis en train de faire ici, avec Stella, équivaut à dire adieu à mon mariage.

Les mains de Stella remontent dans mon dos, détachent l'agrafe du soutien-gorge. Sans interrompre notre baiser, elle insinue ses mains sous les bonnets. Ses pouces caressent mes tétons et l'effet serait le même s'ils caressaient mon clitoris, tant mon désir est grand. Si je peux expliquer ma présence dans ce lit, mon attirance soudaine pour elle est plus mystérieuse. Mais peut-être qu'il n'y a pas d'explication à chercher. Peut-être que je peux juste savourer, en tout cas pour l'instant. Quoi qu'il en soit, l'attirance est irréfutable, et je ne peux pas nier que je désire Stella autant qu'elle me désire.

Gémissant dans sa bouche, je tente à mon tour de défaire son soutien-gorge. Je sens mon clitoris palpiter à l'idée de revoir sa poitrine magnifique. Ma dextérité semble souffrir de nos baisers et j'échoue à accomplir ma mission. Stella abandonne un instant mes seins et me donne un coup de main. Elle dévie légèrement son corps du mien et, sans me quitter des yeux, me gratifie d'un sourire si doux, si tendre, et voilà une raison, justement. Ce qui explique pourquoi je l'apprécie tant, pourquoi j'aime tant passer du temps en sa compagnie, au point que les choses se soient intensifiées et aient largement dépassé l'amitié. Elle est loin de la gosse gâtée que j'ai toujours vue en elle. Elle est prévenante et attentionnée, et aussi prodigieusement sexy et talentueuse.

    Stella balance son soutien-gorge derrière elle, et je saisis l'occasion de me débarrasser du mien. Je suis aussitôt prise d'une envie irrésistible de happer ses mamelons parfaits dans ma bouche. De donner des petits coups de langues à ces bourgeons sublimes. Mais elle ne me laisse pas faire. Pendant des jours j'ai souhaité tout oublier de la nuit que nous avons passée ensemble mais aujourd'hui, je suis heureuse de me souvenir du moindre détail. C'est ce qui me permet de remarquer comme son attitude diffère. Il y a quelque chose de plus affirmé dans sa façon d'agir, d'attraper mes poignets et de les éloigner de son corps afin de m'obliger à m'allonger. La curiosité et l'euphorie des premières fois ont dominé cette nuit initiale, mais ce soir, j'ai le sentiment que Stella se dévoile plus, que je découvre comment elle est réellement. Dire que j'aime beaucoup ce que je vois est un euphémisme.

    Dès que mon dos touche le lit, Stella n'hésite pas une seconde à m'enlever mon slip. Elle n'a plus besoin de tequila pour s'affranchir de ses inhibitions maintenant que nous en sommes là. Son corps s'abaisse sur le mien, nos poitrines se touchent, ses coudes encadrent mes épaules. Elle fourre à nouveau ses mains dans mes cheveux et me contemple. Je plonge dans ses yeux bleus, son visage aussi ravissant que sexy. J'aimerais pouvoir lire dans sa tête, découvrir ce qu'elle pense, ce qui lui traverse l'esprit à cet instant. Mais je n'ai pas besoin d'être télépathe pour savoir que pour elle non plus, ce n'est pas que du cul. C'est bien plus que ça, pour nous deux.

    Elle m'observe encore quelques instants, comme si elle voulait inscrire chaque détail dans sa mémoire. Je l'imite. La tache de rousseur à gauche de son nez que je n'ai remarquée qu'en la voyant sur grand écran. La rondeur de sa lèvre supérieure comparée à celle du dessous. L'inconcevable bleu de ses yeux qui s'assombrit parfois, comme la lumière de L.A. un jour de smog. Je ne la connais peut-être pas très bien, et pourtant c'est comme si je l'avais toujours connue. Comme si tout cela, c'était inévitable. Comme si elle avait été mise sur mon chemin pour une raison précise. Peut-être que c'est elle, la Flack que j'aurais dû épouser. Mais non. Je ne peux pas permettre à mes pensées d'errer dans cette direction. Pas maintenant. Il faut que je parvienne à croire que ce que nous sommes en train de faire est en soi quelque chose de beau. Juste un peu plus longtemps. J'ai besoin de la joie que les heures à venir vont m'apporter. J'ai besoin d'effacer en partie la tristesse qui s'est accumulée en moi.

Il y a quelque chose d'extrêmement intime à se regarder comme ça dans les yeux. C'est à l'opposé de se tripoter sous l'effet de l'alcool. C'est comme dire mille fois oui sans prononcer un mot.

On dirait presque de l'amour.

Quand enfin elle m'embrasse, ses lèvres sont encore plus douces. Et je suis prête à m'offrir à elle à nouveau. À m'abandonner et à me défaire de cette partie de moi dont une douleur trop vive a imprégné les muscles, tendu ma chair.

Nos baisers se prolongent des minutes ou des heures. Le temps n'existe plus. Venir ici, loin de tout et de tout le monde, est le meilleur cadeau que je me suis octroyé depuis très longtemps. La façon la plus radicale de prendre soin de moi. Ce n'est pas comme si j'avais des enfants à prendre en compte, qui pourraient m'empêcher de ne penser qu'à moi.

Elle se décale et ses mains vagabondent partout sur mon corps, laissant derrière elles un désir aigu. La façon dont elle prend mes seins dans ses mains trahit sa propre avidité. Les lapements de sa langue sur mon téton me disent tout ce que j'ai besoin de savoir. Ce moment compte autant pour Stella que pour moi. Elle s'insère entre mes jambes. J'écarte mes genoux autour d'elle, je la laisse voir tout de moi. Du bout du doigt, avec la légèreté d'une plume, elle me frôle, évitant soigneusement mon clitoris... Je ne suis pas loin de la combustion spontanée. J'ai hâte d'avoir mon premier orgasme parce qu'au fond de moi, je sais qu'il y en aura bien d'autres ce soir. Peut-être que demain, je serai tellement essorée que toute cette insanité aura miraculeusement déserté mon corps, et je pourrai reprendre ma vie où elle s'est interrompue. Mais bien sûr!

Les caresses de Stella s'intensifient. Le contact de son doigt sur moi se fait plus pesant, plus insistant. Il va et vient dans ma moiteur, et mon souffle se suspend déjà à chaque fois qu'elle effleure mon clitoris. Puis elle porte son doigt à ses lèvres et le suce, et même si elle ne me touche plus, je suis au bord de l'implosion à cette seule vue. Encore une image inscrite à jamais dans mon cerveau.

Sa main retourne à mon sexe, son corps bascule vers moi. Elle écarte mes petites lèvres tandis que sa langue danse autour de mon clitoris. Mon excitation est telle que je ne peux résister à tant d'agilité. Mon corps ne veut qu'une chose, s'offrir à elle. J'ai besoin d'elle, de ce qu'elle me fait ressentir. C'est peut-être dépravé, égoïste, malsain, mais elle est la seule à y parvenir. Elle est la seule à pouvoir apaiser en partie ma douleur, à la remplacer par un mélange surprenant d'espoir et d'agonie d'un genre complètement différent. Une agonie, au moins, nettement plus supportable que le supplice que je vis depuis trop longtemps.

Une vie sans tourment est illusoire, je le sais. Et s'il doit y avoir de la souffrance, j'ai besoin de Stella pour en soulager les assauts les plus cruels, les plus dévastateurs, une fois de temps en temps.

Lorsque je hurle le nom de Stella, la souffrance n'est pour rien dans mon cri déchirant. Il n'est que soulagement, né d'émotions qui ne demandaient qu'à être libérées - enfin - de la cage où je les ai maintenues trop longtemps.

## CHAPITRE 26
## STELLA

Quand je regarde Kate dans les yeux, c'est comme si je voyais une autre personne. Ou, en tout cas, une autre version d'elle. Peut-être une version que j'ai créée pour moi-même, ou pour cette bulle dans laquelle nous nous trouvons, sur laquelle je peux projeter certaines de mes émotions.

« Stella, Stella, Stella », murmure-t-elle. Ces mots sont les premiers prononcés à voix haute depuis que nous sommes entrées. « Mais qu'est-ce que tu m'as fait ?

— Moi ? » Je ne peux absolument pas laisser passer ça. « C'est toi qui est venue. »

Kate acquiesce. « Je sais. » Le tiraillement se lit dans ses yeux. Contrairement à tout à l'heure, quand j'ai observé pendant de longues secondes son joli minois, avec son petit nez et ses yeux d'un marron profond, je vois tout. Le désir ne me brouille plus la vue et je vois ce que nous faisons, quel type de personnes ça fait de moi, de nous. Je sais ce que c'est d'être trompée et je ne souhaite une telle trahison à personne, surtout pas à mon propre frère. S'il ne l'excusait pas, l'alcool rendait tout au moins la première fois compréhensible. Cette récidive, où nous nous disons oui en pleine conscience, est impossible à justifier.

« Pourquoi est-ce que c'est comme ça ? demande Kate. Qu'est-ce que tu as de spécial ? »

Ma gorge se serre. Je n'ai rien ressenti de profond pour qui que ce soit, rien qui ne me laisse d'autre choix que de tenter ma chance, depuis des années. Depuis Toni. La première femme qui me fait chavirer ne peut pas être ma belle-sœur. D'un autre côté, si je tenais vraiment à me protéger, et à protéger ma famille, je ne serais pas au lit avec elle.

« Ça n'a pas d'importance, Kate.

— Eh. » Elle promène son ongle dans mon dos. « Est-ce qu'on peut décider que pour les vingt-quatre heures à venir, on fait comme s'il n'y avait que nous ? Comme si nos actions n'avaient aucune conséquence négative ?

— On n'arrête pas de faire comme si… Nous nous mentons à nous-mêmes quand nous sommes ensemble et nous mentons à tout le monde le reste du temps. C'est pas vivable.

— Tu as raison, reconnaît-elle. Ça ne l'est pas. » Sa main se réfugie dans mes cheveux. Elle enroule une mèche autour d'un doigt.

Lorsque Toni m'a quittée pour Sheena, il m'a fallu des mois, des années même, pour comprendre qu'elles ne m'avaient pas trompées dans le seul but de me blesser. J'étais un dommage collatéral. Elles m'ont trompée parce qu'elles n'ont pas pu s'en empêcher. Parce qu'elles sont tombées amoureuses, malgré la souffrance que cela allait me causer. Et j'ai dû me poser la question suivante : allais-je refuser à deux personnes que j'aimais la meilleure expérience de leur vie, la beauté d'un grand amour, afin de protéger mon propre cœur ? Mon propre ego ?

Toni et Sheena sont toujours ensemble. Peut-être que c'était leur destin, et que je n'ai été que l'instrument qui leur a permis de s'en rendre compte. Mais je ne peux absolument pas penser à mon propre frère en ces termes. Et il ne m'appartient pas non plus de juger le mariage de Kevin et Kate.

« Je vais quand même prendre les vingt-quatre heures », dis-je.

Kate acquiesce dans un petit sourire.

« Après, on arrête ou… je sais pas. Mais je refuse d'avoir une liaison avec toi dans le dos de mon frère. Je ne peux pas. Ça va finir par tous nous tuer. » Qu'importe que cette liaison existe déjà, que les dégâts aient déjà été causés. Une fois, deux fois, des douzaines de fois, quelle différence ça fait ? Tromper, c'est tromper.

« Marché conclu. » Kate me serre contre elle. « Viens là », dit-elle. Ses doigts musardent vers mon bas-ventre, caressent la peau sensible avant de s'insinuer dans ma culotte. J'ai tellement envie d'elle que je sais d'avance que vingt-quatre heures ne suffiront pas, ne suffiront jamais, mais il faudra faire avec, malgré tout.

---

À mon réveil, les lèvres de Kate sont sur mon sein. Mon corps est courbaturé de nos activités nocturnes, le manque de sommeil m'embrouille l'esprit, et mon cœur se lamente de toutes les raisons pour lesquelles nous devons nous arrêter. Un autre « comme si » s'impose : comme si rien de tout cela n'était arrivé. Comme si nous n'étions que des belles-sœurs qui ont l'une pour l'autre une affection mesurée et appropriée.

La langue de Kate suce mon téton et une rivière de désir inonde mon corps.

« Oh… » Je gémis et elle lève les yeux vers moi.

Ses lèvres relâchent mon mamelon, mais sa main demeure ferme autour de mon sein. « Bonjour.

— Quelle heure est-il ?

— Il est tôt, mais je ne voulais pas gâcher le temps qui nous reste à dormir.

— Viens ici. » Je la fais remonter vers moi jusqu'à ce que nos lèvres soient au même niveau. Le contraste ne pourrait pas être plus marqué avec le matin où je me suis réveillée dans le pool house de ma mère avec la gueule de bois de la mort, la tête pleine de regrets, mon corps ne sachant plus que faire de lui-même, et Kate endormie en chien de fusil sur le canapé. Je plonge dans ses yeux sombres et j'ai envie de pleurer en pensant à ce que je m'apprête à perdre. Mais j'ai déjà perdu auparavant. J'ai perdu une personne que j'aimais et en comparaison, ça devrait être facile. Je l'embrasse et en moi, une porte s'ouvre un peu plus, une porte dont, curieusement, seule Kate semble avoir eu la clef, depuis le début. Une porte qu'il va falloir que je parvienne à repousser, à cadenasser, et derrière laquelle je vais devoir laisser toutes ces émotions déplacées.

La façon dont elle grogne légèrement dans ma bouche quand je l'embrasse. Et la douceur de ses doigts sur ma nuque. Le contact de ses tétons dressés contre mon flanc. La chaleur de son corps qui m'accueille comme au terme d'un long et difficile voyage. À croire que toutes les raisons pour lesquelles nous ne devrions pas faire ce que nous faisons s'annulent les unes les autres et se fondent comme par magie en une seule raison de le faire : parce que nous ne pouvons pas ne pas le faire. Pas ce matin où, malgré la culpabilité qui me ronge et la honte qui suit de près, il m'est si simple de la serrer contre moi et de l'embrasser comme si elle était mienne.

C'est si facile, si tentant, de prétendre que ce qu'il y a entre nous est réel, que c'est une relation digne de ce nom, une relation viable. Je sais qu'il n'en est rien et que ce que je ressens pour Kate est amplifié par l'attrait de l'interdit, qu'il se confond avec ce que nous sommes l'une pour l'autre, ce que nous avons traversé.

N'empêche. Je ne voudrais être nulle part ailleurs qu'ici,

avec elle. Les fenêtres laissent passer la lumière du jour. Le corps de Kate a parfaitement trouvé sa place dans mes bras, comme s'ils étaient faits pour qu'elle s'y niche. Sa langue est tendre contre la mienne. Sa main se déplace plus bas, et ça aussi, c'est parfait. Il n'en faut pas plus pour que je sois trempée, comme si elle détenait la clef des vannes en moi, en plus de celles des émotions que je ne devrais pas éprouver. Se réveiller dans ces conditions, c'est comme de se réveiller au paradis. La journée débute à peine, et nous pouvons encore ignorer la réalité pendant quelques heures, même si ça demandera peut-être un effort.

Ses doigts trouvent ma moiteur et, l'espace d'un instant, son baiser s'interrompt. Elle est peut-être étourdie de l'ampleur de mon désir, mais ça ne dure pas et notre baiser s'approfondit de plus belle, alors que ses doigts me pénètrent.

Tous les dimanches devraient être comme celui-ci, me dis-je, parce que l'espoir survit en moi que j'obtiendrai peut-être le rôle dans la série de Nora Levine. Tout est encore possible. Tant de sommets m'attendent et les doigts de Kate sont divins et...

« Stella ? » Mon esprit est si loin qu'il me faut un certain temps pour réaliser que ce n'est pas Kate qui a prononcé mon nom. Ses doigts se sont immobilisés. Son corps est rigide et figé à côté du mien. On frappe à la porte. « Stella ? Tu es levée ? »

Je manque quelques respirations. Oh merde. Oh non. « Maman ?

— Oui, ma chérie, c'est moi.

— N'entre pas ! » J'ai crié, mais trop tard. Ma mère apparaît dans l'embrasure de la porte. Kate retire brusquement ses doigts de mon corps. Nous sommes toutes les deux nues, à peine recouvertes. Elle est couchée sur moi. Aucun bobard ne sera crédible.

« Qu'est-ce... Je... » Maman balaie la scène du regard, le lit, Kate, moi, jusqu'à ce qu'elle comprenne. Elle fait demi-tour et fuit la chambre.

« Merde ! » Kate s'empare du drap et s'en revêt, me laissant complètement exposée.

« Qu'est-ce qu'elle fout là ? » Pourquoi on l'a pas entendue arriver ? Ses pneus n'ont pas crissé sur le gravier ? Mais, évidemment, nous n'avons rien entendu, nous étions immergées l'une en l'autre.

« Oh, mon dieu. Dis-moi que ce n'est pas vrai. » Kate, toujours enroulée dans le drap, fait les cent pas dans la chambre.

J'essaie de reprendre mon souffle. De me rappeler que ça aurait pu être pire. Ça aurait pu être Kevin. Oh, bordel. Est-ce que Nathan est là avec elle ?

« Je vais lui parler. » J'attrape mes vêtements et les enfile rapidement. « Je vais trouver quelque chose. »

Ma mère est sur le porche, où tout a recommencé hier soir. Son visage est aussi blanc que les jointures de ses doigts agrippés à la balustrade de la terrasse.

« Maman ? Hum, qu'est-ce que tu fais là ? »

Elle lève une main et inspire sèchement. « Dis-moi que je n'ai pas vu ce que j'ai vu. Je t'en prie, Stella, dis-moi qu'il y a une explication tout à fait raisonnable à la scène dans laquelle j'ai débarqué.

— Il y en a… Je veux dire, nous… » Mais ça ne sert plus à rien de faire semblant. Ma mère n'est ni aveugle, ni idiote. « Nous n'avons fait que partager le lit. » Je n'ai jamais été aussi peu convaincante de toute ma vie.

« Stella, qu'est-ce… Que se passe-t-il ? Est-ce que je deviens folle ?

— Il ne se passe rien, Maman. C'est rien. » Mon cœur se brise un peu à ces mots.

« Jure-moi que tu n'en parleras jamais à ton frère.

— Non. Bien sûr que non.

— Mary. Bonjour. » Kate nous rejoint sur la terrasse, toute habillée. « Euh, je suis tellement désolée. »

Maman regarde Kate comme si un fantôme venait de sortir de la maison.

« Pourquoi es-tu là, Maman? Tu n'étais pas à la soirée des Lippmann hier ?

— Si, mais ça n'aurait pas dû m'empêcher de faire une surprise à ma fille et à ma belle-fille en leur apportant un petit-déjeuner. Je me disais qu'on pouvait manger avant d'aller faire une promenade, toutes les trois.

— Pourquoi tu n'as pas téléphoné ? » Je sais que c'est ridicule de laisser entendre que c'est de sa faute, mais je n'ai pas vraiment le choix.

« Parce que je voulais vous faire une surprise. J'ai acheté tout ce que tu aimes chez Bread & Butter. Je me suis dit que vous aviez toutes les deux besoin qu'on vous remonte le moral. Je suis ta mère. Je suis comme ça. » Elle nous tance d'un regard à la fois sévère et maternel. Ma mère n'a jamais été très stricte, ni intrusive, mais là, je tremble dans mes bottes. Il y a une énorme différence entre être pris les doigts dans le pot de confiture et au lit avec sa belle-sœur. Les épaules de Maman se détendent un peu.

« Mary, c'est entièrement de ma faute. C'est moi qui suis venue. Stella ne m'a pas invitée. C'est moi. »

Je secoue la tête. « C'est pas vrai. » Je ne peux pas laisser Kate porter le chapeau.

« Je me fiche de savoir de qui c'est la faute ou qui a commencé », coupe Maman du ton qu'elle utilise lorsqu'elle s'adresse à un fournisseur dont la commande est en retard. « Depuis combien de temps est-ce que ça dure ?

— Pas longtemps. » Kate et moi avons répondu en chœur. J'essaie de la regarder, de lui faire comprendre que je gère. Je sais comment parler à ma mère. Mais je peux à peine lever les yeux vers elle. À l'exception du jour où j'ai découvert ce qui se passait entre Toni et Sheena, c'est le moment le plus embarrassant de ma vie.

« Cette semaine, c'est tout, précise Kate. Aucune de nous ne veut blesser Kevin. Ce n'est pas ce qu'on pourrait croire, Mary. Nous n'entretenons pas une liaison sordide.

— Ça y ressemble, pourtant. » Maman s'assied lourdement dans un fauteuil. Son regard s'envole vers la cime des arbres, ses doigts tambourinent sur ses genoux, puis elle nous regarde à nouveau. « Est-ce que tu peux me promettre... » C'est à moi qu'elle s'adresse à présent. « À moi. Ta mère, Stella. » Elle porte une main à sa poitrine. « Que ça s'arrête maintenant. Que ça ne va pas plus loin. Je ne laisserai pas ma famille être détruite par... par... je ne sais pas comment appeler ça. Mais je ne te laisserai pas faire ça à ton frère. Il a suffisamment souffert. »

Si je pouvais rétrécir, j'aurais perdu quelques centimètres. Rien de tel qu'un sermon maternel pour vous faire prendre conscience de vos erreurs les plus graves.

« Je ne veux pas blesser Kev. Je n'ai jamais... » Kate pose une main sur mon bras pour me faire taire.

« C'est de ma faute. C'est moi qui ai commencé. C'est moi qui suis en tort, dit Kate. Je souffrais. Je souffrais terriblement et Kevin n'était pas là. Stella, si.

— Ce n'est pas vraiment une... » Kate l'interrompt aussi.

« Je sais que ce n'est pas une excuse pour tromper mon mari. Il n'y a pas d'excuses. Nous n'avons pas fait cela pour blesser Kevin. C'est... C'est arrivé, c'est tout. Ce sont des choses qui arrivent. Et je les ai laissées aller trop loin. Mais je te promets, Mary. Ça s'arrête là. Il n'y a pas grand-chose à arrêter. C'était juste... une distraction, en réalité. »

*Une distraction ?* Le soulagement que j'ai ressenti en entendant Kate prendre ma défense a rapidement laissé place à une désillusion absolue. Mais ça ne pouvait être qu'une situation perdant-perdant. Quelque chose qui faisait du bien pendant un petit moment, avant d'être détrôné par une douleur immense.

Je fais mine d'opiner aux paroles de Kate. De toute façon, il faut en finir. C'est déchirant que ça se termine comme ça, mais c'est peut-être la meilleure solution. Peut-être que nous savoir surveillées de près par Maman nous aidera à ne pas recommencer. La honte qui vient s'ajouter devrait aussi aider.

« Dieu merci ! J'ai cru un instant que vous alliez m'annoncer que vous étiez amoureuses », ajoute-t-elle d'un ton dédaigneux. « Ça aurait été… impensable.

— Il n'en est rien, s'empresse de confirmer Kate. J'aime Kevin. »

Des larmes me brûlent les yeux. Il y a moins de vingt minutes, les doigts de Kate étaient au plus profond de moi, et la voilà qui explique à ma mère combien elle aime mon frère.

## CHAPITRE 27
## KATE

Si seulement la terrasse en bois pouvait s'ouvrir et nous avaler, mon fauteuil et moi... J'aimerais pouvoir disparaître et laisser tout ce foutoir derrière moi, repartir de zéro ailleurs, parce que la situation est décidément trop humiliante. Me faire surprendre au lit par ma belle-mère, trompant son fils chéri avec sa sœur, c'est sans doute le moment le plus déprimant de ma vie. Et pourtant, ce n'est pas le cas. Ce moment-là, c'était après la deuxième fois où j'ai été enceinte, après avoir vécu pendant cinq longues semaines avec un insoutenable mélange d'espoir et de peur dans mes veines, et que le médecin m'a, une fois de plus, annoncé que ça n'allait pas se concrétiser. Que je devrais peut-être commencer à accepter l'idée que devenir mère, l'idée que Kevin et moi devenions parents, n'était peut-être pas au programme. Cet instant, cette mort subite de tout espoir était bien pire que ça. Évidemment. Mais la situation actuelle est loin d'être agréable. Mary me regarde comme si elle envisageait de me jeter avec la poubelle et c'est mortifiant. Non seulement j'ai trompé son fils, je l'ai fait avec sa fille. Elle est absolument en droit de me regarder ainsi, avec dégoût, comme si j'étais la pourfendeuse de sa famille chérie. Ce que je suis peut-être. Parce que comment puis-je revenir en arrière maintenant ? Comment puis-je m'asseoir à sa table avec Kevin à ma gauche et Stella à ma droite, et le regard impitoyable de Mary sur moi ? Ce n'est plus envisageable.

Mary fait rapidement ses adieux et Stella promet solennellement un millier de fois de rentrer aussitôt à la maison. C'est à peine si Mary me jette un regard avant de disparaître.

Je me frotte le front, tente d'avaler la bile qui s'est accumulée au fond de ma gorge.

« Je suis désolée, je ne me doutais absolument pas. » Stella s'assied dans le fauteuil le plus éloigné du mien. « Merde.

— À propos de ce que j'ai dit… que c'était juste une distraction…

— T'inquiète. Tu as dit ce qu'il fallait que tu dises. Je comprends. Et puis, ce n'est pas parce qu'on a l'impression qu'il s'agit d'autre chose, que ça pourrait être plus que ça, que c'est effectivement possible, si tu vois ce que je veux dire. »

Je hoche la tête, parce que oui, je vois exactement ce qu'elle veut dire.

« Je suis juste super désolée que ma mère ait dû nous voir en action. » Elle expire par le nez. « Mais c'était peut-être l'électrochoc qu'il nous fallait, parce que sinon… je sais pas.

— Qu'est-ce que tu veux dire ?

— Rien. » Stella secoue la tête.

« Bon, j'imagine qu'on ne va pas finir ce qu'on a commencé, dis-je en plaisantant.

— Oh, la vache… Je ne sais pas si je pourrai un jour avoir à nouveau un rapport sexuel avec qui que ce soit. Personne ne veut être surpris par sa mère dans cette situation, et en plus avec toi! » Elle rigole. « Il vaut mieux en rire, sinon tout ce que je pourrais faire, c'est pleurer.. »

Je me lève et me dirige vers elle. J'ouvre les bras. « Un dernier câlin pour la route. »

Stella me regarde avec appréhension. « Et si Maman avait fait demi-tour ? Pour nous surveiller ?

— Nous ne nous laisserons pas surprendre une deuxième fois. Et puis c'est seulement un câlin. »

Stella se redresse avec effort et accepte que je l'enlace. Je la serre contre moi. J'autorise ma main à lui caresser les cheveux. Je lui laisse comprendre que quoi qu'elle ressente, ce n'est probablement pas très éloigné de ce que je ressens également.

« Qu'est-ce que tu vas faire ? demande-t-elle. Tu rentres aussi à la maison ? »

Je fais non de la tête. Je ne veux pas la laisser partir. Je ne veux pas laisser partir la seule personne avec qui je me sente bien. Mais il le faut. Mes bras s'abaissent jusqu'à ce que nous ne soyons plus que deux personnes qui se tiennent très près l'une de l'autre.

« Je pense que je vais rester un peu ici. Me ressaisir. Revenir à la raison.

— Je m'occupe de Maman. Essaie de ne pas trop stresser à son sujet. »

Je lui prends la main. « Je ne vais sans doute pas repasser par la maison avant un moment. Le temps que les choses se calment un peu. Mais tiens-moi au courant pour le rôle. Je veux savoir, OK ?

— Mon premier appel sera pour toi, c'est promis. » Ses doigts se referment sur les miens.

« Merci. » Pour tout, me dis-je intérieurement. De m'avoir permis de me sentir femme à nouveau, de me sentir comme un être humain dont les besoins ne se limitent pas à celui, écrasant, d'avoir un enfant, une famille, de n'avoir que cette priorité.

« Je ferais mieux d'y aller. Il n'est pas impossible qu'elle me chronomètre.

— On est à L.A. Tu peux toujours dire que c'est de la faute des embouteillages. » Ou que c'est de ma faute. Que tout est de ma faute. Que c'est entièrement de ma faute. Je la regarde droit dans les yeux et, une dernière fois, me penche pour l'embrasser.

---

Rien ne vaut une randonnée en solo à grimper puis redescendre dans le canyon pour rassembler ses esprits. Pour s'écouter réellement, regarder au plus profond de soi, et se confronter à toutes les erreurs qu'on a commises, espérer trouver une éventuelle forme de rédemption.

Lorsque j'aperçois enfin le cottage au loin, mon débardeur est trempé de sueur, j'ai mal aux pieds, et mon cerveau est épuisé d'avoir tant cogité. Je sais que je ne peux pas recommencer à faire comme si tout était normal. Parce que tout était déjà très loin de l'être avant que je ne me jette dans les bras de Stella.

Il y a un certain nombre de choses avec lesquelles Kevin et moi, en tant que couple, devons faire la paix. Mais au lieu d'en discuter ensemble, d'avancer ensemble, nos chemins se sont séparés, chacun de son côté. Peut-être n'est-ce qu'une vallée sans fond dans cette succession de hauts et de bas que nous traversons, que connaissent tous les mariages. Ou peut-être est-ce la fin, et la fin peut être le début de quelque chose de nouveau. Je ne peux pas prédire l'avenir mais je peux parler à mon époux. Même si je n'ai aucune envie d'avouer mes écarts avec sa sœur. Je veux seulement lui parler, m'enquérir de ce qu'il ressent, parce qu'à part le fait qu'il souffre, qu'il lèche une plaie béante et suppurante, je ne sais rien. Dieu seul sait à quoi il pense quand il démolit mur après mur.

Avant d'aller prendre une douche, je lui envoie un texto pour lui dire - ce n'est ni une suggestion, ni une question - de me retrouver au cottage ce soir, et d'apporter certaines de mes affaires, parce que je prévois de rester un moment.

# CHAPITRE 28
# **STELLA**

« Viens ici, ma chérie. »

Je ne m'attendais pas à ce que ma mère m'accueille à bras ouverts, mais à la réflexion, j'aurais dû. Durant mes presque vingt-neuf années, elle ne m'a jamais donné le sentiment que j'étais nulle. Elle en a eu souvent l'occasion avec les castings que j'ai enchaînés sans jamais décrocher de rôle. Ma mère, tout comme mon frère, a toujours cru en moi. Et s'il est parfois arrivé que ce ne soit pas le cas, elle n'en a jamais rien laissé paraître.

« Je vais faire du café, et ensuite j'aimerais que tu me racontes ce qui t'arrive », dit-elle.

Je meurs de faim d'un seul coup - j'ai passé la nuit à brûler des tonnes de calories - et je me demande ce qu'elle a fait du petit-déjeuner qu'elle nous avait apporté, à Kate et à moi, mais je fais abstraction de ma fringale, parce que ça m'étonnerait que la conversation que nous allons avoir soit propice à grignoter.

Je m'installe à l'îlot de cuisine comme je l'ai fait un milliard de fois auparavant.

« Où est Nathan ? » Je la regarde presser plusieurs boutons de la cafetière high-tech dont elle ne peut se passer.

« Il est parti à l'aube aider ton frère. Je crois que Kevin lui a transmis son virus de la rénovation. Tout à coup, la présence de Nathan chez Kev à six heures du matin allait de soi. D'où mon petit voyage impromptu à Topanga. » Elle me tend un cappuccino de compétition. « Et voilà, ma chérie. » Elle prépare rapidement sa propre boisson avant de s'asseoir à côté de moi. « Allez, raconte-moi tout. Enfin, pas les détails, je ne veux pas les connaître, mais seulement... que se passe-t-il ? Ça ne te ressemble pas.

— Rien, en fait, dis-je dans un soupir. J'ai eu une semaine de merde et Kate a été là pour moi et... avec tout ce qu'elle et Kev ont traversé... » Je bois une gorgée. « Et il y a eu cette bouteille de tequila et soudain nous ne savions plus ce que nous faisions.

— Mais c'est Kate. Tu la connais depuis toujours. Et, eh bien, elle est hétéro. Non ?

— Ce n'est pas à moi de te répondre. » Au lit avec moi la nuit dernière, elle était tout sauf hétéro, mais je ne peux pas dire ça à ma mère. « Tout ce que je sais, c'est qu'on a jamais été proches. Elle avait pas une très grande opinion de moi, et ça m'a jamais dérangée. Honnêtement, j'étais sans doute bien trop autocentrée pour m'inquiéter de ce que pensait Kate. Mais soudain, on s'est retrouvées dans cette maison, à passer tout notre temps ensemble et... quelque chose a changé. » Je ne sais pas comment expliquer autrement. « Après la nuit de la tequila, on s'est senties hyper mal, évidemment. Le lendemain matin a été horrible parce qu'on était conscientes de ce qu'on avait fait, et on était très conscientes du fait que ça n'aurait jamais dû avoir lieu. C'était assez facile de mettre ça sur le compte de l'alcool. Mais maintenant... je ne suis plus si sûre.

— Que veux-tu dire ? » J'entends la panique dans sa voix.

« Je sais pas vraiment. Je suis allée au cottage pour me détendre, me distraire en attendant des nouvelles du rôle et, à vrai dire, pour m'éloigner de Kate et puis... elle a débarqué, comme ça. Je ne l'ai pas invitée. Elle ne m'a pas prévenue qu'elle venait. Elle était là, avec une excuse à la con et...

— Ça s'est reproduit ? » demande Maman.

Je réponds oui de la tête.

« Est-ce qu'il y avait de la tequila cette fois-ci également ? » À son ton, je sais qu'elle connaît déjà la réponse. C'est ma mère, je vis avec elle, elle sait à quoi je ressemble quand j'ai une gueule de bois.

« Si seulement...

— Alors... que s'est-il passé ? insiste Maman.

— Je ne sais pas.

— Bon sang, quel bazar... » Ma mère n'est pas du genre à baisser la tête. Son regard est droit, concentré, comme si, parce qu'elle nous a surprises, il lui appartient désormais de résoudre le problème. Et dans sa vie, Mary Flack a rarement été confrontée à un problème qu'elle ne pouvait pas résoudre.

« Pour l'instant, Kate a prévu de rester au cottage.

— C'est probablement une bonne idée. Bien sûr, après tout ce qu'elle et Kevin ont vécu, je ne veux pas la mettre dehors. J'ai de l'affection pour elle, mais Kev et toi êtes mes enfants. Ma chair et mon sang. Et elle...

— S'il te plaît, Maman, je t'en prie, ne fais pas porter la faute sur Kate.

— Kevin n'est pas innocent non plus dans cette histoire. » Elle fixe le fond de sa tasse de café. « J'ai essayé de lui parler quand nous étions à Washington, mais il ne veut rien entendre. C'est comme s'il se servait des briques des cloisons qu'il démolit dans sa maison pour se construire une muraille autour du cœur. Ça doit être épouvantable pour Kate. Il a été quasiment absent, tellement distant qu'elle aurait traversé tout ça seule, ça aurait été la même chose. » Elle se tourne vers moi. Je sens ses yeux sur moi, mais je ne parviens à croiser son regard. Comment pourrais-je ? « Et toi, Stella ? Je sais que tu n'avais pas le moral, mais... de là à faire ça. Ça ne te ressemble pas. »

J'essaie de me cacher derrière ma tasse, mais elle est beaucoup trop petite pour dissimuler toute ma gêne, toute ma honte, et tout ce que je ressens mais ne peux absolument pas avouer. « J'aimerais savoir, moi aussi », dis-je dans un murmure, la gorge nouée par les émotions que je tente de dompter. Je l'apprécie vraiment, ai-je envie d'ajouter, mais ça non plus ne peut pas être reconnu à voix haute. « Je suis tellement désolée, dis-je à la place. J'ai dû perdre l'esprit momentanément.

— Nous faisons tous des choses dont nous devrions nous abstenir, mais... Il faut que tu me promettes, une nouvelle fois, que c'est fini.

— C'est promis. Je te donne ma parole.

— Et Kevin ne le saura jamais.

— Juré. » Je n'ai aucune intention de le lui dire, et je ne pense pas que Kate ait prévu de le faire non plus.

« Kev et Kate ne vont peut-être pas s'en sortir. » La voix de Maman se brise. « Kev souffre, et ce n'est pas ce qu'une mère veut pour son enfant. J'étais heureuse qu'ils décident de s'installer temporairement ici, afin de pouvoir garder un œil sur eux, mais j'ai à peine vu Kevin en dehors du travail.

— Il est comment, au bureau ?

— Si tu le voyais travailler, tu penserais que tout va bien. Qu'il est heureux comme tout et que son mariage se porte à merveille.

— Ils vont peut-être trouver un moyen. » Les mots ont du mal à passer la boule que j'ai dans la gorge. Bien sûr que je ne peux pas souhaiter que le mariage de mon frère s'effondre mais je ne peux pas non plus complètement souhaiter qu'il survive. Et je sais que ça fait de moi quelqu'un de répugnant.

« De toute façon, ils devront trouver des solutions eux-mêmes, reprend Maman. Nous ne pouvons pas nous en mêler.

— Au fait, dis-je parce que j'ai besoin de changer de sujet. Tu sais ce que j'ai appris la semaine dernière ?

— Non, dis-moi, ma chérie. » Elle prend ce ton mélancolique qu'ont les parents dont les enfants leur donnent une migraine carabinée.

« Nathan est vraiment un mec bien.

— Il était temps. Je ne tombe pas amoureuse de n'importe qui. Tu devrais le savoir. »

Moi non plus, me dis-je, mais j'espère vraiment que ce n'est pas ce que ma mère pense à cet instant.

## CHAPITRE 29
## **KATE**

Malgré le manque de sommeil, l'arrivée à l'improviste de Mary et la scène qui en a découlé, le tout suivi d'une randonnée épuisante, je ne parviens pas à trouver ne serait-ce qu'un soupçon de sérénité. J'ai peut-être les idées un tantinet plus claires, mais rien de tout cela ne comptera tant que je n'aurai pas fait face à mon mari. Tant que nous ne n'aurons pas vidé notre sac.

À ma surprise, Kevin m'a annoncé par SMS vers quinze heures qu'il était déjà en route. Il a peut-être envie d'être là à temps pour que nous admirions ensemble le coucher de soleil sur le canyon, ou peut-être que quelqu'un lui a fortement conseillé de ramener sa fraise au plus vite.

J'aimerais pouvoir parler à Stella, pas seulement pour avoir des infos, mais juste pour entendre sa voix. Savoir qu'elle va bien. Et qu'elle me dise comment Mary prend vraiment les choses.

Lorsque que Kevin arrive, la première chose que je remarque, c'est qu'il ne s'est pas lavé avant de venir. Ses vêtements sont pleins de poussière, il a des traces noires sur le visage. Je n'ai pas brusquement cessé de l'aimer. Ce qui unit ne peut pas être détruit en quelques jours, mais je sais que si ce que Kevin me donne à l'heure actuelle est tout ce qu'il va pouvoir me donner dans un avenir proche, alors il faut que je me protège. Il faut que je pense à moi, même si c'est sans doute déjà ce que je fais.

Pendant qu'il est sous la douche, je nous verse à chacun un grand verre de vin. Stella et moi n'avons même pas terminé la bouteille que nous nous étions allouée hier soir. Oh, Stella. Si elle n'était pas la sœur de Kevin, je commence à me dire que c'est elle que je choisirais, elle et tout ce qu'elle a à offrir. Son attention. L'euphorie. Les orgasmes à couper le souffle. Les moments passés ensemble sans effort. L'intense connexion qui s'est installée entre nous en si peu de temps. L'indéniable et délicieuse alchimie.

En attendant Kevin, je m'installe dans le même fauteuil que celui que j'occupais hier soir quand, d'un regard vers Stella, j'ai su ce qui allait se passer. Pourquoi, en premier lieu, j'avais foncé jusqu'ici. Pourquoi j'avais autorisé mon cerveau à me piéger, dans toute sa stupidité et sa naïveté. Parce que j'avais envie de me retrouver avec elle, dans cet endroit paradisiaque, Stella et moi entre les arbres, nos corps nus…

« J'avais presque oublié comme c'est beau. » Fraîchement douché, en t-shirt et jeans, Kevin est un régal pour les yeux. Tout le travail physique de ces derniers mois - tout ce temps qu'il n'a pas passé avec moi - a renforcé ses muscles, ses biceps sont aussi bombés que s'il rentrait de la salle de sport. Si je me souviens bien, il en construit une dans notre maison.

Mon désir pour lui, pourtant, n'est pas charnel, ou en tout cas pas sexuel. Je veux être proche de lui, mais je ne peux même pas envisager de coucher avec lui. Pas après ce qu'il s'est passé la nuit dernière. Mais ce n'est pas pour ça qu'il est là. Il se penche et embrasse le sommet de mon crâne. « Et j'avais presque oublié comme ma femme est belle. » On pourrait s'attendre à ce qu'un tel charmeur sache mieux exprimer ses émotions. Il n'a jamais été du genre à partager facilement ce qu'il ressent, et ça ne m'a jamais dérangée jusqu'à présent, mais, là, j'ai besoin de plus que ce qu'il me donne. Le problème, c'est qu'à cause de ce qui est arrivé avec Stella, je ne me sens plus en position de lui d'exiger quoi que ce soit. Il presse mon épaule avant de s'affaler dans le fauteuil à côté du mien avec un soupir sonore, viril. Il doit être épuisé. Ça fait longtemps qu'il ne s'est pas posé.

« C'est ce qu'on appelle la récupération active, ma puce », a-t-il répondu la première fois que je me suis inquiétée d'un possible burn-out. Et j'ai dû m'en contenter.

Il me donne des nouvelles de la maison, de la salle de bain qu'il a déplacée d'une extrémité du premier étage à l'autre et du nouveau mur que Nathan et lui ont terminé avant qu'il ne vienne me rejoindre. Au point que je me demande si j'aurai encore l'impression d'être chez moi quand j'y retournerai. Si j'y retourne.

« Il faut qu'on parle », dis-je après un court silence.

« Je sais. » Il ne me regarde pas, ses yeux restent fixés sur les arbres, au loin. « J'ai pas mal réfléchi. Peut-être qu'on devrait tenter l'adoption. »

C'est là-dessus qu'il ouvre la discussion ? Un petit rire incrédule m'échappe. « Kev, écoute, ce n'est pas la première chose dont nous devons parler.

— Tu ne penses pas ? Je sais que l'adoption peut aussi être un parcours long, mais ce ne sera pas aussi difficile que... ce que nous avons enduré. Je suis convaincu qu'on peut y arriver.

— Je ne te vois jamais. C'est comme si nous ne vivions plus ensemble. » Comme si nous n'étions plus ensemble. « Et tu veux parler d'adopter ?

— Pas toi ? » L'expression sur son visage trahit une perplexité telle que je suis presque désolée pour lui.

« Peut-être. Peut-être un jour, mais avant cela, je crois que nous devrions parler de notre mariage.

— Qu'est-ce qu'il y a à dire sur notre mariage ?

— Ce n'est plus un mariage si nous arrêtons de nous voir et de communiquer.

— Je t'ai dit que j'avais besoin de temps en tête à tête avec moi-même, pour me remettre après toute l'histoire de la FIV. Moi aussi j'ai des émotions, et c'est comme ça que j'ai décidé de les gérer. Pourquoi est-ce que c'est si dur pour toi de me laisser le temps et l'espace dont j'ai besoin ?

— Qu'est-ce que tu fais de ce dont moi, j'ai besoin ? Parce que j'ai besoin de te voir, Kev. Si je ne te vois pas, si ça continue, alors...

— Alors quoi ?

— Je ne sais pas. Alors, peut-être... je ne suis pas sûre que nous ayons encore un avenir ensemble.

— Ne dis pas de bêtises, ma puce. » Il me sourit comme si j'avais fait une blague idiote.

« J'ai essayé de t'en parler il y a quelques jours, mais tu étais trop fatigué pour écouter.

— Mais j'ai écouté ! Tu as dit que tu voulais partir de chez Maman pour retrouver plus d'intimité. J'étais d'accord, et maintenant tu t'installes ici. Il faut reconnaître que c'est un peu loin de tout, mais si c'est ce que tu veux, c'est OK pour moi. »

Comment peut-il être à ce point à côté de la plaque ? Ou est-ce que je n'ai pas été suffisamment claire ?

« Quelle importance, où j'habite ? Tu dors dans notre maison quasiment tous les soirs, de toute façon.

— Je suis là, maintenant.

— Quand la maison sera-t-elle terminée ?

— Dans quelques semaines.

— Peut-être que... d'ici là... » C'est difficile à dire, mais peut-être pas aussi pénible que je l'avais imaginé. « On devrait faire un break.

— Qu'est-ce que tu veux dire ? Qu'est-ce que ça veut dire ?

— Nous ne devrions pas nous voir. Je reste ici. Tu retournes dans ta famille, ou à la maison. » Ça ne changera pas grand-chose, mais peut-être que le fait de mettre des mots dessus lui fera comprendre que je ne plaisante pas.

« C'est ce que tu veux ? » Sa voix se brise un peu. « Qu'on ne se voit plus, toi et moi ?

— Non, ce n'est pas ce que je veux, mais apparemment c'est tout ce que je peux avoir.

— Pour info, ce n'est pas ce que je veux. Tout ce que je veux c'est plus de temps, et oui, ça veut dire du temps tout seul, parce que c'est comme ça que je digère les choses. Je sais que ça ne te plaît pas, mais je ne peux pas changer. Pas maintenant.

— Tu auras du temps. Tu auras tout le temps et tout l'espace dont tu as besoin sans avoir à te soucier de moi ne serait-ce qu'une minute.

— C'est pas parce qu'on n'est pas au même endroit que je ne pense pas à toi. Tu es constamment dans mes pensées.

— J'ai besoin d'un break, Kev. » Je ne peux pas faire mieux. Je n'ai rien d'autre à lui dire. « J'ai besoin de savoir ce que ça fait de… » De quoi ? Ma réflexion n'est pas allée plus loin. Sans doute espérais-je ne pas en arriver là. « J'ai seulement besoin d'être seule.

— Mais, dit Kevin, tu es seule.

— Exactement. » Une larme coule sur ma joue. « Mais là, au moins, je serai seule par choix, pas parce que tu ne veux pas passer de temps avec moi.

— Tu ne comprends pas ? » Il étouffe un sanglot. « Passer du temps avec toi, c'est trop dur pour moi en ce moment. Ça me rappelle les enfants que nous ne pouvons pas avoir, toutes les choses que je ne peux pas te donner… » Il cache son visage dans ses mains.

« Oh, Kev. » Je me précipite vers lui et le prends dans mes bras. Je voudrais lui dire que je suis désolée, mais ce ne serait pas pour la bonne raison, ce serait pour ce qu'il ne doit jamais découvrir. Comment est-ce que je peux espérer qu'il me parle ouvertement de ce qu'il ressent quand je cache un secret aussi lourd ? Je commence aussi à me rendre compte que Stella et moi n'avons pas simplement couché ensemble, n'avons pas juste cédé à un désir physique, que c'était beaucoup plus que ça. « Je sais que c'est dur. » Je laisse les larmes que je tentais de maitriser couler sur mes joues. Je les laisse tomber dans ses cheveux alors qu'il pleure dans mes bras. Alors que tout ce que nous aurions pu avoir me traverse l'esprit, de même que tout ce dont je n'ai plus envie.

« Tu ne peux pas me quitter maintenant », dit-il après s'être ressaisi. Il serre ma main dans la sienne. « Tu… tu ne peux pas.

— Mais Kev, la plupart du temps, j'ai l'impression que tu m'as déjà quittée.

— Je ne t'ai pas quittée. Je suis seulement en train de travailler à me reconstruire afin d'être plus fort pour l'étape suivante.

— J'aimerais pouvoir en dire autant.

— Tu as toujours été forte, ma puce. Tu es la personne la plus forte que je connaisse. Physiquement et psychologiquement. Je ne peux même pas imaginer ce qu'on a fait vivre à ton corps. Je… »

Je ne peux pas regarder mon mari dans les yeux alors qu'il dit que je suis forte. Pas après ce que j'ai fait. « Je ne suis pas aussi forte que tu le crois.

— Moi non plus.

— Alors qu'est-ce qu'on fait ? » Je m'installe sur ses genoux pour éviter de croiser son regard.

« On se donne le temps de soigner quelques-unes de nos plaies, peut-être. Qu'est-ce qu'on peut faire d'autre ? »

Intérieurement, la tempête rugit sous mon crâne. Ce serait tentant de rester là, enveloppée dans ses bras, et de faire semblant qu'on peut y arriver, que tout ira bien, parce qu'il existe une minuscule probabilité que ce soit vrai. Mais je suis loin d'avoir la conscience tranquille, et je suis peut-être le genre de personne qui trompe son mari, mais pas le genre qui peut le cacher, jouer le rôle de l'épouse blessée mais prévenante. Je ne peux pas lui dire - je ne peux pas le détruire comme ça - mais je ne peux pas non plus rester avec lui comme si de rien n'était.

« Kev, dis-je dans ses cheveux.

— Hmm. » Ses bras me serrent un peu plus fort.

« Je suis vraiment désolée, mais c'est moi qui ai besoin d'un break. Pour mes propres raisons égoïstes. J'ai besoin de me retrouver avec moi-même quelque temps. J'ai… besoin de temps et d'espace, moi aussi. »

Ses bras se relâchent. « Mais qu'est-ce que ça veut dire, en fait ? Faire un break ? On est mariés. Tu veux sortir avec d'autres hommes ou quoi ?

— Non. Absolument pas. » Je soupire, entièrement convaincue de dire la vérité, et il était temps. « Tu viens d'expliquer que ça te faisait trop mal d'être avec moi en ce moment, et ça me fait trop mal de te voir t'éloigner. Alors… mettons un mot dessus au lieu de rester dans ce flou, où nous souffrons tous les deux mais sommes incapables de nous retrouver. »

Il secoue la tête. « Pour moi, ça ressemble plus au début de la fin qu'à une solution quelconque.

— Ce n'est pas la fin. »

Il exhale et me fait me relever de ses genoux.

« Je ne comprends pas pourquoi il faut mettre un mot dessus. J'ai l'impression, je sais pas, que tu as besoin de ma permission pour quelque chose. » Il me regarde attentivement. « Il y a quelqu'un d'autre ?

— Non, Kev. » Je déteste lui mentir, mais je ne peux pas non plus lui dire la vérité. « Bien sûr que non.

— Je comprendrais. » Sa voix se brise encore une fois et je n'ai jamais rien entendu de plus bouleversant. « Je n'ai pas été un mari à la hauteur. Je n'ai pas été là pour toi, mais nous avons promis pour le meilleur et pour le pire.

— Je n'ai pas non plus été une épouse exemplaire, mais…

est-ce que tu peux juste faire ça pour moi, s'il te plaît, même si tu ne comprends pas pourquoi j'en ai besoin ?

— Oui. Si c'est ce qu'il te faut pour le moment, d'accord, mais... pour moi, ça ne change rien. J'ai besoin que tu le saches. »

Qu'est-ce que je suis en train de faire ? Et si Kevin avait raison, et que ma motivation réelle était d'avoir sa permission, la permission de recoucher avec sa sœur ? Je suis incapable de trouver un subterfuge pour me sortir de ce pétrin, mais je ne peux pas non plus lui ouvrir à nouveau mon lit juste comme ça.

« Peut-être que je ne comprends pas bien non plus, mais je sais que c'est ce dont j'ai besoin. »

Mes propres mensonges commencent à m'épuiser. Ce dont j'ai besoin, c'est de temps loin de lui, loin de tout le monde, pour accepter mes actes, afin qu'il n'ait jamais à être au courant. Mais ça non plus, je ne peux pas le lui dire.

« OK, d'accord. Si c'est ce dont tu as besoin. » Et là-dessus, il se lève. « Je ferais mieux de rentrer. »

En pilote automatique, je commence à lui dire qu'il n'est pas obligé de partir, alors qu'il le faut. Sa présence ne fait que me rappeler toutes mes erreurs. Et je suis consciente de la perfidie à utiliser sa culpabilité à mes propres fins, mais je n'ai pas le choix. La seule autre option serait de lui dire la vérité, et c'est hors de question.

# CHAPITRE 30
## STELLA

Maman, Nathan et moi sommes en train de dîner dans le jardin quand Kevin se pointe. Je sens immédiatement mon estomac se nouer et ma gorge se serrer. Je n'en crois pas mes yeux, est-ce que mon frère a pleuré ?

« Coucou, mon chéri. » Maman lui tire une chaise. « Nathan m'a dit que tu allais au cottage. »

J'ai tellement envie de me casser d'ici. Je voudrais fuir la conséquence directe de mes actes, mais je ne peux pas. Je savais bien qu'à un moment, j'allais devoir affronter l'orage.

« Il s'avère que Kate veut faire un break. » Pas de regard particulièrement mauvais dans ma direction. Il ne doit pas savoir pourquoi. Attendez. Quoi ? Ils font un break ?

« Ah bon ? » Maman pose une main sur l'épaule de Kevin. « Ça va si mal que ça ? » Elle, en revanche, me lance un regard noir.

« Il paraît. » Tout son être exprime l'incompréhension.

« Je suis désolé, mec, dit Nathan.

— C'est juste un break », dis-je, mais je ne supporte pas le son de ma propre voix. Je ne peux pas être celle qui réconforte mon frère, là.

« Putain, mais ça veut dire quoi, un break ? » Il regarde Maman d'un air si malheureux, si vulnérable, que mon cœur se brise en mille morceaux. « Est-ce qu'on est séparés ? Est-ce qu'il faut que je trouve un avocat spécialisé en divorces ?

— C'est peut-être juste ça, un break, mon chéri. Peut-être Kate a-t-elle besoin de respirer un peu. De prendre le temps de se mettre la tête à l'endroit.

— Tout est de ma faute, dit Kevin. Je l'ai complètement abandonnée. Ces dernières semaines, voire ces derniers mois, elle n'aurait pas existé, ça aurait été pareil. Je ne voulais pas d'elle dans ma vie, et évidemment, elle allait bien finir par s'en apercevoir. Je n'ai pas arrêté de la repousser, je m'attendais à quoi ?

— On est toujours deux dans un mariage, dit Maman. De toute façon, ce n'est pas une question de faute. »

C'est de ma faute à moi, clame pourtant une voix dans ma tête. De ma faute et de celle de Kate. Mais je préfère croire ma mère. Peut-être que la question n'est pas de savoir qui est en tort. Il est beaucoup plus facile de se raccrocher à cette pensée, de toute façon, pendant que je le peux encore.

« A-t-elle dit quoi que ce soit d'autre ? » demande Maman.

Kevin fait non de la tête. Il a déjà été plus disert qu'à son habitude. Il nous a déjà laissé entrevoir sa vulnérabilité. Connaissant mon frère, il va s'en tenir là.

« Tu veux que je lui parle ? propose Maman.

— Non, Maman. Je sais que tes intentions sont bonnes mais je m'en charge. C'est mon mariage, mon problème. Pauvre Kate. Je lui ai vraiment fait mal en m'éloignant d'elle comme ça. Mais je... je ne savais pas comment faire autrement. Je lui aurais peut-être fait encore plus de mal, j'aurais peut-être abîmé encore plus notre mariage si nous avions passé plus de temps ensemble. Je sais pas. » La tête dans les mains, il éclate en sanglots. Mon cœur se fend un peu plus.

Peut-être, me dis-je, qu'il n'y a personne à blâmer pour cette situation. Peut-être que c'est seulement la vie qui est comme ça, parfois. Mais non, le mariage de Kate et Kevin prenait peut-être l'eau avant cette bouteille de tequila, mais ça ne m'autorisait pas à débarquer et à coucher avec sa femme.

« Oh, putain. » Il se frotte les yeux. « Je crois que je vais aller me coucher.

— Tu veux un verre ? demande Nathan. J'ai remplacé la bouteille de tequila.

— Quelle bouteille de tequila ? » Kevin ne sait plus rien de la vie de sa femme, même si c'est probablement une bonne chose qu'il ne soit pas au courant de ça en particulier.

« Celle que Kate et Stella ont vidée il y a quelques jours. » Décidément, Nathan non plus n'a rien remarqué.

Maman remue sur sa chaise, l'air gêné.

« OK, fait Kevin. Je prendrai ce que tu me donneras. »

Nathan se lève de table.

« Et si tu prenais plutôt ta journée demain ? suggère Maman.

— Et si tu buvais un verre avec moi pour célébrer la fin potentielle de mon mariage ? réplique Kevin. Et toi, Stella ? Tu te joins à nous, hein ? »

Je ne dirais pas non à un verre, j'accepte donc avec enthousiasme, même si boire de la tequila avec mon frère n'est sans doute pas très malin.

« Je ne voudrais pas jouer les mamans, dit Maman, mais la tequila est-elle vraiment le meilleur moyen de gérer tout ça ?

— Mais tu es la maman, justement, Maman. Tu es une maman formidable. Alors, bois un verre avec ton fils, s'il te plaît ?

— Un seul, éventuellement. »

Nathan revient avec les mêmes accessoires que l'autre soir. Il prépare les quartiers de citron et le sel, puis nous verse des shots à tous. À part Maman qui se contente de boire de petites gorgées, nous les avalons cul sec.

Je ne vais pas me laisser aller comme la dernière fois, non seulement par crainte de ce que l'alcool pourrait me faire dire - clairement, on ne peut pas me faire confiance - mais aussi parce que j'attends un coup de fil très important demain.

« Je lui ai dit que j'avais réfléchi à l'adoption, mais à la place, Kate veut faire un break dans notre mariage, c'est-à-dire une pause avec moi. » Kevin tend son verre à Nathan pour qu'il le remplisse.

Malgré le regard que lui lance Maman, Nathan obtempère.

« Vas-y mollo, Kev, dis-je pendant que c'est encore possible.

— Tu as raison. » Il avale quand même le shot en une gorgée. « Ça ne résout rien, mais… Je l'aime. C'est la femme la plus extraordinaire que je connaisse. Je ne peux pas la perdre. Je ne la perdrai pas.

— Kate t'aime, mec, le rassure Nathan.

— Je vais vous laisser finir sans moi. » Maman se lève et serre Kevin dans ses bras par derrière. « Je suis désolée, mon chéri. Je suis là pour toi, mais je refuse de m'enivrer. Je t'en prie, prends ta journée demain. »

Kevin tient Maman par l'épaule un moment et ce geste me bouleverse.

« Stella, tu veux bien me donner un coup de main, s'il te plaît, demande Maman en me faisant signe de la suivre dans la maison.

— Reviens vite, lance Kevin. La bouteille ne va pas se boire toute seule! »

Je rejoins ma mère. Elle pénètre dans le cellier, où elle sait que ni Kevin ni Nathan ne pourront nous entendre. Elle ne dit rien, pousse juste un énorme soupir.

« Je suis désolée. Je ne savais pas qu'ils allaient faire un break. Je ne savais pas que c'était ce que voulait Kate.

— Et pourtant… » Elle fait un geste en direction du jardin. « C'est ton frère qui est dehors, Stella. En train de noyer son chagrin.

— Je sais, mais qu'est-ce que je peux y faire, maintenant ?

— Rien, sans doute. » Elle s'adosse à la porte. « Qu'est-il arrivé à cette famille ? Et moi qui croyais que l'arrivée de Nathan allait causer des problèmes…

— Je suis désolée, Maman. » Combien de fois puis-je le répéter ? Et quid de Kate ? Est-ce que qui que ce soit se préoccupe de ce qu'elle ressent, toute seule dans le canyon ? Parce que moi, oui. « Je n'ai jamais voulu ça. Ça n'a jamais été mon intention. J'espère que tu le sais.

— Viens là. » Elle m'ouvre ses bras. « Allez. » Clairement, refuser n'est pas envisageable, et de toute façon, j'ai bien plus besoin d'un câlin que d'un autre shot de tequila.

Je m'approche et elle me serre tendrement dans ses bras. J'essaie de retenir mes larmes, tandis que mon corps se défait de ses tensions.

« Eh, murmure-t-elle. Personne n'est mort. Nous sommes tous en vie et en bonne santé. Nous savons toutes les deux que c'est le plus important, au bout du compte. »

Il y a mieux, pour remonter le moral, mais même ma mère a ses limites.

« Va rejoindre ton frère. » Elle me libère. « Il a besoin de toi. »

Il n'est pas le seul. « D'accord. » Avant de ressortir, je monte discrètement dans ma chambre pour envoyer un message à Kate. Le téléphone à la main, tapant des mots qui n'ont aucun sens, je change d'avis et l'appelle.

Elle met un peu de temps à répondre, ce qui m'incite à penser que je suis sans doute la dernière personne qu'elle a envie d'entendre, mais finalement elle décroche.

« Salut, dis-je. Je voulais juste m'assurer que ça allait. Kevin est à la maison. Il nous a dit pour le break.

— Merde, Stella. Qu'est-ce que j'ai fait ? »

Je ne crois pas que sa question appelle de réponse, alors je me contente d'attendre.

« Comment va Kev ? demande-t-elle.

— Il est en train de vider une bouteille de tequila avec Nathan.

— Oh non », répond Kate.

Je n'ose imaginer si ces deux-là finissaient au lit ensemble. Ce serait une sacrée pagaille. L'idée peut paraître grotesque, mais c'est ce qui nous est arrivé, à Kate et à moi, et c'était tout aussi improbable, même si, par moments, j'ai le sentiment que ça ne l'était peut-être pas.

« Je ne suis sans doute pas la personne à qui tu veux parler, mais je suis là si, euh, si tu as besoin de moi, dis-je en sachant que je ne devrais pas, mais je ne peux pas m'en empêcher.

— Merci, je... Tu comprends, il n'y avait pas d'autre solution, Stella. Faire comme si toi et moi n'avions pas couché ensemble, c'est une chose, mais... je n'ai pas d'autre choix que de lui mentir quand nous sommes ensemble et je ne peux pas. Je suis déjà tombée suffisamment bas. Le seul moyen que ce soit supportable pour moi, c'est de faire ce break, même si c'est douloureux pour lui. Et pour moi.

— Je comprends. » Je soupire.

« Et toi, ça se passe comment de ton côté ?

— C'est une torture, surtout maintenant que Maman est au courant.

— Je peux imaginer. Je suis désolée. Je te proposerais bien de venir au cottage, mais ce serait une très mauvaise idée.

— C'est sûr. Il va falloir qu'on trouve un moyen. Nous tous. Voir ce qui nous attend de l'autre côté.

— D'ici là, je croise les doigts pour toi.

— Merci, j'apprécie. Il faut que j'y aille.

— J'espère que tu n'auras pas trop la gueule de bois demain. Au revoir, Stella. »

Je m'écroule sur mon lit. Je n'ai aucune envie de ressortir boire avec Kevin et Nathan. Peut-être qu'ils peuvent se faire un truc entre hommes. Rien ne va dans cette histoire, mais bon, on pourrait dire ça d'un tas de choses que j'ai faites récemment.

On frappe à la porte. « Oui ? »

Ma mère passe la tête et regarde mon téléphone comme si c'était la preuve compromettante de mes crimes.

« Il faut bien que quelqu'un s'inquiète de Kate. » J'essaie en vain de ne pas paraître sur la défensive.

« Peut-être, mais pas toi, Stella. Ne t'accroche pas, je t'en supplie. Pour le bien de cette famille, ne t'accroche pas à elle.

— D'ac. Bonne nuit. »

Au moins, elle comprend le message et s'en va. Mais qu'est-ce qu'elle veut dire par ne pas m'accrocher ? Bien sûr que non, je ne m'accroche pas. J'ai déjà lâché prise. Va pour la tequila. Au moins, ce soir je ne finirai pas dans le pool house.

## CHAPITRE 31
# KATE

« Ça ! Alors ! Oh bon sang. Mary est au courant ? Et Kev et toi faites un break ? » Skye s'agite dans tous les sens, comme si elle ne savait pas quoi faire de ses mains. « Je ne peux pas tourner le dos cinq minutes. » Elle est déçue, c'est évident. « Et le pire dans tout ça, c'est que tu as encore couché avec Stella ? Mais qu'est-ce qui t'a pris ?

— Je me disais que… J'avais juste très envie de voir Stella. » Je peux me répéter autant que je veux que je n'ai pas roulé jusqu'à Topanga pour recoucher avec Stella, je saurai toujours que ce n'est pas vrai. « Et puis je l'ai vue et j'ai… senti quelque chose. Je me suis sentie bien. Pour une fois, dans ce marasme qu'est ma vie actuelle, je me suis sentie bien. Je me suis sentie appréciée et désirée. Je me suis sentie chérie. Je me suis sentie aimée, pour une fois, bon sang !

— Oh non, Kate. Pas de ça. Ne te mets pas à parler d'amour. Une attirance, ça oui. De la confusion, OK. Et bien sûr que tu as eu envie de te sentir bien pendant quelques minutes, mais ce que tu ressens pour Stella n'est pas de l'amour.

— Comment peux-tu savoir ce que je ressens ?

— Je ne le sais pas, mais je sais quand même que ce n'est pas de l'amour, et tu sais comment je le sais ? » Elle pose ses mains sur ses hanches. « Parce que ce n'est pas possible. Elle est de ta famille. On ne tombe pas amoureux des membres de sa famille, Kate. C'est comme ça. Un point c'est tout.

— Et si c'était le cas ? Et si j'étais amoureuse de Stella ? »

Skye lève les yeux au ciel. « Et bien tu étouffes ça dans l'œuf, punaise !

— Comment ?

— En arrêtant de coucher avec elle, déjà. En te rabibochant avec ton mari et en mettant fin à votre break.

— C'est pas si simple.

— Non, je peux imaginer, mais tu es tout à fait capable de faire des trucs difficiles. On en fait tous, tout le temps.

— J'ai eu mon lot de trucs difficiles, je voudrais quelque chose de facile, pour une fois.

— Et tu crois que tomber amoureuse de ta belle-sœur sera plus facile que d'ignorer ce que tu ressens pour elle ? Est-ce que tu es prête à détruire cette famille ? À faire ça à Kevin ? Et Stella ? Elle vit toujours chez sa mère. Tu crois que c'est le genre de fille qui renoncera à sa famille pour toi ?

— Non, bien sûr que non.

— Je sais que je suis dure, mais tu as besoin que quelqu'un te secoue. J'aurais cru que Mary vous aurait remonté les bretelles, mais la pauvre femme était probablement sous le choc.

— Je ne sais pas si je vais un jour pouvoir la regarder en face à nouveau. Qu'elle m'ait surprise dans cette position…

— Exactement ! renchérit Skye. C'est mortifiant et rien que ça, ça devrait suffire à te remettre sur le droit chemin. » Elle exhale lentement et vient s'asseoir à côté de moi. « On sait tous ce que c'est d'avoir des papillons dans l'estomac. De coucher avec quelqu'un de nouveau et d'avoir l'impression que ça bouleverse toute ton existence. Je comprends que ce soit tentant, de se laisser délicieusement distraire de sa vraie vie, mais justement, ce n'est pas la vraie vie. Stella et toi ne pourrez jamais construire quoi que ce soit dans la vraie vie, pas sans conséquences monumentales.

— Mmm. » Je sais qu'elle a raison. Évidemment. « Mais pour info, la pause entre Kevin et moi, c'est pas seulement à cause de Stella. Je ne sais même plus ce que nous faisons ensemble.

— Vous avez tous les deux besoin de temps, c'est tout. Enfin, pas trop non plus. À un moment, le plus tôt sera le mieux, il va falloir que vous trouviez une façon de revenir l'un vers l'autre. »

J'essaie de me débarrasser de mes émotions les plus vives. Nous avons du boulot. Nos clients ne vont pas tarder à arriver pour approuver la version finale des plans que nous avons dessinés. La sonnette nous fait sursauter. Ils sont en avance.

« Allons-y. » Skye se lève d'un bond. « Tu es prête ?

— Autant que possible », dis-je tandis que Skye s'approche de l'interphone pour leur ouvrir. Elle change de tête en découvrant l'image à l'écran.

« Soit les Saldana se sont transformés en élégante femme mûre, soit Mary Flack est derrière la porte.

— Tu plaisantes ? » J'ai l'impression que mon cœur va s'expulser de ma poitrine, tant il bat fort.

— Je lui ouvre ?

— Je vais sortir, je lui parlerai dehors. Ça va aller pour toi, quand les Saldana vont arriver ?

— T'inquiète, je gère.

— Je te revaudrai ça. »

Skye m'encourage d'un geste de la main et, le cœur cognant toujours, je rejoins la mère de Kevin et Stella.

« Est-ce qu'on peut discuter quelque part en privé ? demande-t-elle sans s'encombrer de politesses.

— Est-ce que Kevin va bien ? » Mon cœur, à présent, menace de stopper net.

— Il cuve probablement une bonne gueule de bois. » Mary n'a pas non plus l'air d'avoir très bien dormi depuis un moment. « J'aimerais te parler. J'ai besoin de dire certaines choses. Ça ne prendra que quelques minutes. »

Nous nous installons sur le banc à l'arrière de l'immeuble, là où Skye et moi passons nos pauses café.

« Je ne suis pas sûre de pouvoir faire confiance à Stella en la matière, lance Mary sans préambule. Alors je te le demande à toi, Kate. Ne fais pas ça. Ne quitte pas Kevin pour Stella. Ça le détruira, lui et notre famille.

— Je ne quitte pas Kevin pour Stella. » Qu'est-ce qu'elle veut dire par ne pas pouvoir faire confiance à Stella ? « C'est juste… inimaginable.

— OK. Bien. C'était, comment dire… effroyable de voir Kevin dans cet état hier soir. Il était effondré, Kate. Il sait qu'il n'est pas innocent dans cette histoire. Personne ne l'est. Il s'en veut vraiment. Si ça ne marche pas entre vous, ce sera affreux, bien sûr. Personne ne le souhaite, mais ce sont des choses qui arrivent. Des couples s'éloignent parce qu'ils ne parviennent pas à se remettre de certains événements. Mais, pour l'amour de dieu, ne laisse pas Stella être la raison de votre rupture. C'est inacceptable. Je t'en supplie, en tant que mère qui les aime tous les deux à la folie, ne fais pas ça. Ne crée pas de telles dissensions dans ma famille.

— Non, Mary, bien sûr que non. » Heureusement qu'elle n'a pas assisté à ma conversation avec Skye.

« Je crains que Stella n'éprouve des sentiments inopportuns à ton égard et c'est peut-être trop demander après tout ce que tu as traversé, mais il va falloir que ce soit toi qui te montres forte, Kate. Il va falloir que tu la dissuades de toute idée farfelue. »

Stella éprouve des sentiments pour moi ? Je n'ai rien entendu d'autre. J'acquiesce malgré tout.

« Tu peux me donner ta parole ? »

Ma parole ? Ma parole ne vaut rien. « Écoute, Mary. Stella et moi sommes adultes. Nous savons toutes les deux... ce que nous devons savoir. Nous aimons toutes les deux Kevin, donc... Nous ferons ce qu'il faut. »

— Bien. » Mary secoue la tête. « J'espère vraiment qu'elle décroche ce rôle, qu'elle puisse se concentrer sur autre chose, quelque chose de tangible. »

Un je-ne-sais-quoi aigu - une douleur ? De la culpabilité ? De la jalousie ? - me transperce à l'idée que Stella passe à autre chose, qu'un éventuel boulot me remplace sans effort dans ses pensées.

« C'est également ce que j'espère.

— OK. Je vais te laisser retourner travailler. » Elle se lève. « Prends soin de toi, Kate », dit-elle comme si nous n'allions plus jamais nous revoir.

Je m'appuie contre le mur, les yeux dans le vide. Skye et Mary ont totalement raison. Mais Stella a des sentiments pour moi, et j'aurais aussi vite fait de me l'admettre, de me laisser savourer le fait que moi aussi, j'ai des sentiments pour elle. Cette découverte de réciprocité ne peut cependant pas s'accompagner de la moindre exaltation. Nous ne pourrons jamais être ensemble. Je sais ce qu'il me reste à faire. À commencer par une nouvelle conversation avec Skye.

# CHAPITRE 32
## STELLA

J'ai à peine mis un pied dans le jardin que j'aperçois Kevin qui s'active dans le pool house. Si seulement il savait ce qui s'y est passé... Si nous avons laissé le moindre indice, je suis sûre que Kate l'a effacé à jamais.

Je me promène partout avec mon téléphone, dans l'attente d'un appel de Damian. Pas de nouvelles, bonnes nouvelles, mais je meurs d'impatience de savoir ce que Nora Levine a pensé de moi.

« Hé, Stella, beugle Kevin. Tu peux me donner un coup de main, s'il te plaît ? »

Je pénètre dans le pool house. Tous les meubles ont été éloignés des murs. Kev désigne le lit - la scène de notre premier crime - et demande, « il est super lourd, tu m'aides à le déplacer par là-bas ?

— Qu'est-ce que tu fais ?

— Je me suis dit que je pourrais repeindre, maintenant que je suis là.

— Sans déconner ? » Nathan et lui sont restés dehors à boire de la tequila bien après que je suis montée dans ma chambre, incapable de dormir mais tout aussi incapable de continuer à déquiller des shots avec mon frère. La gueule de bois de Kevin ne semble pas trop cruelle. Peut-être qu'après tout cet alcool, au lieu de finir au lit avec la mauvaise personne, il s'est contenté d'avaler une bouteille d'eau, et le sommeil a fait le reste. « Et ta maison à toi ?

— À quoi ça sert de rénover la maison si Kate ne veut plus y vivre avec moi ?

— Tu es sûr que c'est de ça qu'il s'agit ?

— J'ai juste… besoin de m'occuper. Je ne peux pas rester à rien faire. Ça me rend complètement dingue.

— Ces murs n'ont pas besoin d'être repeints. Va au bureau si tu veux travailler.

— J'ai pas le courage de socialiser aujourd'hui. » Il presse le bout de ses doigts contre le mur comme pour décider de l'abattre ou non.

« Je peux comprendre, mais je crois vraiment pas que tu devrais t'attaquer à un nouveau projet. »

Il soupire bruyamment avant de s'adosser au mur. Il a dû le juger assez solide, finalement. « Tu sais ce que je me disais hier soir ? Quand j'étais soûl comme un cochon ?

— Non. » Je m'appuie aussi au mur, à côté de lui.

« Que si Kate ne veut plus de moi, je trouverai peut-être une autre femme avec qui avoir des enfants. » Il lâche un ricanement. « Tu te rends compte ? Tu te rends compte de la bassesse de cette pensée ?

— Tu étais bourré. On pense tous et on fait tous des trucs qu'on devrait pas quand on a trop bu.

— C'est peut-être pour ça qu'elle veut faire un break. Peut-être qu'elle veut trouver un autre homme avec qui elle peut avoir un enfant, puisqu'elle et moi ne sommes pas compatibles de ce côté-là.

— Mais vous l'êtes dans les autres domaines, dis-je. Vous êtes mariés depuis dix ans, Kev. On balance pas dix ans de mariage comme ça. » Mon frère n'est pas le seul que j'essaie de convaincre.

« Je n'en suis pas si sûr.

— Je te préviens, je ne t'aide pas à déplacer ce lit.

— Je m'en fous. » Il hausse les épaules. « Elle détesterait que je repeigne sans lui demander son avis, de toute façon. Les couleurs, c'est son rayon.

— Tu veux faire un truc ? Aller au ciné ? Une promenade ? Un tour dans la piscine ?

— Désolé, Stella. Je suis tellement accaparé par mes propres soucis que j'ai oublié ton audition. Tu dois être super stressée, à attendre comme ça.

— Ils ont probablement pas encore décidé. Ça peut prendre des semaines. Qui sait.

— Ouais. » Son regard parcourt la pièce. « Tu m'aides à remettre tout ça en place ?

— D'ac. » Je lance un dernier regard au lit, au canapé sur lequel Kate dormait quand je me suis réveillée au milieu de la nuit, la tête endolorie et l'âme en mille morceaux.

Je suis en train de disposer les chaises autour de la table quand mon téléphone sonne. Ce n'est pas Damian. Numéro inconnu. Je décroche parce que quand on est une actrice au chômage, on décroche toujours.

« Stella Flack à l'appareil. » J'espère sincèrement que ce n'est pas Kate qui m'appelle d'un numéro qui n'est pas dans mon carnet d'adresses, pas avec Kevin à quelques mètres de moi.

« Bonjour, Stella. C'est Nora Levine. Je voulais vous annoncer la bonne nouvelle moi-même. »

Je saute déjà d'excitation. Kevin s'est interrompu et se précipite vers moi.

« Apparemment nous allons passer du temps ensemble, parce que le rôle est à vous, si vous le voulez. Le courant est vraiment bien passé entre nous, non ?

— Euh, oui. Oh mon dieu. Merci beaucoup !

— Avec plaisir. J'ai hâte qu'on travaille ensemble. Voyons-nous bientôt, OK ?

— Oui. Absolument.

— Bien. Au revoir, Stella. » Et elle raccroche aussi sec.

« Alors alors alors ? » » Ça fait tellement de bien de voir un vrai sourire sur le visage de mon frère.

« Oh putain, Kev ! Je l'ai ! Je vais jouer aux côtés de Nora Levine dans une série télé géniale. » Incrédule, je ne quitte pas mon téléphone des yeux.

« C'est formidable ! » Les bras de Kevin m'engouffrent dans un énorme câlin. « Enfin des bonnes nouvelles ! Je suis tellement heureux pour toi. »

Mon téléphone se remet à sonner. Cette fois, c'est mon agent. Je murmure contre l'épaule de mon frère : « C'est Damian, il faut que je réponde. »

Il me relâche et se laisse choir sur le canapé, comme si lui aussi attendait impatiemment ce coup de fil et que ses muscles s'étaient détendus d'un coup lorsqu'il est enfin arrivé.

Damian et moi ne pouvons empêcher notre euphorie de croître au fur et à mesure de la conversation.

« Tu as réussi, Stella, dit-il. Et tu vas déchirer ! »

En raccrochant, je m'effondre sur le canapé avec Kevin.

« Ma sœur va passer à la télé. » Il me sourit d'un air espiègle. « Est-ce que ça veut dire que tu vas devenir encore plus imbuvable ? »

Je fais mine de lui donner un coup dans le biceps. « Je n'ai jamais été imbuvable », je réponds en me disant qu'au moins, je vais arrêter de coucher avec sa femme. J'envoie quand même un SMS à Kate pour lui annoncer la bonne nouvelle.

# CHAPITRE 33
# KATE

Je regarde le message sur l'écran de mon téléphone. Je meurs d'envie de répondre à Stella combien je suis extatique pour elle. Mais je ne peux pas. Bien sûr que non. Au moins maintenant, comme le souhaitait Mary, Stella aura quelque chose sur quoi concentrer son attention. Mais j'ai aussi l'intention de me sortir de la boucle. Sous prétexte de célébrer autour d'un verre, je lui demande de me retrouver au bar à côté de mon bureau. J'ai besoin de la voir une dernière fois et, pour des raisons évidentes, il vaut mieux que ce soit dans un lieu public.

Lorsqu'elle arrive, rien que de la regarder s'avancer vers moi me fait mal. De voir le sourire sur son visage, qui illumine toute la pièce, en sachant qu'elle ne me sourira peut-être plus jamais comme ça.

Je m'autorise à la serrer dans mes bras et à murmurer à son oreille : « Félicitations. »

— Merci. » Elle me regarde dans les yeux. « J'étais un peu surprise de ton invitation.

— Ta mère m'a rendu visite ce matin.

— Oh non. » Stella pose le menu. « Je suis désolée. Qu'est-ce qu'elle t'a dit ? Je pense pouvoir deviner, mais... Oh merde, est-ce qu'elle t'a fait le coup de la belle-mère qui ne peut pas s'empêcher d'intervenir ? »

Une serveuse s'approche et nous commandons chacune un verre de vin. Certainement pas une bouteille entière.

« Elle est inquiète et elle a de quoi.

— Je sais, mais quand même. Ça ne doit pas être marrant de recevoir la visite de la mère de ton mari.

— C'était pas censé l'être. Mais Mary n'est pas vraiment le problème. J'ai pris une décision et je voulais te l'annoncer de vive voix. » Je ne vois pas d'autre issue.

« OK. » Le sourire de Stella se fane.

« Je vais m'absenter un peu. Je rentre dans l'Iowa. Je vais passer un peu de temps dans ma propre famille.

— Ah. D'accord. » Dans la lumière tamisée, qui n'éclaire pas très bien les visages, je peine à mesurer la réaction de Stella. Qui n'a pas vraiment d'importance maintenant de toute façon. « Combien de temps ?

— Aussi longtemps qu'il faudra. Je vais travailler à distance autant que possible, mais Skye va devoir prendre le relais sur certains projets, peut-être embaucher quelqu'un d'autre.

— Kevin est au courant ? »

Je fais non de la tête. « Pas encore. J'avais besoin de te le dire en premier, Stella, parce que… je crois qu'on devrait lui dire la vérité. »

La luminosité n'est pas si faible que je ne distingue pas clairement les yeux écarquillés de Stella. « Lui dire ? À propos de nous ? Tu plaisantes ?

— Non, au contraire. Comment envisager que je retourne avec lui avec ce secret qui pourrit entre nous ? Je ne peux pas faire ça. Ce n'est pas moi.

— Tu ne peux pas lui dire et ensuite t'en aller dans l'Iowa pour une période indéterminée ! Et moi, là-dedans ? »

Stella a raison. Je ne peux pas la laisser assumer seule les répercussions, qui promettent d'être considérables. « Je n'ai pas besoin de tout lui dire. Je n'ai pas besoin de lui dire ce que je ressens pour toi, bien qu'il soit probable qu'il comprenne de lui-même. N'oublions pas que Mary est au courant, et ces choses-là ont tendance à émerger à un moment donné. C'est pour ça qu'il me semble que l'honnêteté la plus complète est la meilleure stratégie.

— Oh non. Je ne suis pas d'accord. Du tout. »

Nos verres arrivent, ce qui me donne l'occasion de reprendre ma respiration.

« Pourquoi est-ce que tu ne peux pas simplement partir sans rien dire ? Réfléchir à ta vie et tout ça, et ensuite seulement décider s'il faut que tu lui parles de ton… écart de conduite ? »

Si ce n'était que ça… « Il ne s'agit pas seulement du fait qu'on ait couché ensemble. Il faut que je sois honnête sur l'ensemble. Sur ce que je ressens pour toi. »

Stella marque une pause et son regard croise furtivement le mien. « Tu as des sentiments pour moi ? »

Je ne peux que confirmer d'un signe de tête. « Raison de plus pour que je parte.

— Merde. » Stella fixe le fond de son verre. « Ces sentiments sont partagés, tu sais, au cas où tu te poserais la question. » Elle a marmonné dans son verre, mais je l'ai très bien entendue.

« Nous n'avons pas le choix, Stella. » Je dois me retenir de toutes mes forces pour ne pas poser ma main sur la sienne. « Nos sentiments ne peuvent pas se concrétiser. Nous ne pouvons pas faire ça à Kevin.

— Je suis d'accord, et donc s'il te plaît, ne lui dis pas. C'est pas une décision que tu peux prendre seule. Elle aura aussi des conséquences sur ma vie.

— Je ne lui dirai pas qu'il s'agit de toi, mais il faut que je lui dise quelque chose.

— Pourquoi ? Tu as suffisamment de raisons de partir, de mettre ton mariage en pause. Pourquoi mettre de l'huile sur le feu ?

— Parce que j'en ai marre de mentir à mon mari.

— Peut-être, mais ça ne peut que lui faire encore plus de mal. Ainsi qu'à moi. Et à Maman. À tout le monde, tout ça pour que tu puisses apaiser ta conscience. » Le regard de Stella est constant. « Parfois, il vaut mieux préserver quelqu'un de la vérité, surtout quelqu'un qu'on aime.

— Tu le penses vraiment ? Après ce que Toni t'a fait ?

— Toni n'a pas couché avec mon frère. Elle a couché avec ma meilleure amie et depuis, Sheena n'est plus mon amie. Évidemment qu'il fallait qu'elle me le dise. Il fallait que je sache, mais il y a des choses dont on ne se remet pas.

— Peut-être que c'est possible quand il s'agit de la famille.

— Sheena était comme ma famille, et je voulais épouser Toni. Aujourd'hui, je ne les vois plus et elles me manquent, parce que c'étaient mes deux meilleures amies au monde, et d'un coup, je me suis retrouvée sans petite amie, et je n'avais plus de meilleure amie non plus.

— Mais il fallait qu'elles te le disent, Stella.

— Oui, mais les circonstances étaient complètement différentes ! Elles sont tombées amoureuses. Toni était en train de me quitter pour elle. » Stella secoue la tête tristement. « Je ne souhaite ce supplice à personne. Encore moins à mon frère.

— Alors, même si tu as été trompée, même si les personnes que tu aimais le plus au monde t'ont menti, tu crois toujours qu'on ne devrait rien dire à Kevin ?

— Oui, parce que toi et moi ne sommes rien, Kate. Tu ne quittes pas Kevin pour moi. Nous n'avons pas de liaison. Nous avons passé deux nuits ensemble. C'est... Comment tu as dit, déjà ? Une simple distraction. Rien qui vaille la peine de briser le cœur de mon frère, et qu'il me déteste jusqu'à la fin de mes jours. »

Je lui prends la main. Elle ne la retire pas. « C'était tout sauf une distraction. Tu me manques. T'apercevoir quand je sors du pool house me manque. Faire des plans avec toi. Faire des trucs avec toi, même si c'était seulement être ensemble, bavarder dans la cuisine. Le simple fait d'être avec toi me manque.

— Oui, mais bon… » Stella prend une profonde inspiration. « Comme je viens de le dire, comme on le sait toutes les deux, comme ma mère nous en a suppliées, on ne peut pas être ensemble, toi et moi, donc…

— Je sais. » Même si j'aimerais la garder plus longtemps dans la mienne, je lâche sa main. « C'est pour ça qu'il faut que je quitte L.A.

— Kate, je t'en prie. Ne lui dis pas. Je te le demande. Moi. » Elle porte la main à sa poitrine. « S'il te plaît.

— Je ne lui dirai pas que c'est toi. Tu as ma parole, mais c'est la seule promesse que je puisse faire.

— Tu pars quand ? soupire Stella.

— Dès que j'aurai parlé à Kevin et que je me serai organisée avec Skye.

— Tu resteras en contact ?

— Non. Je ne peux pas, pas avec toi. J'espère que tu comprends.

— Oui.

— Tu as un avenir brillant devant toi, Stella. Ta vie s'apprête à changer. Tu vas rencontrer plein de gens formidables et, qui sait, peut-être même quelqu'un avec qui tu sentiras ton étincelle. » Et je ne veux absolument pas être dans les parages quand ça arrivera.

« Je l'ai sentie avec toi, cette étincelle. » C'est elle qui me prend la main, à présent. « Pour info.

— Je sais.

— Il faut que je m'en aille. D'accord ?

— Je t'accompagne. » Je ne peux pas la laisser partir comme ça. Je paie rapidement l'addition et rejoint Stella à l'extérieur. C'est encore une douce soirée comme Los Angeles en a le secret. Je glisse mes doigts entre les siens, machinalement. Comme si j'avais fait ça toute ma vie.

« Salue Nora Levine pour moi.

— Je m'étonne que tu n'aies pas encore exigé de lui être présentée. » Stella se rapproche. « Et je voulais te demander, aussi. » Elle me sourit. « Est-ce que tu es toujours prête à virer ta cuti pour Faye ? »

J'éclate de rire. « Seulement pour toi. » Pour la dernière fois, je pose mes lèvres sur les siennes, et l'embrasse dans le bleu du crépuscule.

# CHAPITRE 34
## STELLA

« Qui ça peut bien être ? » Kevin fait tourner sa bouteille de bière entre ses doigts. « Kate a beau dire que ça n'a pas d'importance, que je n'ai pas de raison de savoir, ça me rend dingue. »

C'est comme ça depuis des jours. Kevin est en boucle. Paradoxalement, il est beaucoup plus souvent chez Maman que quand Kate vivait là. Même si, à mon grand soulagement, Kate ne lui a pas dit que la personne pour qui elle éprouve des sentiments, c'est moi, ça devient quand même invivable. Quelques jours de plus et je vais peut-être finir par reconnaitre que lui dire toute la vérité ne serait pas idiot. Pour l'instant, je ne peux qu'espérer qu'il passe à autre chose. Qu'il se remette du fait que sa femme a des sentiments pour « quelqu'un d'autre ». À ma connaissance, Kate n'a pas dit à Kevin qu'elle avait couché avec cette mystérieuse personne, qui se trouve être moi. Il péterait sans doute totalement les plombs.

« Vous étiez proches, Kate et toi, avant son départ. » Kevin me fixe du regard. « Elle ne t'a pas dit ? »

J'aimerais bien pouvoir m'enfuir dans l'Iowa, moi aussi. Peut-être que je devrais prendre les choses en main. Me renseigner sur la possibilité de participer à la promo du film avec Faye. D'un point de vue professionnel, ma confiance en moi a fait un bond depuis que j'ai décroché le rôle. Damian pourra peut-être organiser un truc. Je suis devenue l'une de ses clientes les plus importantes, d'un seul coup. J'ai quelques mois devant moi avant de commencer à travailler sur le projet de Nora Levine. Comment est-ce que je vais bien pouvoir m'occuper d'ici là ? Une chose est sûre, ce ne sera pas en écoutant mon frère se plaindre de sa femme en son absence.

« Non. » Je commence à comprendre pourquoi Kate ne supportait plus de lui mentir. Devoir mentir encore et toujours à quelqu'un qu'on aime de tout son cœur est insoutenable. Soudain, une image de Toni me vient à l'esprit, mais je la repousse. Ce n'est pas la première fois que des souvenirs de Toni et Sheena - des bons moments - surgissent, mais j'ai toujours réussi à les ignorer. Les choses sont un peu différentes ces jours-ci. Ce qui est arrivé entre Kate et moi me rend un peu plus compréhensive envers elles.

« Qu'est-ce qu'il se passe ? demande Kev. Je pensais que tu serais sur un petit nuage, mais tu es toute grognon depuis le début de la semaine. »

Je réponds intérieurement : elle me manque, à moi aussi. « Je m'inquiète pour vous. » Ça, au moins, ce n'est pas un bobard. « Et je me demande si je devrais reprendre contact avec Sheena. » Détourner la conversation de Kate est toujours une bonne idée.

« Sheena ? Pourquoi pas. » Il ne balaie pas l'idée immédiatement, bien qu'il ait été aussi fâché contre elle que moi ces dernières années. « Je peux te dire un truc ?

— Euh, d'accord. » Mon cœur se met à battre plus fort, parce que quand on ne dit pas la vérité, on ne sait jamais quand l'autre va faire le rapprochement. Si la personne aura un flash et tout lui paraîtra évident d'un seul coup.

« Je suis tombé sur Toni et Sheena il y a un mois ou deux.

Elles ont demandé de tes nouvelles. Je leur ai parlé du film sur Lana Lynch.

— Tu les as vues ? Où ça ?

— Dans la rue. À quelques pâtés de maisons du bureau. Elles buvaient un café.

— Et, hum, comment elles allaient ?

— Bien, je crois. C'était un peu bizarre, mais, bon, ce qu'elles ont fait est nul et elles t'ont terriblement mal traitée, mais au fond ce sont des gens bien, sinon elles n'auraient pas été aussi importantes pour toi pendant si longtemps. » Il se racle la gorge. « Ce que j'essaie de dire, c'est que je suis sûr qu'elles seraient heureuses d'avoir de tes nouvelles. Ça va bien pour toi, en ce moment. Le timing est peut-être bon pour reprendre contact et voir comment ça se passe.

— Peut-être. » C'est son côté paternel qui parle. « Je vais faire ça.

— Kate ne devait pas aussi t'arranger un rendez-vous, d'ailleurs ? Avec la nièce de Skye, ou quelque chose de ce genre ? » Il gratte sa barbe de fin de journée. « Ou est-ce que là aussi elle a lâché l'affaire ? »

Il est hors de question que j'aille à un blind date initié par Kate.

« C'est tombé à l'eau.

— Pourquoi ? Tu veux dire que cette femme n'avait pas envie de rencontrer Stella Flack ? Mon unique sœur ? Je devrais peut-être m'entretenir avec Skye. » Il prend un air pensif. « D'ailleurs, peut-être qu'effectivement je devrais aller la voir. Elle en saura peut-être plus sur le mystérieux crush de ma femme. »

Je ne connais pas assez Skye pour être certaine qu'elle est capable de garder un secret, et je sais qu'elle est au courant de notre histoire. Je ne peux qu'espérer qu'elle veut le bien de Kate.

« Tu devrais peut-être juste laisser tomber, Kev.

— Laisser tomber ? Le fait que ma femme soit... » Il a posé sa bouteille de bière avec fracas et mime des guillemets. « ... intéressée par quelqu'un d'autre ? Je ne crois pas, non. »

Je n'en serais pas capable non plus. D'ailleurs, je sais très bien, au fond de moi, que l'une des raisons pour lesquelles je suis à peine sortie avec d'autres femmes depuis Toni, c'est parce que j'ai peur que ça se reproduise. Que je tombe amoureuse de quelqu'un, que je lui fasse confiance, et qu'au bout du compte, elle me quitte pour quelqu'un d'autre à nouveau. C'était plus simple de rester en tête à tête avec moi-même que de m'exposer une nouvelle fois. Aimer quelqu'un qui aime quelqu'un d'autre est une expérience dévastatrice. Parce qu'on ne peut rien faire d'autre que de s'apitoyer de sa propre impuissance. Vous ne pouvez pas forcer quelqu'un à vous aimer. Soit la personne vous aime, soit elle ne vous aime pas. Il est juste super dommage que la première femme pour laquelle j'éprouve des sentiments après tout ce temps soit justement celle que je ne peux pas avoir.

« Tu sais quoi ? » J'ai beau comprendre ce que ressent Kevin, je ne peux pas rester là plus longtemps, avec lui, dans les affres de l'échec de son mariage - dont je suis en partie responsable. C'est encore plus humiliant que de voir la femme qu'on aime s'enfuir avec votre meilleure amie. « Je vais envoyer un texto à Sheena.

— Fonce ! » Kevin se lève. « C'est moi qui prépare le dîner ce soir. »

Pendant que je cherche le numéro de Sheena, qu'il va d'abord falloir que je débloque, je regarde Kevin entrer nonchalamment dans la maison. Il est possible qu'il soit simplement malheureux, et qu'il croie sincèrement que ça ne sert à rien de continuer à rénover la maison maintenant que Kate et lui sont séparés, mais je ne peux pas m'empêcher de penser qu'il est aussi soulagé, même si je ne sais pas pourquoi. Il va même préparer le dîner.

J'ai rendez-vous pour boire un café avec Sheena, sans Toni. Il y a des limites à ce que mon pauvre cœur peut supporter, et si je hiérarchise mes blessures, celles infligées par Toni sont plus importantes, même si Sheena et elle sont au coude à coude.

« Oh mon dieu, Stella ! » Elle se lève en me voyant. « J'adorerais te serrer dans mes bras, mais je comprendrais si tu ne voulais pas. »

J'accepte parce que ça fait un bien fou d'être enlacée par quelqu'un qui n'est pas Kate, dont je n'ai aucune nouvelle depuis nos adieux et son départ pour l'Iowa. Depuis cet ultime baiser à la sortie du bar.

« Ton message m'a fait trop plaisir. » Elle hésite. « Je suis tellement désolée. » Elle essuie l'ébauche d'une larme.

Impossible de rester fâchée avec elle. Non seulement l'eau a coulé sous les ponts et a guéri la partie la plus douloureuse de la blessure causée par Toni et Sheena, mais je sais maintenant ce que ça fait de trahir quelqu'un qu'on aime. Ou au moins, je sais que ce n'est pas si simple que ça.

« Je t'ai vue dans *Like No One Else*. Quand tu as embrassé Lana Lynch, je ne savais pas où me mettre. C'était incroyable de voir ça. Tu étais formidable, comme si tu étais née pour incarner Cleo Palmer.

— Merci. » Tout dans le fait d'être là avec Sheena me rappelle Kate. Elle a pété les plombs en voyant mon personnage embrasser celui de Faye dans ce film. C'est sans doute ce qui a tout déclenché. « Ça a été une expérience extraordinaire. Et Faye est tellement sympa, à un point ! C'est Faye Fleming. Elle n'a pas besoin d'être sympa avec moi, et pourtant elle l'a été. » Je bafouille, comme si je pouvais noyer ma culpabilité sous un torrent de mots. Peut-être qu'en réalité je ne suis pas venue renouer avec ma meilleure amie. Peut-être que c'est moi qui ai besoin d'une sorte d'absolution tordue, et qu'elle est la seule à pouvoir me la donner. « Comment tu vas, Sheena ?

— Bien. Mieux, maintenant que je te vois. » Le truc dans cette histoire, c'est que j'aurais jamais cru Sheena capable d'entretenir une liaison avec ma petite amie. Elle a toujours été la personne la plus honnête que j'aie jamais connue. Tout en gentillesse et infinie patience, et bonté, purement et simplement. Je sais maintenant qu'on peut tous trahir les gens qu'on aime le plus au monde.

« Comment va Toni ? » Impossible de faire comme si elle n'existait pas.

« Elle va bien. » Sheena commence à tripoter une bague qu'elle porte à l'annulaire, attirant mon attention vers le petit diamant. « Je ne voudrais pas que tu crois que ça a été facile pour nous. Loin de là, mais nous pouvions nous soutenir mutuellement, alors que toi…

— Je ne pouvais même pas compter sur ma meilleure amie. » Je me penche au-dessus de la table. « Est-ce que c'est ce que je crois ? » Je désigne la bague à son doigt.

« Oui, dit-elle avec un soupir, comme si c'était un problème. Nous allons nous marier. »

Même s'il n'y a rien de plus banal pour un couple qui est ensemble depuis quelques années, la nouvelle me laisse bouche bée. « Waouh. Félicitations.

— Merci. » Elle me regarde avec curiosité. « Et toi, Stella ? Est-ce que tu vois quelqu'un ?

— Moi ? Non.

— Vraiment ? Même après un film comme ça ? Je suis sûre que les femmes se jettent à tes pieds partout où tu vas.

— Non, vraiment pas. » À part Kate. « Est-ce que je peux te poser une question potentiellement délicate ?

— Bien sûr. Tu peux tout me demander, Stella. Tout ce que tu veux. » Son regard s'adoucit. « Tu m'as tellement manqué. C'est peut-être déplacé de ma part de le dire mais tu me manques, putain. Simplement être là avec toi… malgré tout ce qu'il s'est passé, il y a quelque chose qui… de confortable, parce que c'est toi. Parce que je te connais depuis toujours. »

Ma culpabilité est trop grande, ou peut-être reste-t-il encore trop de souffrance, pour que je ressente la même chose. « Tu m'as manqué aussi », dis-je, parce que c'est vrai, certains aspects de notre amitié m'ont manqué. « Mais j'aimerais juste savoir comment… Toni et toi… comment vous avez appris à maîtriser le sentiment de culpabilité ? Comment vous vous êtes remises de ce que vous m'avez fait. »

Elle prend une profonde inspiration. « Le truc c'est qu'on avait pas l'impression de te faire quoi que ce soit. On est tombées amoureuses, et ça t'a blessée de plein de façons, toutes impardonnables, parce qu'on aurait dû attendre. » Elle essuie une autre larme. « C'est mon plus grand regret, parmi tant d'autres. Qu'on ait fait ça derrière ton dos comme si tu étais n'importe qui. Je dis pas que ça aurait été acceptable dans d'autres circonstances, mais tu étais ma meilleure amie. Mais au bout du compte, on n'a pas pu s'empêcher de ressentir ce qu'on ressentait. On a essayé, mais… De toute façon, Toni ne pouvait pas rester avec toi et…

— Et du coup, autant qu'elle soit avec toi.

— Voilà. » Elle ferme les yeux un instant. « Il y a plein de choses qu'on aurait dû faire autrement. Trop.

— Et maintenant vous allez vous marier. » Ce qu'elles ont fait ne me blesse plus, même si je ne pourrai peut-être jamais leur pardonner. Ou est-ce que c'est lié ? Est-ce que je suis incapable de pardonner parce que, quelque part, ça me blesse encore ?

Sheena fait oui de la tête.

« Avec le recul, est-ce que ça n'a jamais été une possibilité de mettre fin à votre liaison ? Pour moi ?

— Tout est toujours possible, et avec le recul, c'est ce que j'aurais dû faire.

— Mais qu'est-ce qui se serait passé, alors ?

— Dans ce cas, je pense que Toni t'aurait quittée et peut-être qu'après une durée raisonnable, on serait revenues l'une vers l'autre. Ou pas. C'est impossible à dire. Ça n'aurait pas dû se passer comme ça. J'en serai toujours désolée mais, je sais pas, c'est comme si une partie de moi avait toujours su que j'allais finir avec Toni. Je suis désolée si c'est dur à entendre, mais c'est la seule façon dont je peux me l'expliquer. Que la bonne personne pour moi, c'est elle, et que quelque part, je le savais. Je le sentais au plus profond de mon être, et ça m'a fait agir d'une manière dont je me serais jamais conduite autrement. Ou en tout cas dont je pensais pas pouvoir me conduire. C'est pas une excuse. Il n'y a pas d'excuses, mais parfois, la vie fait des siennes et on doit perdre quelqu'un... au nom de l'amour. »

Je suis à nouveau bouche bée. Je ne sais vraiment pas quoi répondre à ça.

« Je ne me permettrai jamais de te demander ton pardon, Stella. Je ne le mérite pas, j'étais ta meilleure amie et j'aurais dû être là pour toi. J'aurais dû étouffer ces sentiments quand il en était encore temps, mais je n'ai pas été assez forte. Je nous ai fait passer avant toi, Toni et moi, et je vais devoir vivre avec, mais, euh...

— Ça valait la peine.

— Je ne peux pas te dire le contraire... Ça aurait pu ne pas marcher entre nous et j'aurais aussi tout perdu, mais ça n'a pas été le cas. Nous sommes bien ensemble. Je sais combien tu l'aimais et peut-être que si nous...

— Sheena, s'il te plaît, tais-toi. Je sais que c'est moi qui ai posé la question, mais je ne suis pas sûre de pouvoir en supporter plus.

— Oh mon dieu. Je suis désolée.

— Non, écoute, je comprends. Je comprends. C'est une situation impossible, et tu as fait passer ce que tu souhaitais en priorité, et honnêtement, pourquoi pas ? » Ce n'est pas comme si j'étais ta sœur.

« C'est pas aussi simple que ça, Stella. Ça n'a pas été une décision insensible, sur un coup de tête. Ça a été un processus long et ardu, avec lequel on a toutes les deux encore du mal aujourd'hui. On a croisé ton frère récemment et tout est remonté... Nous avons peut-être trouvé le grand amour, mais ce que nous t'avons fait viendra toujours se mettre entre nous, d'une façon ou d'une autre. Ce n'est peut-être pas si différent de la plupart des relations, cela dit. C'est comme ça que j'ai appris à vivre avec. Il y a toujours quelque chose. Aucune relation n'est parfaite. »

La première pensée qui me vient est grand bien te fasse, mais je ne peux plus me permettre en toute bonne foi des pensées aussi cruelles. J'ai perdu ce droit la première fois que j'ai embrassé Kate.

## CHAPITRE 35
## KATE

Près de deux semaines que je suis là, et ma mère n'a toujours pas l'air d'y croire. Ou peut-être qu'elle ne s'habitue pas à la présence prolongée de sa fille unique. Je ne sais pas quoi faire de moi non plus, et j'ai donc décidé de ne pas faire grand-chose. De tenter de trouver une sorte de sérénité en moi, avec l'espoir qu'elle me guidera vers la prochaine étape, bien qu'il n'y ait que deux options : retourner avec Kevin, ou non.

Le plus difficile, surtout maintenant que je passe autant de temps sur mon téléphone, c'est de ne pas envoyer de messages à Stella. De ne pas savoir comment elle va. De m'efforcer de ne pas penser à la nuit que nous avons passée ensemble. Dans les faits, il y a eu deux nuits, et la première a pavé le chemin de la seconde, mais seule la seconde compte. Celle qui ne cesse de me revenir parce que je soupçonne - et je crains - que durant cette nuit magnifique à Topanga Canyon, je suis tombée amoureuse de ma belle-sœur. Certes, je peux mettre des centaines de kilomètres entre nous, mais mon cœur s'en moque. En tout cas si j'en crois la façon dont il se languit d'elle.

Je retrouve ma mère sur la terrasse, à l'avant de la maison. C'est une habitude que j'ai prise depuis mon arrivée. Après le dîner, nous nous installons dans les fauteuils, l'une à côté de l'autre, et sirotons un verre de vin, jamais plus.

Il n'y a pas grand-chose à admirer dans la rue qui longe la pelouse. Une voiture passe de temps en temps, mais c'est tout. Ce n'est pas silencieux, mais c'est calme. Comme à Topanga.

À chaque fois que je me suis assise à côté d'elle, ma mère a tenté de me tirer les vers du nez. Elle n'est pas du style à vivre et laisser vivre. Elle aime savoir ce qu'il se passe et mon retour à la maison, sans date de départ annoncée, est propice aux conjectures.

Je lui ai raconté les six tentatives ratées de FIV, les deux grossesses ratées, et le mariage qui est peut-être tout aussi raté, même si ce ne sont pas exactement les termes que j'ai employés.

« Donc vous êtes séparés mais tu ne le quittes pas ? » m'a-t-elle demandé la première fois. Chaque soir suivant, elle a trouvé un moyen de poser la question autrement. Est-ce que tu l'aimes encore ? Est-ce qu'il t'aime encore ? Y a-t-il quelqu'un d'autre ? Est-ce que tu peux envisager de vivre avec lui sans enfants ?

Aucune de ces questions n'appelle de réponse facile, et j'ai surtout répété les mêmes mots : je ne sais pas.

« Regarde, Kate. » Maman me montre le magazine qu'elle est en train de lire. « Je sais que tu ne t'es jamais très bien entendue avec la sœur de Kevin, mais elle est dans un film à succès avec Faye Fleming. »

Depuis que je suis arrivée, j'ai évité de mentionner Stella, parce que j'ai peur de ce que je pourrais dire.

« Je sais. Nous sommes allés à la première tous ensemble. » Une chaleur suspecte m'envahit à cette pensée. « Stella m'a même emmenée à une soirée chez Faye Fleming.

— C'est vrai ? » Maman pose le magazine d'un geste brusque, comme si j'avais aussi failli à mes devoirs de fille en omettant de lui en parler sur-le-champ. « Tu as rencontré Faye Fleming ?

— Et Ida Burton. » Bien que cette soirée ait été fantastique, elle ne résiste pas à la comparaison avec ce qu'il s'est passé entre Stella et moi par la suite.

« Elles étaient comment ? Pourquoi est-ce que tu ne m'en as pas parlé ? Je sais que tu vis à L.A., à Hollywood, et que ta belle-sœur est actrice, mais ça s'arrête là. Je suis ta mère, Kate.

— Stella, elle, euh… » Je bois une gorgée de vin. Je suis incapable de parler de Stella dans ces circonstances. « Nous nous entendons mieux.

— On dirait. » Le regard perçant de ma mère me brûle les joues, mais j'ai peur de tourner les yeux vers elle. Je me concentre sur la vue devant moi, le néant que je suis venue chercher ici.

« Il n'y a pas de quoi en faire un plat, Maman. Faye et Ida sont des femmes comme toi et moi.

— Mon dieu, ma chérie, tu dois être plus déprimée que je croyais si même ça, ça ne t'enthousiasme plus.

— Déprimée ? Je ne suis pas déprimée. » Juste totalement larguée.

« Si tu le dis. Tu ne me racontes plus grand-chose de ta vie, mais tu n'es pas venue ici par hasard. Je reste ta mère, et je peux toujours sentir ces choses-là. » Elle marque une pause. « Tu n'es pas obligée, mais tu peux me parler. N'est-ce pas pour ça que tu es venue ?

— Peut-être. » J'adorerais pouvoir parler à ma mère, mais elle va me dire la même chose que Skye et Mary - et que Stella aussi, d'ailleurs.

« Si tu n'envisages plus d'avenir avec Kevin, ce n'est pas grave. La plupart des mariages ne durent pas. De nos jours, c'est un miracle quand un mariage tient.

— Papa et toi avez résisté plus de quarante ans.

— Ça ne s'est pas fait sans de nombreuses concessions. » Elle soupire. « Et par moment, ça a vraiment tenu du miracle. »

C'est la première fois qu'elle le mentionne, mais je ne vis

plus ici depuis vingt ans. Je ne leur rends pas aussi souvent visite que je le devrais. J'essaie de venir au moins une fois par an pour Noël, ou pour Thanksgiving, mais c'est toujours trop court, et il y a tout le temps d'autres membres de la famille dans les parages.

« Tu as quelque chose à me dire, Maman ? » C'est à mon tour de la dévisager.

« Non. L'eau a coulé sous les ponts.

— Mais… est-ce que tu crois que tu aurais dû partir à un moment ? Est-ce que tu regrettes de ne pas l'avoir fait ? »

Maman secoue la tête. « J'ai beaucoup de regrets, mais c'est la vie. » Elle m'adresse un petit sourire. « À part toi, ma chérie. Je n'ai jamais regretté de t'avoir ne serait-ce qu'une seconde. » Elle pose ses coudes sur ses genoux. « Je suis vraiment désolée que Kevin et toi ne puissiez pas avoir d'enfants. Je sais comme tu en as envie et ton mariage ne serait ni le premier ni le dernier à ne pas résister à un tel cataclysme.

— Ce n'est pas comme si j'avais cessé de l'aimer du jour au lendemain, mais… » Je m'interromps pour reprendre une gorgée. « Nous ne nous sommes pas amusés depuis très longtemps. Je crois que notre sens de l'humour s'est volatilisé aux alentours de la tentative de FIV numéro trois. Ça fait un bail. »

Ma mère garde le silence, ce qui est inhabituel pour elle, alors je poursuis.

« Les traitements, les rendez-vous médicaux, tout ça était déjà pénible, mais le plus atroce, c'était de rentrer à la maison ensuite et malgré tout ce que nous avons en commun, cet immense désir partagé d'avoir un enfant, tout cet amour que nous avons l'un pour l'autre, nous étions incapable de nous retrouver, comme si la connexion s'était rompue et qu'il était impossible de la réparer. » Je finis mon verre. Comme si elle savait que ce soir, il nous en faudrait plus d'un, Maman se lève et revient avec la bouteille. Elle nous ressert.

« Est-ce que tu sais ce que pense Kevin de tout ça ? demande-t-elle.

— Il m'a clairement fait comprendre que c'était très dur pour lui d'être dans la même pièce que moi. Que c'était trop douloureux. » Répéter les mots de mon mari ne m'atteint pas autant que je l'aurais cru, et je sais pourquoi. J'ai trouvé ma façon à moi de me protéger, toute immorale soit-elle. J'ai amorti le choc en me laissant aller à éprouver des sentiments pour sa sœur.

« Pour moi qui suis ta mère, c'est très dur à entendre.

— Notre mariage ne va plus dans la direction que j'espérais depuis quelques années. C'est idiot de dire ça ? Est-ce que je suis trop dans le contrôle ?

—Tu as été déçue à de multiples reprises, Kate. C'est normal.

— Il n'a pas été là pour moi, et je n'ai pas été là pour lui. J'ai essayé mais ça faisait trop mal. Et maintenant… Oh, Maman. » Je regarde au loin. « Je ne suis pas sûre de pouvoir retourner avec lui parce que… il y a quelqu'un d'autre. »

Je n'ai pas besoin de voir son visage pour percevoir son étonnement. « Qu'est-ce que tu as dit, ma chérie ? Il y a quelqu'un d'autre ?

— Je crois que j'éprouve des sentiments pour quelqu'un d'autre, mais comment en être sûre dans l'état dans lequel je suis ? L'état dans lequel est mon mariage ? » Peut-être que si je réussis à rester vague sur la personne elle-même, ma mère peut m'aider à y voir plus clair.

« Je pense que, hum, quand on a des sentiments pour quelqu'un, on le sait. Le passage à l'acte, c'est une autre histoire, évidemment. » Elle s'agite un peu dans son fauteuil. « Tu l'as fait ? Tu es passée à l'acte ?

— Ça n'a pas d'importance. » C'est encore un énorme mensonge et j'en ai tellement marre de mentir. C'est une des raisons pour lesquelles je suis venue ici, pour ne plus avoir à mentir aux gens que j'aime.

« Difficile de ne pas interpréter ça comme un oui, ma chérie. » La voix de Maman est à peine plus qu'un murmure. « Est-ce que tu as trompé ton mari ? »

Tromper ? Mais qu'est-ce que ça veut dire ? Quel poids ont des vœux de mariage quand on sait que cinquante pour cent des unions se concluent par un divorce ?

« J'ai tellement souffert, Maman. Je me suis sentie si seule. J'étais isolée, et... » Je ne peux pas tout simplement dire « elle était là », mais je ne peux pas non plus dire « il ».

« Cette autre personne est arrivée et t'a en partie soulagée de ta peine, conclut ma mère.

— Oui. Exactement. Euh, *elle*... » Je ne peux plus rester évasive. « C'est une femme, Maman. » Je me tourne vers elle, pour qu'elle sache que je n'ai pas honte de cet aspect-là, même si j'ai honte de nombreux autres.

« Tu as des sentiments pour une autre femme ? » Il y a dans sa voix une légèreté déroutante. « Une de tes amies ? » Elle me sourit. « Quelqu'un à qui tu t'es confiée et dont tu t'es rapprochée, je suppose. Ne t'en fais pas trop. C'est normal de projeter tous les sentiments que tu ne peux pas exprimer à ton mari sur la personne que tu as sous la main. C'est bien que ce soit une femme, ça veut dire que ce n'est pas sérieux. »

C'est à mon tour d'être prise de court. « Qu'est-ce que tu veux dire par là ?

— Eh bien, à ma connaissance, tu n'es pas homo, alors comment est-ce que ça pourrait être sérieux ?

— C'est sérieux, et peut-être que je suis homo. Ou bi.

— Peut-être en ce moment, Kate, mais sûrement pas... Vraiment. Pas après tout ce temps avec Kevin. Je veux dire, que se serait-il passé si tu étais tombée enceinte ? Tu aurais tout simplement continué à être hétéro. »

Ma mère n'est peut-être pas la meilleure personne avec qui

avoir cette conversation. Mais c'est ma mère, et il faut qu'elle soit au courant. Je voulais sans doute qu'elle le soit, sinon je ne me serais pas infligé le fait de lui dire et de voir sa réaction.

« Je comprends que ça puisse être surprenant pour toi. Inattendu. Mais je ne suis pas hétéro, je te le promets.

— D'accord. D'accord. » Maman lève les mains en signe d'apaisement. « Excuse-moi. Tu as raison. C'est inattendu et je n'aurais pas dû réagir comme ça. J'en suis consciente, mais... Il va me falloir du temps pour digérer.

— Non, Maman, je sais. Tout va bien. Je n'avais pas l'intention de te balancer ça tout à trac, mais le fait que ce soit une femme n'est pas le problème.

— J'imagine que non. Tu as raison. » Elle inspire à plusieurs reprises. « Alors, que veux-tu dire ? Tu veux quitter Kevin pour cette femme ? »

Je fais non de la tête. « Ce serait impossible, en fait.

— Pourquoi ?

— Parce que... » En prononçant son nom, je prends le risque que ma mère ne me regarde plus jamais de la même façon. Ce qu'elle pense de moi en sera peut-être irrémédiablement changé, et pas de façon positive. « C'est Stella, Maman. Je suis amoureuse de Stella.

— La petite sœur de Kevin ? » Sa voix a filé directement dans les aigus.

Je ne peux que confirmer de la tête.

« Tu as eu une aventure avec la sœur de Kevin ? »

Dit comme ça, à voix haute, c'est épouvantable, et ça l'est sous de nombreux angles, mais d'un autre côté, être avec Stella m'a tant apporté. Ça m'a rendu une part vitale de moi-même.

« Pas une aventure, je corrige, d'une voix aussi faible que ma défense.

— Oh, ma chérie, s'exclame Maman. Est-ce qu'elle... t'a séduite...

— Non. » Pour être honnête, ce serait plutôt moi qui l'aurais séduite, mais il vaut mieux ne rien dire. « J'étais larguée, et elle était là. Nous sommes devenues amies. Des amies proches et puis... plus que ça. Et je sais que ça a l'air terrible mais pour moi, ici... » Je porte une main à ma poitrine dans un geste théâtral. « C'est tout sauf terrible. Elle est... c'est un rêve. En fait, oui, c'est la meilleure façon de le décrire. C'est comme un rêve délicieux, le genre qu'on a juste avant de se réveiller, et on se réveille et on se rend compte que ce n'était pas la réalité, et on n'a qu'une envie, se rendormir pour reprendre le rêve, mais on ne peut pas. Il s'est évaporé, mais les sensations perdurent. » Une larme coule sur ma joue. « Je suis venue ici pour m'éloigner d'elle. Pour me réveiller vraiment de ce rêve, mais ça ne fonctionne pas. Ce n'est pas Kevin qui me manque, c'est Stella.

— Ça fait beaucoup, dit Maman. Dis donc. » Elle se penche et me tapote le genou. « Tu as porté tout ça toute seule... Pas étonnant que tu sois épuisée, et que j'aie cru que tu étais déprimée.

— Je suis seulement amoureuse d'une personne avec laquelle je ne peux pas être. » Mes épaules s'affaissent. En parler fait peut-être du bien, mais le résultat reste le même.

« Que ressent Stella pour toi ?

— Nous n'en avons pas vraiment discuté. C'est un peu trop conflictuel, sans doute, mais de ce que j'ai compris, elle ressent la même chose que moi.

— J'aimerais pouvoir te dire quoi faire. Te donner des conseils maternels, mais c'est vraiment délicat.

— Je sais. C'est impossible.

— Rien n'est impossible, ma chérie, dit Maman. Ça n'a juste pas encore été tenté. »

## CHAPITRE 36
## **STELLA**

« J'ai couché avec la femme de mon frère. » Faye Fleming et moi sommes dans une chambre d'hôtel huppé à Londres, en train de descendre une bouteille de bon vin - enfin, surtout moi - et les mots sont sortis tout seuls. Sans lui laisser le temps de réagir, je poursuis: « Et le pire, c'est que je crois que je suis amoureuse d'elle.

— Tu es amoureuse de la femme de ton frère. » Les célèbres sourcils de Faye sont tout froncés. « J'ai bien entendu ou mes tympans ont-ils été amochés par les salves d'applaudissements qui ont suivi la première de ce soir ? »

Il y a deux semaines, j'ai retrouvé Faye et l'équipe qui fait la promo de *Like No One Else* en Europe. Je devenais dingue à la maison, sans Kate mais avec Kevin qui se morfond et Maman qui ne sait pas comment se comporter, ce qui est très probablement le plus déstabilisant. Comme si elle sentait que la famille pouvait imploser d'une seconde à l'autre.

« Je ne sais pas quoi faire.

— Tu as essayé de ne plus être amoureuse ? » demande Faye, comme si la question allait de soi. Elle n'a pas l'air particulièrement troublée par ma confession. Elle pense peut-être que je m'amuse, que je lance des affirmations scandaleuses pour la divertir.

« Quand tu es tombée amoureuse d'Ida, si quelqu'un t'avait suggéré d'arrêter, tu en aurais été capable ?

— Moi ? Ne plus être amoureuse d'Ida ? As-tu perdu l'esprit ?

— Tu as rencontré Kate. Elle m'accompagnait à votre soirée.

— Oh. » Faye hoche la tête d'un air approbateur. « Je me souviens de Kate. Oh oui, je peux imaginer.

— Qu'est-ce que tu veux dire ?

— Disons qu'elle ne laisse pas indifférent. »

La réponse de Faye et le sourire malicieux qui l'accompagne me tirent un grognement. « Oh mon dieu.

— Je te pose la question avec tout le respect qui t'est dû, bien évidemment. » Faye incline légèrement la tête. « C'est pour cette raison que ton agent a insisté pour que tu participes à la tournée de promo européenne ? Tu avais besoin de prendre tes distances ?

— J'avais besoin de m'éloigner de mon frère. Il vit avec Maman et moi et ça devenait ingérable. Kate est rentrée temporairement dans sa famille parce qu'elle avait besoin d'être loin de Kev et moi.

— La famille parfaite, on dirait.

— N'est-ce pas ?

— Comment est-ce arrivé ? Tu t'es réveillée un beau matin et tu as craqué sur elle ? » Faye porte son verre à ses lèvres.

Je l'imite mais avale une lampée bien plus conséquente.

Puis je lui résume à grands traits le vain périple de Kev et Kate pour concevoir et les conséquences sur leur mariage.

« J'ai de la peine pour eux. Beaucoup de peine. » Elle aspire l'intérieur de sa joue. « Ça ressemble beaucoup à ce que Brian et moi avons traversé et, comme tu le sais, notre union n'a pas survécu. Je sais le poids qu'une telle épreuve fait peser sur une relation. Il est extrêmement ardu de poursuivre ensuite, de trouver une nouvelle voie sans les enfants qu'on désirait tant. Comme s'ils étaient l'unique raison pour laquelle on était ensemble.

— Je ne savais pas. Je suis désolée, Faye.

— Regarde-moi à présent. J'ai épousé Ida Burton et nous avons Leesa et Leroy, donc… c'est la vie et on ne sait jamais ce qui va arriver. J'ai beaucoup hésité à tourner *A New Day*. Si je m'étais défilée parce que c'était trop gay, je n'aurais peut-être jamais eu l'occasion de me rapprocher d'Ida.

— Vu sous cet angle…

— Ida n'était pas mariée à mon frère, cela dit.

— Touché.

— Pourtant, depuis qu'Ida et moi avons fait notre coming-out, on ne cesse de nous répéter que l'amour, c'est l'amour, et peut-être que ça s'applique à bien d'autres façons de s'aimer, au-delà des couples de même sexe.

— C'est une boîte de Pandore dangereuse que tu t'apprêtes à ouvrir.

— Pourquoi ? Vous êtes deux adultes consentantes.

— Je sais ce qu'on ressent quand on est trompé. Ma petite amie m'a quittée pour ma meilleure amie. Leur liaison a duré plusieurs mois sans que je sois au courant. Je ne veux pas faire subir ça à mon frère.

— C'est brutal, je suis désolée. C'était il y a combien de temps ?

— Trois ans.

— Et donc, trois ans plus tard, quand tu y repenses, qu'est-ce qui était le plus douloureux ? Qu'elles aient couché ensemble dans ton dos ou qu'elles soient tombées amoureuses ?

— Les deux.

— Elles sont toujours ensemble ? demande Faye.

— Elles vont se marier. » Le fait que je puisse prononcer ces mots sans tiquer m'ouvre les yeux.

— Et tu en penses quoi ?

— Il ne m'appartient plus d'en penser quoi que ce soit. C'est comme ça, c'est tout. Elles sont des âmes sœurs, hein.

— Et si Kate était ton âme sœur, à toi ?

— Impossible.

— À cause de ton frère ? »

Je fais oui de la tête.

« Mais j'imagine que ton frère t'aime et veut ton bonheur…

— Bien sûr, mais pas avec sa femme.

— Eh bien, non, pas au début. Ce serait trop attendre même de l'être le plus ouvert, mais avec le temps…

— Je ne t'ai pas dit le meilleur, Faye. » Je ne peux pas m'empêcher de glousser. C'est assez rigolo, même si c'est un peu tordu. « Ma mère nous a surprises.

— Oh non ! De mieux en mieux. Tu tiens un film, là, Stella. On devrait mettre Charlie sur le coup.

— C'est un vrai soap opera. » Qu'est-ce qu'on peut faire, à part en rire ? C'est bien plus amusant que de pleurer sur ce que je ne peux pas avoir. « Bref, ma mère est au courant, et nous a suppliées d'étouffer ça dans l'œuf, pour notre bien à tous. Pour le bien de la famille.

— Mais est-ce que c'est pour ton bien ? Ou celui de Kate ?

— Ça n'a pas d'importance. C'est totalement impossible. Trop douloureux. Trop difficile.

— Qu'éprouve Kate pour toi ?

— Aux dernières nouvelles, elle a des sentiments pour moi, mais c'était il y a trois semaines et il peut se passer beaucoup de choses en trois semaines. Nous n'avons pas été en contact. Délibérément.

— D'accord, c'est compliqué, mais depuis que je suis tombée amoureuse d'Ida, j'essaie toujours d'argumenter en faveur de l'amour. À tout prix. Parce que parfois, ça coûte beaucoup plus cher de ne pas s'autoriser à aimer que ce que l'on croit devoir sacrifier pour le faire. »

Ma consommation de vin a été un peu trop élevée ce soir pour que je comprenne tout de suite ce qu'elle veut dire. C'est alors que mon téléphone bipe. Quelle heure est-il en Californie ? C'est le milieu de l'après-midi, je crois.

« Quand on parle du loup, ça doit être ma mère.

— Je ne peux même pas imaginer, Stella. Ta mère vous a surprises en flagrant délit ! » Visiblement, Faye trouve ça hilarant. Ce serait drôle si ce n'était pas aussi humiliant. Mon sentiment de culpabilité, plus qu'autre chose, me pousse à attraper mon téléphone pour répondre au texto de Maman, lui dire que je vais bien, ce qui, dans son esprit, signifie que Kate disparaît rapidement de mes pensées.

« Oh », fais-je en découvrant qui a envoyé le message. Finalement, on aura été en contact. Mais peut-être l'exil de Kate touche-t-il à sa fin. Peut-être qu'elle s'ennuie dans sa banlieue de Des Moines et m'annonce simplement son retour imminent à Los Angeles.

> Je sais qu'on s'est mis d'accord pour ne pas se contacter mais bon sang, Stella, je n'arrête pas de penser à toi.

« Et merde... dis-je dans ma barbe.

— Que se passe-t-il ? s'enquiert Faye.

— C'est un SMS de Kate.

— Que dit-elle ? » Après son petit discours de tout à l'heure, Faye semble prendre mon histoire plus à cœur qu'elle ne devrait.

« Qu'elle n'arrête pas de penser à moi. » Je garde les yeux sur l'écran de mon téléphone. « Tu sais que c'est entièrement de ta faute, n'est-ce pas ? » Le seul moyen pour moi de faire face pour l'instant, c'est de continuer à blaguer.

« Moi ? Qu'est-ce que j'ai fait ? » s'étonne Faye.

« Kate et moi plaisantons sans cesse sur le fait qu'elle pourrait virer sa cuti pour toi.

— J'en suis flattée, mais je ne vois pas en quoi c'est ma faute. » Elle bat des cils.

« Tu lui as fait virer sa cuti, Faye. » J'explose de rire. « Elle nous a vues nous embrasser dans le film et ça… lui a fait quelque chose.

— Des millions de gens ont vu nos personnages - elle insiste sur ces deux mots - s'embrasser dans ce film et je suis convaincue que pour la plupart d'entre eux, rien n'a changé.

— Ça a commencé comme une blague. Jusqu'à ce que ça parte en vrille.

— Si tu as besoin de faire porter le chapeau à quelqu'un, vas-y, mais la vraie question demeure : que vas-tu répondre ? Est-ce que Kate sait que tu es dans ma chambre en train de t'envoyer tout mon vin hors de prix ?

— Elle péterait un câble si elle savait.

— C'est peut-être exactement ce qu'il vous faut. Un peu de légèreté, suggère Faye.

— Je ne peux pas répondre par une bêtise, là. Qui sait ce qu'elle vit dans son trou paumé ? Sans personne à qui parler et avec tout ce temps libre pour ruminer la situation. À des kilomètres de sa vie… et de moi.

— Il me semble assez évident que toi non plus, tu n'arrêtes pas de penser à elle. »

Je laisse ma tête retomber contre le dossier de mon fauteuil. « Il faut combien de temps pour oublier quelqu'un ? Des semaines ? Des mois ?

— Ça dépend de l'intensité de tes sentiments.

— J'espérais que la distance accélérerait le processus, ferait passer le temps plus vite. Que ça m'aiderait à recommencer à vivre ma vie sans m'inquiéter de foutre celle de mon frère en l'air. Parce que disons, même d'un point de vue hypothétique que d'accord, l'amour, c'est l'amour et que Kate et moi avons le droit de nous aimer. Que nous nous choisissons l'une l'autre. Et après ? Mon frère ne me parle plus. Ma mère me jette à la porte. Elle serait furieuse et, pire que tout, elle serait déçue. Je perdrais ma famille, et c'est hors de question.

— Mais tu gagnerais Kate.

— Notre bonheur éventuel ne vaut pas toute cette souffrance.

— Mais si au contraire, il la valait ? Tu ne sauras jamais si tu n'essaies pas. »

Je secoue la tête. « Je ne ferai pas ça à ma famille. Hors de question.

— Si tu le dis, Stella. Mais à t'entendre parler de Kate, j'ai l'impression qu'une partie de toi a déjà franchi le pas.

— Ce n'est pas vrai. Nous sommes allées l'une vers l'autre parfaitement à jeun une seule et unique fois. » Je dresse un doigt. « Nous avons eu une nuit de faiblesse, et c'est tout. Ça reste excusable. Nous y avons mis fin immédiatement, dès que nous avons repris nos esprits. Tout ce qu'il nous reste à faire, c'est d'attendre que nos sentiments se dissipent.

— Bon courage. » Faye désigne mon téléphone. « Tu ne lui réponds pas, alors ?

— Qu'est-ce que je pourrais bien lui dire ? »

Je n'attends pas de réponse mais Faye semble prendre ma question au sérieux.

« Si tu penses qu'elle n'en vaut pas la peine, alors ne dis rien. Tu mets un terme définitif. Le message sera clair, c'est fini. »

Le vin que j'ai bu ces dernières heures menace de faire son retour, tant la suggestion de Faye m'accable. Elle est froide. Sans cœur. Sans pitié, même. Tout le contraire des émotions que je ressens quand je pense à Kate.

« Peut-être qu'elle met cartes sur table. C'est peut-être cette sagesse-là que lui a apporté la distance. De savoir qu'elle veut être avec toi. » Faye n'a pas encore dit son dernier mot. Elle a dû remarquer mon déchirement.

« Mais c'est imposs...

— Arrête de dire que c'est impossible, Stella. Parle à ta famille. Dis-leur ce que tu ressens. Sois honnête et ensuite, tu aviseras.

— Tu as déjà rencontré ma mère ?

— Je ne crois pas que ce soit de ta mère que tu devrais le plus te soucier. »

Pauvre Kevin. Il a toujours veillé sur moi, et maintenant il faut que je lui dise que je suis amoureuse de sa femme ? En matière d'amour et de reconnaissance, on repassera.

« Tu penses vraiment tout ce que tu viens de dire ? » J'observe le visage de Faye. « Tu es mère. Imagine qu'un truc de ce genre arrive dans ta famille.

— Dieu merci, mes gamins sont beaucoup trop jeunes pour ça. » Lorsqu'elle évoque ses enfants, le visage de Faye fond de tendresse. « Je ne connais ni ta famille, ni votre fonctionnement, je vois tout ça de l'extérieur. Mais de ce que tu m'as dit, et j'ai conscience que je n'ai que ta version de l'histoire, mais c'est tout ce que j'ai comme infos, le mariage de ton frère bat de l'aile, et Kate et toi êtes amoureuses. Soit tu le blesses maintenant et il souffrira un certain temps, sera fâché contre toi, t'éliminera de sa vie quelque temps. Tout cela est possible. Jusqu'à ce qu'il se ravise, parce que c'est ton frère. C'est ta famille. » Elle fixe ses prunelles sur moi. « Soit Kate et toi vous faites du mal et vous privez de quelque chose de potentiellement merveilleux.

— Si nous faisons du mal à Kevin, nous nous faisons du mal. De toute façon, nous nous faisons du mal. L'équation est assez simple. Si Kate et moi devons souffrir, autant essayer d'épargner Kevin.

— Mais bien sûr. Si seulement l'amour était aussi simple que ça. Si seulement on pouvait choisir de qui on tombe amoureux. Si seulement tu pouvais décider de ne pas être amoureuse de la femme de ton frère. Si tu pouvais rebooter le disque dur de ton cœur. » Elle soupire théâtralement. « Malheureusement, ce n'est pas comme ça que ça fonctionne.

— Peut-être qu'il nous faut seulement un peu plus de temps loin l'une de l'autre.

— Peut-être. » Faye vide la bouteille dans mon verre. « Peut-être pas. »

———

De retour dans ma chambre, les mots de Faye résonnent dans ma tête. Les miens également. Mais j'en ai assez de cogiter, de tout tourner dans tous les sens, encore et encore, à chercher une solution qui n'existe pas. Et j'ai surtout très envie d'entendre la voix de Kate.

Elle décroche à la première sonnerie.

« Salut. » Il suffit d'un mot, il suffit que j'entende sa voix un millième de seconde pour que toutes les émotions que je m'évertue à repousser me submergent à nouveau.

« Salut.

— Je suis tellement contente d'entendre ta voix, dit Kate. Comment vas-tu ?

— Tu ne devineras jamais avec qui j'étais quand j'ai reçu ton SMS.

— Ça aiderait si je savais où tu es.

— Je suis à Londres. Avec Faye.

— F-faye Fleming ? » J'adorerais voir la tête de Kate. J'aurais dû l'appeler en vidéo, mais je me suis dit que ce serait trop.

« En personne. Je te dois des excuses, d'ailleurs, parce que je lui ai dit que tu étais prête à virer ta cuti pour elle.

— Quoi ?

— Je lui ai aussi dit pour nous. » Je soupire.

« Oh, merde. Qu'est-ce que tu fais à Londres ?

— Je travaille. Tournée européenne de promo de *Like No One Else*. Il fallait que je me casse de Los Angeles. Je devenais dingue… sans toi.

— C'est vrai ? » Sa voix frémit.

« Bah oui. Ils m'ont casée dans le même hôtel chic que Faye, en plus. Elle est dans la chambre à côté. Elle m'a servi un verre de trop et tu sais comment je suis quand j'ai bu quelques verres. Plus rien ne m'arrête.

— Stella. » La voix de Kate est ferme, d'un seul coup. « Est-ce que tu vas bien ?

— Ça va. J'ai juste été surprise de recevoir ton SMS. Comment ça se passe avec ta famille ?

— J'ai tout raconté à ma mère. Il fallait que je lui dise. Je ne pouvais plus garder ça pour moi. Elle s'est montrée plutôt compréhensive.

— Ah bon ? » C'est à mon tour d'être surprise. Que Kate ait parlé à sa mère a beaucoup plus de poids que ma confession à Faye.

« Au début, elle a cru que tu m'avais éhontément séduite, mais j'ai mis les points sur les i. » Elle s'interrompt. « Même si c'est toi qui a retiré ton haut dans le jacuzzi.

— Je n'ai pas fait ça pour… » Elle s'amuse, pour réduire la tension, j'en suis consciente.

« Oh, Stella, ça n'a pas d'importance. Je… » Pendant les secondes qui suivent, je n'entends que son souffle qui va et vient. « Je t'ai dit la vérité dans mon message. Je ne parviens pas à ne pas penser à toi. Je devrais penser à un million d'autres choses, comme par exemple comment sauver mon mariage, mais je ne pense qu'à toi. C'est comme si, au lieu de rendre les choses plus faciles, la distance les compliquait encore. Parce que je n'ai pas envie d'être loin de toi.

— Moi non plus, je n'ai pas envie d'être loin de toi… Tu rentres quand ?

— Je ne sais pas. Je meurs d'envie de retourner à L.A. mais seulement si tu y es. Quand rentres-tu, toi ?

— La semaine prochaine.

— Est-ce que ça t'ennuierait si je revenais aussi à ce moment-là ?

— J'adorerais mais, euh, Kate… » Je n'arrive pas à croire que je vais dire ça. « Il est peut-être temps que nous parlions à Kevin. »

# CHAPITRE 37
# KATE

Le cœur battant la chamade, je sonne à la porte de Mary. J'ai perdu le droit d'utiliser ma clef. Ça fait un mois que je suis partie, un mois qui s'est révélé à la fois extrêmement lent et furieusement rapide. Comme si prendre du recul sur ma vie avait accéléré le processus de prise de décision, mais que la seule façon d'y parvenir était de ralentir. De passer des heures sans fin sur la terrasse de mes parents, les yeux dans le vide. De faire de longues promenades avec ma mère, durant lesquelles nous n'avons échangé que quelques mots, mais notre présence, bras dessus bras dessous, disait tout ce qu'il y avait à dire. De m'interroger sur moi-même et de trouver le courage de me poser la seule question qui compte : qu'est-ce que je veux réellement ? Il n'y a jamais eu qu'une seule réponse.

Stella.

Il m'a fallu du temps pour y arriver, pour me l'admettre vraiment, pour trouver en moi l'énergie de me lancer dans cette bataille. Parce que ça ne va pas être simple. Mais il n'y a pas moyen de faire autrement : il faut que je dise à mon mari que je suis amoureuse de sa sœur.

C'est ce qui me permet de garder la tête haute quand Kevin

m'ouvre la porte. Quand il me regarde dans les yeux, il sait, parce qu'il me connaît, que la décision que j'ai prise ne lui fera sans doute pas plaisir. Kevin est peut-être le frère de Stella, mais c'est mon mari, et j'ai demandé à Stella de ne pas être là. C'est à moi, et à moi seule, de lui parler. Je l'ai épousé. J'ai promis d'être toujours là pour lui.

« Je peux te prendre dans mes bras ? » demande-t-il en me faisant signe d'entrer.

J'accepte et nous nous enlaçons, peut-être pour la dernière fois. Nous nous dirigeons ensuite vers le jardin en échangeant nerveusement quelques banalités.

« Il n'y a que nous, annonce-t-il. Maman et Nathan travaillent, et Stella ne rentre que dans la soirée. »

Je ne lui dis pas que je connais mieux que lui l'emploi du temps de Stella. Que nous avons décidé, d'un commun accord, chacune dans une ville différente, qu'avant de pouvoir nous revoir, je devais tout raconter à Kevin. C'est le moins que nous puissions faire.

« Comment vas-tu ? » Je prends le verre d'eau qu'il m'a servi, m'installe dans un fauteuil et laisse mon regard flâner vers le luxuriant jardin, le pool house, le jacuzzi.

« J'ai pas mal réfléchi… je me suis remis en question, si on peut dire. » Kevin sourit timidement.

« Et ?

—Et… il faut qu'on parle. Je ne sais peut-être pas grand-chose, mais ça, je le sais. » Il marque une pause. « En fait non, je sais aussi que faire un break était une bonne idée. Que tu partes un peu, que tu aies un moment de répit. J'en avais aussi besoin. Il faut que tu saches que je ne te le reproche pas. C'était une sage décision.

— D'accord. » Lentement, je bois une gorgée. « Qu'as-tu tiré de tes réflexions en mon absence ?

— À vrai dire, je me suis surtout pris la tête à essayer de deviner pour qui tu as des sentiments. Tu n'es pas obligée de me dire, si... si tu ne veux pas en parler. Si tu me choisis, moi. »

Mon cœur se fend déjà. « Est-ce que tu veux que je te choisisse ? » Pour moi, ce n'est plus une question de choix, mais je ne suis pas Kevin.

« Évidemment ! Je sais que nous avons des choses à régler. Mais nous pouvons encore avoir des enfants, Kate.

— Ne parlons pas d'enfants pour l'instant.

— Tu as raison. On n'en est pas là. Je comprends.

— Est-ce que je t'ai manqué ?

— Quoi ? » Il passe la main dans ses cheveux. « Bien sûr que tu m'as manqué. Tu es partie un mois.

— Sois honnête avec moi, Kev, s'il te plaît. Les mots ne veulent plus dire grand-chose pour moi, maintenant. Tu as passé des mois à me dire un truc et à faire le contraire. Tu dis que je t'ai manqué, d'accord, mais je ne peux plus te croire sur parole.

— Est-ce que moi, je t'ai manqué ?

— Oui...

— Mais ? » Il a la même manière que Mary de gigoter sur son siège quand il est stressé.

« Il y a quelqu'un d'autre. » La seule façon de le dire, c'est de le dire. Je peux tourner autour du pot pendant encore une heure ou je peux, enfin, cracher le morceau. « J'ai essayé de l'oublier, mais je ne peux pas.

— Putain. Je m'en doutais. » Il se frotte le visage, défait. « Est-ce que tu veux bien au moins me dire qui c'est, maintenant ? »

Et merde. J'avale ma salive. « Oui, mais auparavant, je veux que tu me croies quand je te dis que nous avons vraiment essayé d'y mettre fin. Nous avons essayé pour toi. Nous avons essayé de te faire passer en premier, mais... ça n'a pas marché, parce que, hum, nous nous aimons.

— Nous ? C'est qui, nous ? Il s'en fout, non, ce mec ?

— Kev, ce n'est pas un mec. C'est… Euh, c'est… C'est Stella.

— Stella ? » Il tombe des nues. « De quoi tu parles ? Pas ma sœur, quand même. Pfff… Non, c'est impossible.

— Je sais que ça paraît improbable, et pourtant c'est vrai. Je suis amoureuse de Stella. »

Il n'y a rien d'agréable à prononcer ces mots. Pas de soulagement. Pas de catharsis. Et certainement pas de rédemption. C'est la chose la plus difficile que j'aie jamais eue à dire à qui que ce soit.

« Stella ? » Sa voix s'envole. « Mais tu ne l'apprécies même pas! Tu l'as toujours considérée comme une gosse gâtée, qui profite de Maman et du confort qu'elle lui offre pendant qu'elle se vautre dans ses rêves de grandeur. De quoi tu parles, putain ? En plus, Stella est une fille. » Il se lève d'un bond, comme pour partir. « Où est mon téléphone ? Il faut que je l'appelle.

— Kev, s'il te plaît, assieds-toi. Laisse-moi t'expliquer. »

Avec un lourd soupir, il s'échoue à nouveau dans son fauteuil. « Comment peux-tu être amoureuse de Stella ? C'est ma sœur ! » Son regard se détourne, comme s'il ne supportait pas de me regarder, comme s'il commençait à réaliser.

« On a passé beaucoup de temps seules toutes les deux ici, et… c'est arrivé, comme ça.

— Qu'est-ce qui est arrivé ? Est-ce qu'elle a essayé de t'embrasser ou quoi ? Je ne comprends pas.

— C'est moi qui l'ai embrassée. Elle m'a repoussée et elle a bien fait. Nous pensions que ça s'arrêterait là, mais en fait non. Ce n'était que le début. Je suis tellement désolée, Kev.

— Et Stella ? Elle est en Europe. » Il se frappe la tempe. « J'y crois pas. Je lui ai demandé en face si elle savait qui était ton crush. Je ne suis pas complètement idiot. J'ai bien remarqué que Stella et toi étiez beaucoup plus proches, d'un coup, et je me suis dit qu'elle saurait peut-être. Elle m'a menti, les yeux dans les yeux. À moi, à son propre frère.

— Que voulais-tu qu'elle te dise ?

— Depuis combien de temps ? Ça dure depuis quand ?

— Pas longtemps. Seulement quelques semaines avant mon départ.

— Quelques semaines ? » Son souffle est laborieux. « Je croyais que c'était juste un petit crush et maintenant tu es amoureuse d'elle ? »

Il y a des choses que je ne peux pas lui dire. Comme le fait que je suis tombée complètement amoureuse de Stella lors de notre nuit à Topanga, mais que c'était impossible à admettre sur le moment. Que notre union cette nuit-là allait bien au-delà d'une simple relation sexuelle. Que j'ai eu l'impression d'avoir trouvé ma place auprès d'une personne dont j'ignorais qu'elle m'attendait depuis toujours.

« Je sais que ça fait beaucoup. » J'essaie de garder la tête haute, mais ce n'est pas aisé quand l'homme que vous aimez depuis plus d'une décennie s'effondre sous vos yeux, à cause de ce vous lui avez dit, de ce que vous lui avez fait.

« Beaucoup ? C'est absurde, Kate. Tu t'entends parler ? Tu te rends compte de ce que tu dis ? » Ses mains tremblent.

« Oui, et je suis désolée. » Mon réflexe est de le consoler, mais je ne pourrai plus jamais consoler mon mari.

« Tu as couché avec elle ? Est-ce que tu as baisé avec ma sœur ?

— Oui.

— Mais tu n'es même pas homo !

— Bisexuelle ?

— Mais tu ne l'as jamais dit.

— Je ne savais pas. Ça... ça a été déconcertant. » La seule chose dont je sois sûre, c'est que je suis amoureuse de Stella et que je suis en train de foutre en l'air la vie que j'ai connue jusqu'ici.

« J'essaie d'y voir clair mais j'ai vraiment du mal. » Il respire plus calmement à présent.

« Écoute, Kev, toi et moi... ça n'allait plus.

— En ce moment, d'accord, mais ça aurait pu s'arranger. On aurait pu faire en sorte que ça s'arrange. C'est ça, être marié. On fait en sorte que son mariage fonctionne. On traverse des moments durs, on patiente, jusqu'à ce que ça fonctionne à nouveau.

— Ce n'est pas comme ça que ça s'est passé pour nous et j'en suis vraiment désolée. C'est moi qui romps, mais ce n'est pas une décision unilatérale, Kev. Tu en es conscient, je pense.

— Ah, donc maintenant c'est ma faute si tu as couché avec ma sœur.

— Ce n'est pas de ta faute, mais... tu m'as très clairement fait comprendre que tu ne voulais plus respirer le même air que moi. Parfois les actes en disent plus long que les paroles, et font aussi beaucoup plus mal.

— C'est pour ça qu'on a fait un break, pour régler tout ça! Oh, je vois... C'était pas ça, la raison. La raison, c'était que tu voulais être avec Stella. Avec ma sœur. » Des larmes lui montent aux yeux.

« Je n'étais pas avec Stella. Je ne l'ai pas revue. Nous avons essayé de faire preuve de respect, autant que possible, même si c'est impossible. Je me suis demandé mille fois ce qu'il faudrait que je fasse et j'ai dû admettre qu'il n'existe pas de réponse à cette question. J'aurais pu rester avec toi, mais et après ?

— On aurait pu réessayer. Tu aurais pu choisir de ne pas me le dire. Je n'ai pas besoin d'être au courant, Kate. Toi et... Stella. Non. Je te le dis tout de suite, je n'accepterai jamais. Tu t'es demandé si ça allait faire souffrir Maman ? Est-ce que Stella s'est posé la question ? Tu avais raison, à son sujet, en fin de compte. C'est une gosse égoïste qui ne se préoccupe que de ses propres sentiments.

— Mary est au courant. Elle nous a surprises et nous avons été obligées de tout avouer. »

Il ouvre des yeux grands comme des soucoupes. « Maman est au courant ? Sans déconner! » Il secoue la tête. « Mais quel cauchemar, putain. Okay, j'ai peut-être été absent, j'ai peut-être été trop autour de moi-même, mais que ça se passe sous mon nez, et que tout le monde le sache ? Tu vas me sortir quoi d'autre, après ? Que Stella et toi avez fait un plan à trois avec Nathan ? » Il se lève une nouvelle fois. « Je vais prendre l'air. Il faut que, je sais pas, j'absorbe le choc. Je pense que ce serait mieux que tu ne sois pas là à mon retour.

— Kev, ne pars pas. On n'a pas fini de discuter.

— Du fait que tu couches avec ma sœur ? Ça suffit, on a terminé. » Son poing se referme sur l'extrémité de sa manche. « Et si tu cherches d'autres façons de me faire mal, il n'y en a pas. Ça te convient, comme réponse à ta question ? » Il s'en va, furieux. J'attends d'entendre sa voiture démarrer. Je n'avais pas prévu de rester après l'avoir vu, de toute façon. Je me suis organisée avec Skye, de même que Stella ira dormir chez Hayley ce soir. Une fois la bombe larguée.

## CHAPITRE 38
## STELLA

À l'atterrissage de l'avion à LAX, lorsque je rallume mon téléphone, Kate a laissé un message sur ma boîte vocale et j'ai une douzaine d'appels en absence de mon frère. J'écoute le message de Kate. J'aimerais pouvoir savourer le réconfort que m'apporte le son de sa voix, mais je sais ce qu'elle va dire. « Kevin est au courant. Ça s'est passé comme on l'avait prévu. Il est sous le choc et il souffre. Attends-toi au pire. » Son ton est résigné. Une pause. « J'aimerais beaucoup te voir. Appelle-moi, s'il te plaît. »

Je ferme les yeux et prends une profonde inspiration. Je n'ai qu'une envie, remonter dans un avion et m'envoler loin d'ici, mais il est temps d'affronter l'orage. D'affronter mon frère.

J'ai à peine relâché mon souffle que mon téléphone vibre dans ma main. Kevin. Mais ce n'est pas le lieu pour cette conversion. Mon anxiété croît alors que je quitte l'aéroport. D'habitude, je suis heureuse de rentrer chez moi et je me dépêche de laisser LAX derrière moi aussi vite que possible, mais aujourd'hui, je prends mon temps. Pour une fois, je me laisse porter par la circulation dense de Los Angeles, soulagée du répit qu'elle m'offre. À mon arrivée à la maison, toutes les voitures sont garées dans l'allée. Tout le monde est là. Génial.

Je suis à peine descendue de voiture que la porte d'entrée s'ouvre. Maman se précipite vers moi. Ses yeux sont gonflés, ses joues rougies.

« Tu m'avais promis, Stella ! Tu m'avais promis que vous ne feriez pas ça », dit-elle. Je ne serai donc pas accueillie par un câlin, malgré une absence de plusieurs semaines.

« Je suis désolée. » Je laisse tomber ma valise sur le sol. Elle est trop lourde, d'un seul coup. Tout est trop lourd. Kevin surgit derrière Maman. Il me lance un regard noir mais ce n'est pas la colère qui saute aux yeux, c'est sa tristesse. Et je l'avais prédit. Je savais que tout le monde serait fâché avec moi et que Kevin serait malheureux, mais le savoir et le vivre sont deux choses très différentes. Ce n'est pas pareil de me retrouver au milieu des décombres, au cœur des conséquences de mes actes. J'ai volé la femme de mon frère. C'est inexcusable. Faye peut répéter à l'envi que l'amour, c'est l'amour, je ne sais pas si ça, ce sentiment absolu d'avoir déçu ma famille, en vaut la peine.

« Maman, est-ce que je peux parler à Stella en tête à tête, s'il te plaît ? demande Kevin.

— Bien sûr, mon chéri. »

Maman s'empresse de rentrer. Je la suis, tirant ma valise derrière moi. Je ferme la porte. Kevin s'écroule sur la première marche de l'escalier de l'entrée. Je ne suis peut-être plus la bienvenue au-delà de cette pièce. Peut-être que cette maison, dans laquelle j'ai vécu toute ma vie, est devenue une zone interdite parce qu'il n'y a pas de place pour les traîtres.

« Je ne comprends pas du tout, dit Kevin. Quand est-ce que tout ça est arrivé ? Et comment ? »

J'aurais dû appeler Kate sur la route, mais je n'ai pas pu. Il fallait que je commence par ici. Si je m'inflige cette épreuve, c'est justement pour pouvoir parler à Kate - être avec Kate - autant que je le voudrai, après.

« Nous n'avons pas fait ça pour te blesser, Kev. Aucune de nous ne voulait te faire du mal. » Je ne sais pas comment me tenir, et je finis par m'appuyer à la rampe. « Je suis tellement désolée, et si je pouvais faire autrement, je...

— Bien sûr que tu peux faire autrement ! Tu aurais pu t'abstenir complètement. Ne pas coucher avec ma femme. Elle pourrait ne pas me quitter, pour ma sœur, putain ! Ça me paraît assez simple.

— Je fais pas ça pour m'amuser. Pour moi aussi, c'est douloureux. Je me sens écartelée depuis des semaines. Mais je suis amoureuse d'elle et elle est amoureuse de moi et nous voulons être ensemble. »

Kevin secoue la tête. « Tu ne peux pas simplement attendre que ça passe ? Parce que ça va passer. C'est encore une de tes lubies, où tu prends ce que tu peux avoir, ce que tu veux, juste parce que ça a toujours été comme ça. C'est peut-être de ma faute, d'ailleurs. Je t'ai toujours tout passé, j'ai toujours dit que tu pourrais être qui que tu voudrais, avoir tout ce que tu voudrais. Pour info, ça n'incluait pas ma femme.

— Je sais que tu souffres et que tu te sens trahi, mais... rien de tout ça n'est arrivé en vase clos, comme par magie, Kev. Kate et toi...

— Oh non. Tu n'as ni le droit de juger mon mariage, ni celui de l'utiliser pour justifier ce que tu as fait. Tu n'as pas le droit, c'est tout. La responsable, c'est toi. C'est vous, Kate et toi. Vous ne trouverez pas l'absolution auprès de moi. Si tu veux être avec elle et qu'elle veut être avec toi, je ne peux pas vous en empêcher, je suppose, mais sache que je ne suis plus ton frère, parce que je ne veux pas d'une sœur comme toi. » Une larme coule sur sa joue. « C'est ma femme, Stella. Nous sommes mariés depuis dix ans. OK, on traversait une période difficile, mais ça ne te donne pas le droit de débarquer, de la réconforter l'espace d'un instant, et de lui faire croire que maintenant elle est amoureuse de toi. » Sa voix dégouline de mépris. « Alors, allez vous faire foutre. J'espère que vous serez très heureuses ensemble ! lance-t-il avec hargne. Vous pourrez peut-être avoir un tas de bébés ensemble. » Il se lève et, sans un mot de plus, monte les escaliers.

Je m'effondre sur la marche que Kevin vient de quitter et laisse sortir toutes les larmes que je retenais. Je pose mon front sur mes genoux, et je pleure. Ça ne pouvait pas se passer autrement, mais sentir la haine et le dédain de mon frère envers moi, comme s'ils étaient tangibles, voir un mur se dresser entre nous qui demeurera peut-être jusqu'à la fin de nos jours… Je n'étais pas préparée à ça.

Quelqu'un frappe à la porte, depuis le salon.

« Je peux venir ? demande Maman.

— Oui, je souffle entre deux reniflements sonores.

— Oh, ma chérie. » Elle s'assied lourdement à côté de moi et passe un bras autour de mes épaules. « Mon dieu, quel gâchis.

— C'est à cause de la tequila de Nathan, je murmure.

— Qu'est-ce que tu dis, ma chérie ? »

Mais je ne peux faire porter le chapeau à personne. Kevin a raison. Kate et moi sommes les seules responsables.

« Il faut que je te demande… » Maman me presse l'épaule. « Est-ce que tu l'aimes à ce point ? Au point de déchirer notre famille ?

—Tu crois que je le ferais si c'était pas le cas ? » J'ai forcé ma voix pour qu'elle m'entende. « Peut-être que ce qu'on a fait est inexcusable, mais pour nous, aussi surprenant que ça puisse paraître, c'est parfaitement logique. »

Maman soupire. « Je ne sais pas comment je vais pouvoir arranger les choses. Comment cette famille va pouvoir s'en remettre.

— Ce n'est pas à toi d'arranger les choses, Maman.

— Je ne peux pas laisser mes enfants se détester. C'est hors de question.

— Kevin va m'en vouloir pendant un bon moment. Peut-être pour toujours. » Des larmes mouillent à nouveau mes joues.

« Il te surprendra peut-être. Sur ces choses-là, il tient beaucoup plus de ton père que de moi. »

Je ne suis pas sûre de comprendre ce qu'elle veut dire, mais je suis trop fatiguée pour lui demander. Tout ce que je veux, c'est pleurer dans ses bras, mais je ne sais pas si j'en ai encore le droit.

Elle me serre contre elle. « Kevin dit qu'il ne veut pas de toi ici, mais c'est chez moi et tu es ma fille. C'est chez nous et c'est chez toi. Je veux que tu saches que ce sera toujours chez toi et que je ne te jetterai pas dehors même si c'est ce que souhaite ton frère. D'accord ?

— Merci. » Je redouble de sanglots aux mots rassurants de ma mère. Ma famille m'a toujours soutenue, dans tous les domaines, Kevin a raison là-dessus, et c'est comme ça que je les remercie ? « Je vais aller chez Hayley quelque temps. Je pense que c'est mieux.

— Comme tu veux, ma chérie. » Sa voix se brise, ce qui ouvre les vannes pour de bon. Je n'ai pas vu ma mère dans une telle souffrance depuis la mort de mon père.

## CHAPITRE 39
# KATE

Je sursaute au moindre son. Je n'ai pas quitté mon téléphone des yeux depuis une heure, depuis que l'avion de Stella a atterri. Thiago gigote sur mes genoux. Il est fatigué mais il ne veut pas dormir. Ça me fait du bien de pouvoir focaliser une partie de mon attention sur lui au lieu de me mettre la rate au court-bouillon à essayer de deviner ce qu'il se passe chez les Flack.

« Passe-le moi. » Skye tend les bras. « Il faut qu'il aille se coucher. »

Je dépose un bisou sur la tête du petit et attrape mon téléphone, le conjurant de sonner. De m'annoncer de bonnes nouvelles, que j'espère contre toute raison, puisque Kevin ne va pas soudain accepter que sa sœur et moi soyons amoureuses simplement parce que quelques heures se seront écoulées, ou parce que sa sœur lui aura répété ce que je lui ai déjà dit.

Roland est en train d'aider Gabriel à faire ses devoirs. Les jumeaux sont à l'étage, où Skye leur demande de ne plus faire de bruit parce que leur petit frère essaie de s'endormir. J'ai cru que ce serait une bonne idée de trouver refuge chez Skye, d'avoir ma meilleure amie à mes côtés alors que mon mariage se désagrège, mais c'était une immense erreur de plus que de débarquer dans le chaos de cette maison, pleine de gamins, après le calme de chez mes parents, et l'épreuve de l'annonce à Kevin. J'aurais plutôt dû réserver une chambre d'hôtel et demander à Stella de m'y rejoindre. Parce que j'ai envie de la voir. J'ai besoin de m'assurer, en regardant au fond de ses yeux, que nous n'avons pas fait tout ça pour rien. Que nous n'avons pas brisé le cœur de Kevin sur un coup de tête.

Je déverrouille mon téléphone et réserve une chambre près du bureau. Je n'aurais jamais dû demander à Skye de m'héberger, mais au téléphone avec Stella, lorsque nous tentions de planifier ce moment, il nous semblait impossible de nous projeter au-delà de l'aveu à Kevin. Il y avait quelque chose d'indécent à suggérer que nous réservions une chambre pour nous deux, ou pire encore, un Airbnb, ce qui serait beaucoup plus pratique, mais nous ne pouvons pas simplement nous installer ensemble. Ce n'est pas comme ça que ça marche. Bien que rien ne se soit passé de façon conventionnelle. C'est un bazar sans nom, et nous avons choisi la seule voie possible : nous appuyer sur nos amies. Mais Skye a sa famille, elle n'a pas le temps de passer des heures à décortiquer la situation avec moi. Et ce n'est pas comme si elle ne m'avait pas prévenue, comme si elle approuvait ma relation avec Stella. Après les avoir remerciés vivement, Roland et elle, pour leur accueil, je prends mes cliques et mes claques. La nuit tombe et un sentiment de tristesse m'envahit. Voilà qui je suis devenue, une femme qui a quitté son mari, toute seule dans sa voiture, en route vers une chambre d'hôtel. Mais était-ce vraiment mieux avant ? Kevin et moi avons cessé de nous choisir mutuellement il y a des mois. Peut-être que si Stella n'avait pas vécu chez Mary, j'y serais toujours, seule et triste dans le pool house, à attendre que Kevin me revienne. Officiellement, je suis peut-être celle qui l'a quitté, mais il m'avait déjà quittée, sans avoir le courage de me le dire, bien avant que quoi que ce soit ne se produise.

Quand, enfin, mon téléphone sonne, je saute au plafond. Je me range sur le côté et réponds à Stella.

« Coucou, dit-elle simplement.

— Coucou. Comment ça s'est passé ?

— Il est tellement en colère, Kate. Tellement blessé, sous le choc.

— Je sais… Où es-tu ?

— En route pour l'appart d'Hayley.

— J'ai réservé une chambre au Rayburn. Est-ce qu'on peut se voir ?

— Oh putain, oui. J'y serai dans trente minutes, » dit Stella.

———

Je fais les cent pas dans le hall de l'hôtel, le cœur à 160, tandis que mon cerveau tente de réaliser ce que nous venons de faire. Mais dans quelques minutes, Stella passera la porte et tout prendra son sens. Toute la douleur dont nous sommes responsables aura une raison d'être, au moins. Mais, et si ce n'est pas le cas ? Est-ce qu'on peut justifier de façon plausible la décision de nous choisir mutuellement, de donner la priorité à notre propre bonheur plutôt qu'à celui de quelqu'un d'autre ? D'être passées du non ferme que nous avons échangé à deux oui retentissants ? Les sentiments que nous éprouvons l'une pour l'autre sont-ils suffisamment forts pour nous tirer de là ?

Les portes coulissantes s'écartent. Stella pénètre dans le hall de l'hôtel et j'ai toutes les réponses à mes questions. Nous n'aurions pas tout fait voler en éclats si nous n'étions pas persuadées, de tous nos êtres, que nous voulions être ensemble. Que nous voulions tenter ce qui ne l'a pas encore été. Ni ses cheveux décoiffés, ni ses vêtements en désordre, ni ses yeux bouffis des larmes qu'elle a versées ne peuvent masquer le fait qu'elle est la personne la plus saisissante dans cette pièce.

Je ne l'ai pas vue depuis quatre longues semaines, et

pendant tout ce temps, je n'attendais que de pouvoir lui ouvrir enfin mes bras, sentir son corps contre le mien. Si ce n'est pas justifiable, ainsi soit-il, parce ça, le fait d'envelopper Stella dans mes bras, de savoir viscéralement que ce qui nous unit est spécial, profond et bien au-delà de toute justification est plus que suffisant. Quand on sait, on sait. Et je sais, ô combien.

« Viens. » Nous prenons l'ascenseur jusqu'à ma chambre - notre chambre - en silence, nos émotions contenues jusqu'à ce que nous soyons à l'abri de tout regard indiscret. Je sens la chaleur de son corps derrière moi tandis que je presse la clef magnétique contre la serrure et le son de la porte qui se déverrouille marque la transition vers un tout nouvel épisode de ma vie. Un nouveau chapitre. Pas un nouveau moi, parce que je serai toujours la femme qui ne peut pas avoir d'enfant et dont le mariage s'est effondré à cause de ça. Mais je m'apprête à ajouter une nouvelle strate à mon ancien moi, à trouver l'espace en moi pour mettre de côté, au moins en partie, la douleur de ces derniers mois, de ces dernières années, à ne plus lui permettre de déterminer tous mes actes, à autoriser mon esprit à penser à autre chose qu'à ce que je ne serai jamais.

Je saisis les mains de Stella dans les miennes et la regarde dans les yeux. Je ne l'ai jamais vu aussi abattue, aussi fragile, aussi éplorée.

« Le plus dur est peut-être passé, dis-je.

— Peut-être. » Elle replie ses doigts sur les miens. « Au moins maintenant nous sommes ensemble.

— Bon sang, que c'est bon de te voir. » Je ne peux pas arrêter de la regarder, fascinée par chaque détail de son visage.

« Pareil. » Son expression s'adoucit, elle desserre ses doigts. Elle lâche ma main, caresse mes bras du bout des doigts. « J'ai passé quasiment tout mon temps avec Faye Fleming, mais tu m'as quand même drôlement manqué. » L'ébauche d'un sourire.

« Tu dois vraiment m'apprécier, alors.

— T'apprécier ? » Elle s'approche encore plus. « Je t'aime, Kate. »

À l'intérieur de moi, c'est un feu d'artifices. Toute l'anxiété qui se nichait dans mes muscles s'évapore. Toutes les raisons de ne pas nous choisir se dissipent. Parce que, parfois, on n'a pas le choix. Je prends son visage entre mes mains. « Je t'aime, moi aussi », dis-je, avant d'enfin poser mes lèvres sur les siennes.

Son corps fond contre le mien. Elle glisse ses mains dans mes cheveux. En quelques secondes, d'hésitant, notre baiser devient irrépressible. Le temps et la distance ont multiplié notre appétit l'une pour l'autre.

« Il faut absolument que je prenne une douche, dit Stella lorsque nos bouches se séparent.

— Et si je la prenais avec toi ?

— C'est très tentant, mais j'ai besoin d'un instant pour tout rincer.

— Bien sûr. » Je dépose un bisou sur le bout de son nez. « Je t'attends.

— Dire à Kev la vérité sur nous deux est la chose la plus difficile que j'aie jamais eue à faire. Faire du mal à mon frère comme ça, c'est, euh... ça me brise le cœur en mille morceaux. C'est bien plus douloureux que quand Toni m'a quittée pour Sheena. C'est différent, parce que c'est ma famille et qu'on est censés être au soutien les uns des autres. Il m'a dit des trucs horribles ce soir et ils étaient mérités. »

Je me crispe à nouveau.

« Mais il fallait que je le fasse. J'avais pas le choix, même si on devrait toujours avoir le choix. Mais quand il s'agit de toi, Kate, je n'ai pas l'impression d'avoir le choix. »

Je hoche la tête. « Pareil. » Ma gorge se noue. « C'est déchirant mais... » Mais quoi ? Je n'ai plus de mais. Au bout du compte, après tout ce qui s'est passé, Stella et moi nous retrouvons ici, dans cette chambre d'hôtel, ensemble. Pour l'instant, c'est tout ce qui compte. Et nous ne trompons plus Kevin. Nous

nous sommes fait violence et avons dit la vérité à Kevin. Certes, j'aurais pu faire un choix différent quand Skye m'a dit de me faire violence et d'oublier Stella, de ne plus être amoureuse d'elle. J'y serais peut-être même parvenue, avec le temps. J'aurais pu retourner avec Kevin, mais ça n'aurait pas été honnête. Et parfois, la décision la plus honnête est la plus violente à prendre.

## CHAPITRE 40
## STELLA

L'eau dégringole le long de mon corps, et je la laisse embarquer toutes les tensions. Si seulement elle pouvait aussi laver mes pires péchés... Voler la femme de son frère n'est-il pas le pire de tous ?

Je suis enchantée d'être avec Kate, de savoir qu'elle m'attend dans la pièce à côté, mais je suis terrassée par l'ambivalence qui habite mon cœur. Parce qu'il y a deux choses dont je suis absolument certaine : je veux être avec Kate et je ne veux pas perdre ma famille. Je peux rester sous la douche pendant des heures, me frotter la peau au sang, ça ne me dira pas comment concilier deux objectifs incompatibles. Pour être avec Kate, j'ai dû faire souffrir mon frère. Et le bonheur d'être avec Kate est lié de façon inextricable à la détresse de l'annonce à mon frère. L'un n'existe pas sans l'autre.

Parfois on blesse les gens qu'on aime le plus au monde, et c'est parce qu'on les aime que ça fait si mal, l'acuité de la douleur est proportionnelle à l'amour qu'on leur porte. Mais je n'ai pas le choix. Il faut que je me sorte Kevin de la tête. Parce que Kate est là, la femme que j'aime - la femme que j'ai fait passer avant tout. Il n'y a pas que de la détresse et il est temps de voir le bon côté des choses, même si ce n'est que pour ce soir. Quoique, cette fois, nous avons bien plus qu'une nuit ensemble. Nous avons tout le temps du monde... et nous en avons déjà payé le prix.

Et donc je me savonne et évacue mon passé. Après cette journée, je ne serai plus jamais la même personne. De même que je n'ai plus été la même après avoir été larguée par Toni, et après la mort de mon père. Il y a des événements qui vous changent pour toujours, qui modifient la chimie de votre organisme, font fonctionner vos neurones différemment.

Je ne sais pas de quoi sera fait notre avenir, mais je sais que j'ai tout sacrifié pour Kate, pour nous. Ça devrait me dire tout ce que j'ai besoin de savoir.

Soudain, j'ai hâte de sortir de la douche. Chaque minute avec Kate est précieuse parce que nous avons dû nous battre de toutes nos forces pour l'obtenir, entre nous d'abord puis contre ma famille et, en définitive, ça revient à nous. Mais au moins nous sommes ensemble. Nous ne sommes pas seules.

Encore dégoulinante de la douche, je me précipite dans la chambre. Des mèches de cheveux mouillés me collent aux joues. Kate est assise sur le lit et un sourire éclate sur son visage lorsqu'elle m'aperçoit. Je tends la main vers elle, m'allonge sur elle, la prends dans mes bras. Entièrement nue, je chevauche Kate, qui, elle, est toute habillée, un désir galopant fait déjà vrombir mon sang. Parce que mon corps, mon moi le plus intime sait que j'ai pris la bonne décision, quel qu'en soit le prix.

Ses mains remontent dans mon dos, laissant derrière elles une flambée de chair de poule. Elle me serre contre elle, je plonge dans ses yeux chocolat, le bout de nos nez se touche. Il n'y a plus rien à dire, il ne reste que ce que nos corps ont à se déclarer, les émotions au-delà des mots qui ne peuvent être exprimées qu'ainsi.

Ce qui parcourt mon corps n'est pas du simple désir. Ça ne

l'a jamais été, parce qu'avec Kate, ça a été impossible dès le départ. Nous ne nous sommes pas livrées à un simple péché de chair, parce que pour nous, ça n'existe pas. Nos actes ont toujours été mêlés d'une multitude d'émotions, de sentiments qui frémissaient sous nos peaux.

« Oh, Stella », gémit Kate. Une main disparaît dans mes cheveux, l'autre me presse contre elle, comme si elle ne voulait plus jamais me laisser m'éloigner. Je ne le veux pas non plus. Je voudrais rester pour l'éternité dans la bulle parfaite que constitue cette chambre d'hôtel, nous couper du monde extérieur, prétendre qu'il n'existe pas. Prétendre qu'il n'y a que Kate et moi dans cet univers, et cette sensation chaude, voluptueuse, enivrante dans nos cœurs.

C'est aussi ça, se choisir mutuellement. Cette impression de justesse, sans équivoque, malgré les conséquences. Si c'est ce qu'a ressenti Toni la première fois qu'elle a embrassé Sheena, je ne peux plus lui reprocher de m'avoir trompée, parce que je comprends. Mais Toni n'a rien à voir avec ça. Il n'y a que Kate et moi à présent, et nous pouvons prendre notre temps. Nous pouvons faire les choses correctement. Nous pouvons faire l'amour en sachant que nous nous choisissons mutuellement, pleinement, pour la première fois.

L'étreinte de Kate se relâche et, lentement, sa main se fraye un chemin à l'avant de mon buste. Elle enveloppe doucement mon sein de sa main, inspirant brusquement. Son pouce taquine mon téton. Je l'entends déglutir, elle ne me quitte pas des yeux.

Le dos de ma main glisse sur sa joue, s'achemine vers les boutons de son chemisier. Je veux la voir nue, elle aussi. Je veux tout voir d'elle après tout ce temps sans elle. Mon pouce s'arrête sur son cou un instant et je sens la course effrénée de son pouls. Pour moi. Elle referme ses doigts sur mon sein avec une intensité croissante qui se reflète dans son regard. Et soudain, nous n'en pouvons plus. Nous sommes obligées de rompre le contact visuel parce qu'il ne peut s'écouler une seconde de plus sans que nos bouches ne se rencontrent, sans que nous ne nous embrassions. Ses lèvres sur les miennes ont le goût du soulagement d'un voyageur qui pose son fardeau après un long périple. Comme pour me rappeler où se trouve ma place. Sa langue s'immisce dans ma bouche et des larmes me picotent les yeux. Ce ne sont pas des larmes de chagrin, ni de frustration ou de culpabilité. Elles sont l'inverse de tout ça. Je ne les retiens pas. À l'instar de l'eau qui ruisselait sur mon corps sous la douche, je laisse mes larmes ruisseler sur mon visage parce que ce sont les larmes les plus heureuses que j'aie jamais versées. Le genre de larmes qu'on pleure lorsque l'on retrouve la personne qui donne son sens à la vie. Quand on sait qu'on s'apprête à débuter l'aventure la plus extraordinaire et qu'on goûte déjà au bonheur qui se dessine.

Nous nous embrassons, encore et encore, et je parviens, qui sait comment, à ouvrir son chemisier avant de m'effondrer sur elle, avant qu'elle ne soit sur le dos, sous moi, le regard empreint d'un désir que je ressens entre mes cuisses.

Elle cligne des yeux et ce minuscule geste nous fait l'effet d'une bombe, nous propulse au niveau supérieur, vers l'expression complète, absolue de notre amour. Je ne mentais pas, je n'en rajoutais pas, je n'exagérais pas, tout à l'heure, quand j'ai dit à Kate que je l'aimais. Si je ne l'aimais pas, je n'aurais pas brisé le cœur de mon frère.

Kate se débarrasse de son chemisier et de son soutien-gorge pendant que je tire sur son pantalon, ne lui laissant qu'une mince culotte.

« Viens », murmure-t-elle, et contrairement à ce que j'ai pensé, elle ne m'attire pas à elle pour un baiser, elle me positionne plus haut, jusqu'à ce que je sois au-dessus de son visage.

Mes jambes s'écartent, et si cela reflète ce qu'il se passe dans mon cœur, c'est parfaitement logique, parce que mon cœur lui est entièrement ouvert, mon corps tout entier une extension de ce que je ressens. Mes muscles pulsent de désir, ma peau vibre d'ardeur.

Toni n'était peut-être pas l'amour de ma vie, finalement. Comment aurait-elle pu l'être puisqu'elle est tombée amoureuse de quelqu'un d'autre ? Peut-être que mon grand amour est Kate et que la vie a fait quelques détours incongrus pour nous mener l'une à l'autre. Toute pensée consciente se volatilise lorsque la langue de Kate trouve mon clitoris, mais je ne l'en sens que mieux. Ses doigts agrippent mes fesses pendant qu'elle me déguste, qu'elle se délecte de tout mon être, pendant que sa langue m'envoie au septième ciel.

Ni mon corps ni ma détermination ne sont de taille à résister à ce désir qui jaillit entre nous, à ce que je ressens quand je suis avec elle, à la façon dont sa langue me touche. Je capitule avec plaisir, les joues encore humides de larmes, les cheveux encore mouillés de la douche, mon sexe trempé de désir pour elle. La langue de Kate me fait jouir et c'est tellement plus qu'un orgasme rapide dans une chambre d'hôtel. C'est la conclusion des choix que nous avons faits et le début de notre avenir ensemble. C'est tellement de choses, me dis-je intérieurement, alors que mon corps, flasque et rassasié, s'avachit sur le sien.

« Tu m'as tellement, tellement manqué, dit Kate en me serrant contre elle, enfouissant son nez dans mes cheveux.

— J'ai cru comprendre. » Mon rire fait trembler mon corps contre le sien. Quand je l'embrasse, je me sens sur sa peau, tout le désir que j'ai pour elle. Tout l'amour que j'ai pour elle.

# CHAPITRE 41
# KATE

« Comment on va faire ? » Je pose la question à Stella alors que nous petit-déjeunons au lit. « D'un point de vue pratique.

— Je sais pas. » Nous avons à peine dormi, Stella est en plein décalage horaire, et pourtant elle est plus belle que jamais. Peut-être parce qu'à présent, nous pouvons apprécier un moment aussi banal que de petit-déjeuner ensemble, de débattre des détails de notre avenir proche sans crouler sous une culpabilité trop pesante. « On peut peut-être juste rester un peu ici. Seulement pour quelques nuits, le temps de trouver nos marques. »

Je hoche la tête. « Le temps de voir ce qu'il se passe ?

— Je peux pas rentrer chez moi. Pas tout de suite. On a tous besoin de temps, ajoute Stella.

— Il va falloir que je trouve un logement, à un moment. » Je soupire en pensant à tout ce que Kevin et moi allons devoir régler, sur le plan légal mais aussi émotionnel. « Et un avocat spécialisé en divorces.

— Chaque chose en son temps. » Stella porte sa tasse de café à ses lèvres.

« Tu as raison. » Une partie de moi voudrait que le temps

s'écoule plus vite, mais une autre ne veut rien manquer de l'évolution de notre relation.

« Le plus dur est peut-être effectivement derrière nous. » Stella repose sa tasse. « Je ne dis pas qu'à partir de maintenant ça va être simple, mais bon, on l'a dit à Kev. Rien ne peut être plus difficile que ça. »

Je suis d'accord. Je n'ai pas cessé d'aimer Kevin du jour au lendemain parce que je suis amoureuse de sa sœur. Mais il s'est éloigné de moi au pire moment, ce qui n'est pas une excuse, mais c'est une explication. Nous ne saurons jamais si nous nous serions retrouvés. Kevin et moi, c'est fini. Je vais aussi devoir faire le deuil de la fin de mon mariage, alors que j'ai le sentiment d'avoir déjà beaucoup pleuré sur tous nos autres échecs. Un regard vers Stella suffit à me sortir de mon blues.

Et je n'ai aucun moyen de savoir si notre relation durera, si elle est réelle ou un contrecoup, une manière alambiquée d'essayer de me remonter le moral. Et si j'étais en train d'enterrer ce que je ressens vraiment, la douleur liée à mon incapacité à concevoir, sous une couche d'euphorie des sens ? L'avenir nous le dira. Et un avenir, nous en avons un.

« Qu'est-ce que tu fais aujourd'hui ?

— Je passe la journée avec toi », me répond Stella. Elle me lance un sourire et, en moi, surgit une étincelle de possibles, parce que l'avenir n'est pas le seul qui nous dira, haut et clair, comment les choses vont progresser entre nous. Hier soir, nous nous sommes déclaré notre amour, et peut-être que ça pèsera beaucoup plus que le temps qui passe et les circonstances de la vie. « Il faut que je vois Damian, à un moment donné. Qu'on débriefe mon voyage en Europe. » Elle se laisse retomber en arrière sur le lit. « Les auditions, c'est fini, crie-t-elle. Je suis une actrice avec un travail ! »

Je me souviens de son désarroi infini quand le rôle lui a d'abord été refusé et je ne peux m'empêcher de me demander si nous serions là si ce n'était pas arrivé. Impossible à dire et, bien sûr, j'aurais aimé que Stella n'ait pas à subir une nouvelle fois les affres du refus, mais ce refus est à l'origine de tout ça... de nous. Ou peut-être que ça a commencé quand elle a retiré son haut de bikini dans le jacuzzi. Ou quand elle m'a entraînée à la soirée de Faye et Ida. Ça ne sert peut-être à rien de s'interroger. Peut-être qu'à partir de maintenant, nous pouvons simplement jouir du temps que nous passons ensemble.

« Tu partages l'affiche avec Nora Levine. » C'est si facile, et même délicieux, de partager son enthousiasme. « Tu regretteras peut-être de ne plus être célibataire quand la série sera diffusée », dis-je avec un sourire narquois.

Stella se redresse et me regarde bizarrement. « Aucun regret. Malgré les difficultés, passées et peut-être à venir, je n'ai aucun regret de t'avoir choisie.

— Moi non plus. » J'écarte les plateaux du petit-déjeuner pour pouvoir serrer longuement Stella dans mes bras.

---

Plus tard, Stella et moi nous aventurons dehors pour la première fois en tant que couple. Nous passons par mon bureau pour confirmer à Skye que je serai de retour pour de bon demain, même si je le lui ai déjà dit hier. Mais je veux qu'elle me voie avec Stella. Skye est ma meilleure amie et ce que je lui ai raconté de Stella n'a pas souvent été positif. Pour elle, Stella a toujours été la petite sœur agaçante de mon mari pour laquelle je n'avais pas beaucoup de respect. L'aspirante actrice qui n'avait jamais de rôle. La fille qui, de mon point de vue ultra-moralisateur, n'arrivait jamais à rien. Ce qui prouve combien les choses peuvent changer, comme on peut se tromper sur une personne, parce ce qui m'échappait complètement à l'époque, c'est que Stella s'accrochait. Certes, elle avait le privilège de persévérer depuis le magnifique jardin de sa mère, au bord de la piscine, mais il n'empêche qu'elle persévérait. À maintes reprises, il a fallu qu'elle trouve en elle le courage de ne pas abandonner. Il a fallu qu'elle croie en elle quand d'autres, à commencer par moi, avaient baissé les bras depuis longtemps.

« Je ne vais pas faire comme si je ne trouvais pas ça foncièrement incompréhensible, d'accord ? » Skye n'a jamais été du genre à mâcher ses mots. « Parce que ça me perturbe un max.

— On sait, dis-je. Mais la vie est incompréhensible, parfois.

— Il va me falloir du temps pour m'habituer à cette nouvelle situation. » Son regard pivote vers Stella.

« Prends tout le temps qu'il te faut.

— Espérons que le temps aura le même effet sur moi que sur vous, dit Skye. Donc vous avez toutes les deux quitté L.A. et en rentrant, vous saviez qu'il fallait que vous soyez ensemble ? » Son regard est hautement intimidant, mais il en faut plus pour décontenancer Stella.

« C'est ça, confirme Stella. Et c'est Kate qui a fait le premier pas.

— J'avoue, mais à ma décharge, je ne m'éclatais pas à Paris et Londres avec Faye Fleming. Je faisais une cure d'introspection dans la banlieue de Des Moines.

— Le truc, c'est que… » Stella a une manière bien à elle de se redresser, qui lui donne l'air d'avoir repris une bonne dose de confiance. « Quand on sait, on sait. Même quand c'est pas pratique, dans le meilleur des cas, ou qu'on blesse terriblement une personne aimée, dans le pire des cas. » Elle marque une pause. « Je suis passée par là. Je sais ce que ça fait de se prendre un coup de poignard dans le dos de la part de quelqu'un qu'on aime. Ma petite amie m'a quittée pour ma meilleure amie », explique-t-elle à Skye. Il est possible que je lui en aie parlé à l'époque, mais ça n'aurait pas fait l'objet d'une vraie conversation entre Skye et moi. Une autre preuve de mon ignorance.

« C'est affreux, s'émeut Skye.

— On ne va pas se mentir, ça fait horriblement mal. Et les circonstances n'étaient pas exactement les mêmes, mais ça ne change rien à la douleur que nous avons infligée à Kevin. Et pourtant, nous allons tous devoir trouver un moyen de gérer. D'apprendre à vivre avec, et les uns avec les autres. »

Je renchéris. « Kev et moi partions déjà en vrille, même si nous ne nous l'étions pas encore admis. Mais c'était dans l'air. Il y avait un énorme fossé entre nous, et honnêtement, j'ai fini par cesser de me demander comment nous pourrions le combler. Comment nous pourrions nous retrouver. Je ne sais pas. » Parler de Kevin me stresse, et je culpabilise, également. Mais parfois il faut que ça fasse vraiment mal pendant un certain temps avant de pouvoir s'améliorer. Comme quand on applique du désinfectant sur une plaie.

« Je ne te juge pas, réplique Skye. Je suis ton amie. Je suis de ton côté, par définition. C'est mon job de te soutenir dans tes choix, même quand je les trouve insensés.

— C'est ça que tu faisais quand tu m'as sommée d'arrêter d'être amoureuse de Stella ? » Je lui prends la main.

« Pour ce que ça a servi… » Skye secoue la tête. « Mon conseil amical n'avait à l'évidence pas beaucoup de valeur à tes yeux.

— Ce n'est pas vrai. J'ai essayé, mais j'ai échoué. » Mon regard se pose sur Stella. « Magistralement. »

## CHAPITRE 42
## **STELLA**

Je ne suis pas allée chez ma mère depuis onze jours. Je n'ai plus de vêtements, et j'ai aussi très envie de la voir. Nous n'avons échangé que quelques brefs SMS par-ci par-là. Mais je suis une fille à sa maman, et plus tôt j'aurai sa bénédiction, mieux ce sera. Et puis, je ne peux pas vivre avec Kate dans cette chambre d'hôtel pour l'éternité. De toute façon, Kate passe ses journées au bureau, des journées d'autant plus longues qu'elle tente de rattraper le temps où elle a été absente. La pré-production de ma série ne débutera pas avant plusieurs semaines, et je connais déjà par cœur les scripts qui m'ont été envoyés. Trop de choses m'encombrent l'esprit. La voix de Kevin résonne dans ma tête. « Je ne suis plus ton frère », m'a-t-il lancé, et ce n'est pas le genre de truc que je peux mettre de côté facilement. Je ne peux pas faire comme s'il ne l'avait pas dit, comme s'il ne me haïssait pas.

J'entre sans m'annoncer, parce que c'est toujours chez moi, même si ça me fait un peu bizarre. En cette fin d'après-midi, je ne m'attends pas à ce que qui que ce soit se trouve à la maison, puisque ce sont tous des acharnés du boulot. Avec un peu de chance, ça devrait me laisser du temps pour retrouver mes marques. Passer un petit moment chez moi, dans un environnement familier, avant que ça ne dégénère à nouveau.

« Il y a quelqu'un ? » Je crie, pour vérifier.

« Bonjour », me répond une voix masculine. L'espace d'un instant, je panique à l'idée d'être de nouveau confrontée à Kevin, mais ce n'est pas sa voix.

« Salut, Stella », dit Nathan.

Qui aurait cru que je serais aussi heureuse de le voir ? Cet homme que, dans mes pires moments, j'ai pris pour un coureur de dots, et dans les meilleurs, un très mauvais choix de compagnon. Dès le départ, je n'ai jamais cessé de le juger, depuis le jour où Maman me l'a présenté comme si leur relation était tout à fait banale.

« Nathan. Salut.

— Content de te revoir, dit-il. Est-ce que je dois prévoir une bouteille de tequila ? » Il sourit malicieusement.

« Oh mon dieu, Nathan. Toi et ta putain de tequila. » Sa présence m'apaise un brin. Quand j'arrête de me prendre la tête et de me dire que ma mère et lui sont totalement incompatibles, sa compagnie est des plus agréables. C'est un mec vraiment cool, au sourire facile et chaleureux.

« Mais bien sûr. Fais-moi porter le chapeau. » Nous traversons la maison ensemble et nous installons naturellement autour de l'îlot de la cuisine. « Tu veux quelque chose à boire ? Une bière ? » Il se dirige déjà vers le frigo.

« Juste un verre d'eau, s'il te plaît. Je conduis. » C'est super étrange de me faire servir par Nathan dans ma propre maison.

Il sort une bouteille d'eau du réfrigérateur et me la tend.

« Comment vas-tu ? Tu vas bien ?

— Ça va. Et ici, ça se passe comment ? » Je m'installe sur un tabouret. « Comment va Kev ?

— Il a recommencé à travailler, ce qui est une bonne chose, je pense. Ils ont un projet important à Washington, comme tu sais. Kevin est censé être aux commandes mais Mary n'est pas sûre qu'il en soit capable en ce moment. » Nathan s'interrompt. « Mais ce n'est pas vraiment à moi d'en parler, en fait.

— J'aimerais pouvoir arranger les choses, mais je n'ai pas de baguette magique.

— Même si j'adorerais être un membre à part entière de cette famille, pour toutes sortes de raisons, je reste encore souvent un spectateur, ce qui me permet d'avoir une vision plus objective des événements.

— Je te présente des excuses pour toutes les fois où je t'ai donné l'impression que tu ne faisais pas partie de la famille.

— T'inquiète. C'est facile de me voir comme un mec qui ne s'intéresse à ta mère que pour son fric. Il t'a fallu du temps pour comprendre que c'est pas le cas. Que je l'adore, un point c'est tout. » Il appuie ses coudes sur le plan de travail. « Ce que je veux dire, c'est que de ce que je vois, je crois que la famille s'en remettra. Vous avez vécu pire. Je ne dis pas que c'est facile, et que Kevin va se réveiller un matin et décider de vous pardonner, mais j'ai passé du temps avec lui et... Il sait qu'il a ses torts dans cette histoire. Il sait qu'il a lâché Kate. Et au bout du compte, c'est juste un mec bien qui adore sa sœur. »

Des larmes me montent aux yeux. Il y a quelque chose de déstabilisant à ce que ce soit Nathan, justement, qui prononce ces paroles, mais il est perspicace. Il vit ici depuis un certain temps, et il a des yeux et des oreilles. J'ai beau l'avoir ignoré autant que possible, ça ne l'a pas empêché de se faire une idée.

« Si tu veux mon avis, c'est bien que tu sois venue. Il faut que vous vous parliez. Pour relancer... quelque chose, dit-il.

— Comment va Maman ?

— Tu connais Mary. C'est la personne la plus solide que je connaisse, ça ne fait aucun doute. Mais... vous êtes ses enfants. Son talon d'Achille. Alors bien sûr qu'elle souffre quand vous vous disputez, Kev et toi.

— Est-ce que je peux faire quoi que ce soit pour que ce soit moins difficile pour tout le monde ? » Je pose la question à Nathan, comme s'il avait toutes les réponses.

« Parlez-vous. Discutez. N'évitez pas les sujets qui fâchent sous prétexte que c'est trop dur. » Il me regarde droit dans les yeux. « Comme je disais, c'est bien que tu sois là. »

Je bois quelques gorgées d'eau, en espérant que ça m'aide à retenir mes larmes.

« Kate tient le coup ? » demande Nathan.

Une goutte s'échappe de mon œil au seul nom de Kate. « Ça va. Elle est retournée au bureau. Elle est occupée. Mais il y a plein de choses à régler, tu t'en doutes.

— J'imagine. » Il me sourit affectueusement. Je vois pourquoi Maman a succombé. Et qui suis-je pour juger de l'impossibilité à résister à quelqu'un qui, à première vue, n'est peut-être pas le meilleur choix ?

« Pour info, dis-je, tu es un membre à part entière de cette famille. Je suis hyper contente pour Maman qu'elle t'ait à ses côtés. »

Nathan hoche la tête avant de porter la bouteille à ses lèvres.

La porte d'entrée s'ouvre, et mon cœur se fige. J'espère que c'est Maman. Je ne dirais pas non à un gros câlin maternel avant de me retrouver face à mon frère. Quelques instants plus tard, Kevin débarque dans la cuisine. Il a le teint gris, les joues creusées. Il a pris vingt ans en quelques jours.

« Il n'y a que toi ? demande-t-il en m'apercevant. Kate n'est pas là ?

— Il n'y a que moi. »

Il se détend légèrement. « Oh putain, merci, soupire-t-il. Je n'ai aucune envie de voir Kate pour l'instant. » Il prend une vive inspiration avant de demander d'une voix tremblante : « Tu... vous êtes toujours ensemble ? »

Du coin de l'œil, j'aperçois Nathan quitter la cuisine en catimini.

« Oui. » Ma gorge se rétrécit.

« Il se passe vraiment quelque chose ? » Il s'assied lourdement. « C'est vraiment sérieux ? » Il se passe les deux mains sur le visage avant de les glisser dans ses cheveux.

« Oui. »

— Merde. » Il desserre sa cravate, défait le premier bouton de sa chemise. « Au fond de moi, je savais que j'allais la perdre, qu'elle n'avait plus rien à faire avec moi. Mais je n'aurais jamais imaginé que ma femme me quitterait pour ma sœur. »

Je ne peux pas lui dire que ce n'est pas exactement comme ça que ça s'est passé, malgré les apparences.

« Je suis désolée, Kev. »

Il secoue la tête. « Et moi, je suis désolé d'avoir dit que tu n'étais plus ma sœur. Tu seras toujours ma sœur, Stella. Toujours, quoi qu'il arrive. J'ai promis à Papa avant qu'il meurt, de ne jamais rien laisser se mettre entre nous. » Des larmes coulent sur son visage et il ne fait rien pour les dissimuler. « Je n'arrête pas de me demander ce qu'il penserait de tout ça, mais je sais pas. » Il frotte un doigt sous son nez.

« Je ne t'ai pas simplifié la vie. » Mes yeux aussi sont humides.

« Si c'était aussi simple… » commence-t-il, mais il ne termine pas sa phrase. « Kate, elle… » Il tire un mouchoir de sa poche et se mouche. « Tu sais qu'elle veut des enfants. Je ne comprends pas pourquoi elle est avec toi si elle a tellement envie d'avoir des enfants. Si c'est ce qui nous a séparés. »

Je ne sais pas quoi répondre. L'idée d'avoir des enfants m'a vaguement traversé l'esprit à force de voir Kate et Kevin enchaîner les traitements et les procédures de fertilité, mais je me suis toujours dit que je serais la tante sympa, pas la mère.

« Je ne souhaite à personne de subir ce que Kate a traversé, poursuit Kevin. Elle l'a fait pour nous et elle aura toujours mon respect pour ça. Elle le mérite et elle… c'est difficile de la perdre. Je ne sais pas ce que je vais faire sans elle. Elle ne ressent peut-être pas la même chose, mais elle est mon roc. Elle est si forte et moi… tout ce que j'ai trouvé à faire, c'est de la laisser gérer les conséquences toute seule. Si c'est ma punition pour l'avoir abandonnée quand elle avait le plus besoin de moi, alors je l'accepte. Et peut-être que c'est à mon tour d'être fort.

— Kev, c'est pas une punition. Je t'en prie, ne vois pas ça comme ça.

— Et si c'était la seule façon pour moi de voir ça ? La seule façon pour moi de le supporter, en y pensant comme une conséquence logique. »

Mais la vie, c'est le chaos, ai-je envie de lui répondre. Ce n'est pas logique que ton père meurt à quarante-sept ans à peine. Ce n'est pas logique que toutes sortes de couples aient des gosses, sans se poser de questions, alors que tu dois te taper des démarches humiliantes à la chaîne dans l'espoir infime de tomber enceinte. Ce n'est pas logique et ce n'est pas juste. Mais qui suis-je pour empêcher mon frère de suivre son raisonnement ? Pour lui refuser quoi que ce soit ?

« D'accord », dis-je. Je voudrais le serrer dans mes bras, mais nous n'en sommes absolument pas là. « Si ça peut t'aider.

— Je pars à D.C. pendant quelques semaines, travailler sur le projet Bernheim avec les autorités locales.

— Ah.

— Est-ce que tu peux dire à Kate que j'aimerais lui parler avant de m'en aller ? Pour régler des trucs.

— Bien sûr.

— Je ne peux pas vous voir ensemble. Je sais pas quand je pourrai, ou même si je pourrai un jour.

— Je comprends.

— D'abord, il faut que je réussisse à reprendre ma vie en main. » Il me jette un coup d'œil, un regard ni dur ni doux, puis il se lève et s'en va.

Je pars sans attendre le retour de ma mère, parce que je ne peux pas rester là, à traîner, chez moi, alors que Kevin souffre à l'étage. Ça doit être ça, ma punition.

## CHAPITRE 43
## KATE

J'ai rendez-vous avec Kevin dans la maison où nous avons vécu ces dix dernières années. La maison qu'il a bâtie pour nous, dans laquelle nous avons longtemps été heureux. Où nous avons rêvé d'avoir des enfants - au moins deux, trois si possible - et de vivre le genre de vie à laquelle nous pensions tous les deux être destinés. Nous marier. Construire une maison. Avoir des enfants. Tous les ingrédients traditionnels des contes de fées. Mais il s'avère que la vie prend parfois un chemin très éloigné de celui qu'on s'est tracé. Un peu comme cette maison que Kevin a dessinée il y a tant d'années et qu'il a ressenti le besoin de reconstruire, comme si la vie, à travers elle, lui donnait une seconde chance, l'opportunité de réparer les erreurs de sa première tentative. Comme si abattre quelques murs et réorganiser des pièces pouvait effacer les épreuves que nous y avons connues.

J'entre, surprise mais soulagée que sa voiture ne soit pas encore dans l'allée, et m'échoue dans un fauteuil qui se trouvait, auparavant, dans le salon. Les meubles qui n'ont pas été protégés par des draps sont recouverts de poussière. Quand Kevin a commencé à rénover, nous n'avons jamais évoqué la nécessité de déménager, mais ça a pris des proportions inimaginables, comme on aurait pu s'y attendre. Nous avons cessé de communiquer. Il a commencé à faire son truc dans son coin, à prendre des décisions sans me consulter, et je l'ai laissé faire parce que je croyais que ça aiderait.

J'entends sa voiture se garer et je me prépare psychologiquement. Stella m'a dit que Kevin paraissait plus résigné qu'en colère, mais ces choses-là peuvent vite changer. Il ne va peut-être pas réagir avec moi, la femme qui l'a trahi, comme avec Stella, qui sera à jamais sa petite sœur avant tout.

Je me lève alors que ses pas s'approchent. Mon estomac se tord lorsqu'il ouvre la porte, mais ce n'est pas aussi pénible que je le craignais. Je ne me sens pas accablée de culpabilité.

« Salut. » Kevin joue avec son trousseau de clefs. « Merci d'être venue. Désolé pour le désordre. »

J'ai l'impression qu'il a perdu du poids, il n'occupe plus la veste de son costume de la même façon. Il perd toujours l'appétit quand il est stressé ou malheureux.

« Ça me fait plaisir de te voir, dis-je.

— Vraiment ? » Il se mâchouille l'intérieur de la joue.

Je fais oui de la tête.

« Nous devrions probablement vendre la maison. Les travaux sont loin d'être finis, mais je ne pense pas pouvoir continuer.

— Tu n'as pas besoin de terminer. » Qu'il s'oblige à aller jusqu'au bout, à achever la maison dans laquelle nous ne vivrons plus, serait vraiment trop cruel. « Je peux prendre le relais. Recruter des ouvriers. Lui refaire une beauté avant que nous ne la mettions en vente. »

Kevin soupire. « Fais ce que tu veux, Kate. Je me fiche de la maison, maintenant. » Venant de l'homme qui ne s'est préoccupé que de cette maison pendant des mois... « Je serai à D.C. pendant quelques semaines, peut-être quelques mois, si ça se passe bien. C'est un projet massif, un truc vraiment intéressant.

— C'est bien.

— Stella va pouvoir rentrer à la maison. Tu vas pouvoir y aller, dîner avec Maman et Nathan. Vous pourrez tous être heureux, en famille. » La dureté de son ton est démentie par son air abattu.

« Tu n'as pas besoin de quitter la ville, Kev.

— Oh que si. J'en ai grandement besoin. » Il reprend son porte-clef et recommence à le tripoter, en retire une clef qu'il me tend. « Fais ce que tu veux avec la maison. Je sais que tu en tireras un bon prix, tu sais faire des miracles. On partagera l'argent et les biens et ce sera fini. » L'espace d'un instant, j'ai l'impression qu'il va me jeter la clef à la figure, mais ce n'est pas son genre. Ça ne l'a jamais été. Il réduit l'écart entre nous et me la donne. « Je n'ai pas la force de me lancer dans une procédure compliquée et interminable. Je propose qu'on prenne chacun un avocat et qu'on partage équitablement. » Il lâche un ricanement amer. « Heureusement qu'on n'a pas de gosses. »

Même si je ne désire plus d'enfants avec lui, ces mots me blessent.

« Désolé, dit-il. C'était un coup bas.

— C'est pas grave. » Nous avons tous les deux dit et fait des trucs inacceptables.

« Il y a une chose que je ne comprends pas, reprend-il d'un air pensif. En fait non, c'est faux. Il y a plein de choses que je ne comprends pas, mais, ces dernières années, nous avons consacré tout notre temps, toute notre énergie, tout notre argent à essayer d'avoir un bébé... et d'un seul coup tu n'en veux plus ?

— Que veux-tu dire ?

— Je croyais qu'avoir des enfants était ce que tu désirais le plus au monde.

— Je ne peux pas avoir d'enfant, Kev. Il est temps que je l'accepte. Nous - toi et moi - ne pouvons pas avoir d'enfant et notre mariage n'a pas survécu parce que, comme tu viens de le dire, nous avons tout donné, émotionnellement et physiquement, et que ça n'a pas marché. Mais bon sang, on a essayé. Je te serai toujours reconnaissante de ne pas avoir abandonné mon rêve.

— C'était aussi mon rêve, Kate. » La voix de Kevin se casse.

« Je sais. » Nous voilà tous les deux dans la maison de nos rêves brisés. « Je suis désolée qu'il ne se soit pas réalisé. » Je suis désolée de bien d'autres choses, mais c'est beaucoup plus difficile de dire que je suis désolée d'être tombée amoureuse de sa sœur. « Tu es sûr que c'est ce que tu souhaites ? » Je lui montre la clef qu'il vient de me donner.

« À moins que tu veuilles vivre ici. Avec ma sœur.

— Non. » Cette maison n'est plus la mienne depuis que j'en suis partie. « J'ai besoin d'un nouveau départ.

— Alors, voilà ? Kate et Kevin, c'est fini ? Comme ça ?

— Ça n'a jamais été juste "comme ça", Kev. »

Il hoche la tête. « Je suis désolé de ne pas avoir été l'homme que tu avais besoin que je sois. »

Je secoue la tête. « Il s'est produit... des choses. La vie est passée par là, Kevin. » Je glisse la clef dans ma poche.

Tout à coup, Kevin tend la main. « Toi, dit-il, tu as été quelque chose d'incroyable dans ma vie. »

Je serre sa main dans la mienne. « On a eu quelques très bonnes années.

— Putain, oui. » Des larmes coulent sur ses joues. Il m'attire contre lui. « Je t'aime, Kate. Je ne peux pas m'arrêter de t'aimer du jour au lendemain. Je sais que je ne t'ai pas bien traitée, mais ça n'a jamais été parce que je ne t'aimais plus.

— Je t'aime aussi. » Je le laisse m'enlacer. Je passe les bras autour de sa taille et pose ma joue contre son torse, peut-être pour la toute dernière fois. Un torse qui m'est très familier. Des bras dans lesquels j'ai trouvé refuge pendant une décennie. « Et je suis tellement désolée pour... pour Stella. Mais je... » Je ne peux pas lui dire, pas tant qu'il me serre comme ça, que j'aime aussi sa sœur.

« Prends soin de ma sœur, chuchote-t-il. Elle est beaucoup plus fragile qu'elle n'en a l'air. » Il parle sans doute de lui. Il a l'air particulièrement vulnérable aujourd'hui.

Je hoche la tête, mon menton cogne son torse. J'inspire une dernière fois ce parfum qui est du pur Kevin, avant de m'échapper de son étreinte.

« Pour Stella et toi... » Il essuie ses joues. « Je ne sais pas comment gérer. Je... je ne sais pas.

— Bien sûr. » Personne n'est censé avoir à gérer une situation comme celle-ci. « Ça prendra le temps que ça prendra.

— C'est ce qu'on avait dit pour notre couple, me rappelle-t-il.

— C'est vrai, mais si nous sommes vraiment honnêtes, je crois que nous savons tous les deux que notre couple était déjà bien parti pour être irréparable, alors qu'avec Stella... » Avec Stella, tout est nouveau, inédit, excitant. Je ne le dis pas. Avec Stella, tout est encore facile, exaltant, plein d'espoir.

« Moi aussi, je suis désolé, Kate. Pour tout ce que je n'ai pas su être. C'est important que tu le saches.

— Je sais. » C'est moi à présent qui lui prends la main. « Je suis désolée de t'avoir fait souffrir. J'en serai toujours désolée. Tu es quelqu'un de formidable, Kev. » De ma main libre, je désigne la pièce qui nous entoure. « Nous avons passé de super moments ici.

— Je suppose qu'on se reverra. » Il parvient à rigoler. « À Thanksgiving et à Noël.

— Il est peut-être temps que je passe certaines fêtes avec ma famille dans ce bon vieil Iowa.

— Peut-être. » Il presse ma main une dernière fois. « Je ne sais pas ce qu'il reste à nous dire. »

Le fait que nous n'ayons plus rien à dire, à discuter, à déclarer est peut-être une preuve de plus que notre mariage a tenu sur des rêves et des espoirs au lieu d'être fondé sur quelque chose de concret, une vision partagée de l'avenir, des plans réalistes pour réessayer. Ce que nous sommes en train de faire est loin d'être simple, mais ça aurait été encore plus dur si l'un de nous avait été convaincu, au plus profond de son être, que notre destin était toujours d'être ensemble.

« Au revoir, Kate. » Sa main lâche la mienne. Un dernier geste de la tête et il s'en va.

Je retombe dans un fauteuil et laisse mes larmes couler sans entrave. Je pleure l'échec de mon mariage, les enfants auxquels je ne donnerai jamais naissance, la souffrance inacceptable que j'ai infligée à mon mari, cette maison dans laquelle je ne vivrai plus jamais… Je pleure d'être humaine et d'agir comme le font les êtres humains. D'avoir essayé et parfois réussi et souvent échoué. Et puis j'appelle Stella.

## CHAPITRE 44
## **STELLA**
### UN MOIS PLUS TARD

Je suis sur le chemin du retour après ma première journée officielle aux côtés de Nora Levine. Cette lecture collective, c'est un rêve devenu réalité. De m'asseoir à côté d'elle, derrière une plaque sur laquelle mon nom est imprimé. De lui donner la réplique. De rencontrer le reste de la distribution et une partie de l'équipe. La showrunneuse est une femme dont... Mon téléphone sonne. Le nom de Kevin s'affiche à l'écran. L'anxiété qui m'habitait avant mon premier jour de travail avec Nora Levine n'est rien comparée à celle qui m'envahit à présent. Je n'ai pas parlé à mon frère depuis son départ pour Washington il y a près d'un mois. Je décroche et, par précaution, au cas où il lui aurait fallu tout ce temps pour faire le plein d'insultes à me balancer, je gare ma voiture sur le bas-côté.

« Allo, Kev. » J'essaie de prendre un ton enjoué, ce qui ne demande pas trop d'effort après cette journée.

« Salut. Je voulais juste savoir comment s'était passé le grand jour. »

Mon téléphone est connecté en Bluetooth et sa voix envahit tout l'habitacle de la voiture. C'est presque comme s'il était assis à côté de moi.

« C'était super. » Je ne veux pas avoir l'air trop sur mon petit nuage. Égoïstement, son absence nous a beaucoup simplifié la vie, à Kate et à moi, mais ça ne veut pas dire que nous ayons oublié ce que nous lui avons fait subir.

« C'est tout ? » Sa voix est étonnamment guillerette.

« Extraordinaire. Stupéfiant. Comme si tous mes rêves se réalisaient d'un seul coup. » Kevin reste mon frère, le gars qui a toujours cru en moi, mais pour des raisons évidentes, je ne peux plus me comporter de la même manière avec lui, même au téléphone.

« Excellent ! Je suis très heureux pour toi. »

Vraiment ? « Merci. » J'ai bien fait de me garer car les larmes me montent aux yeux à nouveau. « Comment vas-tu ? Comment ça se passe à Washington ? » Maman a de ses nouvelles tous les jours et me tient au courant occasionnellement, mais ce n'est pareil de l'entendre de lui de vive voix. Ce n'est pas pareil que de parler à mon frère.

« C'est assez génial. C'est bien que je sois là pour faire avancer les choses. » Il y a quelque chose dans son ton que je ne parviens pas à cerner.

« Tu rentres bientôt ? » Il a raté l'anniversaire de Maman la semaine dernière. Elle n'a pas trop grogné, mais c'était évident qu'elle aurait aimé que son fils soit là pour célébrer.

« On verra. J'ai des trucs à faire ici avant. Mettre le projet en route. » Mon cœur se fend un peu à l'idée de mon frère rentrant tout seul le soir dans une chambre d'hôtel, même hyper classieux. Je peux difficilement proposer de venir lui rendre visite, et pas juste parce que j'ai un emploi du temps serré à respecter maintenant que je suis une actrice en activité. « Écoute, euh… Stella, je voulais te le dire moi-même. C'est encore très nouveau mais j'ai rencontré quelqu'un. Elle s'appelle Bridget et elle travaille pour la municipalité. Elle a divorcé récemment, on a accroché tout de suite. Elle est architecte, elle aussi, donc on a plein de sujets de conversation.

— Waouh, Kev. C'est merveilleux.

— Ne dis rien à Maman pour l'instant, d'accord ? Je veux lui annoncer moi-même. J'aimerais lui présenter Bridget quand elle viendra à D.C. la semaine prochaine.

— Motus et bouche cousue. » Je ne résiste pas. « C'est quoi, son nom de famille ? » Il faut que je google la femme qui a tourné la tête de mon frère au point qu'il m'appelle. Qu'est-ce qu'il lui a raconté quand ils se sont rencontrés ? Si j'ai l'air un peu déprimé, c'est seulement parce que ma femme m'a largué pour ma sœur.

« Je te le dirai le moment venu. » Même sans voir sa tête, je sais qu'il sourit. « Elle a deux enfants. Deux garçons de trois et cinq ans. Je ne les ai pas encore rencontrés, il est encore beaucoup trop tôt, mais est-ce que…euh… tu pourrais prévenir Kate ? Je ne sais pas comment lui dire.

— J'ai le droit d'en parler à Kate, alors ?

— Évidemment.

— Pas de blème, je la préviendrai.

— Maman m'a dit que la maison serait bientôt mise en vente.

— Ouais. Toutes tes affaires sont chez elle.

— Stella, écoute. » Il hésite. « On sait tous les deux comme la vie peut être courte et je ne veux pas t'en vouloir pour l'éternité. Regarde ce qui est arrivé à Papa. Il n'a même pas fêté ses cinquante ans. Je ne veux pas passer le temps qu'il me reste sur cette terre, qu'il soit long ou court, à vous détester, Kate et toi. » Cette Bridget a l'air de faire des miracles en matière d'émotions. Elle est peut-être coach de vie à ses heures perdues, parce que Kevin est rarement aussi disert sur ce qu'il ressent. Cela dit, il s'est passé beaucoup de choses et nous avons tous dû nous remettre en question.

« Merci, Kev. » Ma gorge se serre. « Et ne t'avise pas de mourir à la quarantaine. Je ne te le pardonnerais jamais.

— Je ferai de mon mieux, répond-il. Il faut que j'y aille.

— D'accord mais... Kevin, tu me rappelleras ?
— Et si tu m'appelais, toi.
— Tu répondras ?
— Essaie et tu verras », lance-t-il, et dans son ton résonne un oui on ne peut plus clair.

―――

Je fais un effort incommensurable pour ne pas annoncer à ma mère que Kevin a rencontré quelqu'un, mais au moins, je peux lui dire que nous nous sommes parlé au téléphone. Elle n'a pas le moins du monde l'air surprise, et j'en déduis qu'elle y est peut-être pour quelque chose. Peut-être qu'elle a défendu ma cause auprès de Kevin derrière mon dos depuis le début.

Comme on pouvait s'y attendre, elle a insisté pour qu'on dîne en famille pour célébrer mon premier jour au travail, même si Kevin ne peut pas se joindre à nous. Il m'a appelée, c'est déjà pas mal.

Devant ma famille, Kate et moi limitons les gestes d'affection, mais ce soir, en arrivant, elle vient droit vers moi et me prend dans ses bras, devant Maman et Nathan.

« Comment va ma star du petit écran ? » murmure-t-elle à mon oreille. Elle ne va quand même pas jusqu'à m'embrasser devant ma mère.

« Je me sens très star, dis-je, même si je ne me suis pas encore retrouvée devant une caméra. Et Kevin m'a appelée.

— C'est vrai ? » Ses yeux s'illuminent pendant une seconde.

« Pour me demander comment ça s'était passé. Il avait l'air d'aller bien. Mieux. » Je lui parlerai de Bridget plus tard, quand nous serons que toutes les deux. Elle loue un appartement près de son bureau, où je passe le plus clair de mon temps, même si officiellement je vis toujours chez ma mère.

« Ça fait plaisir à entendre. » Elle serre tendrement ma main avant de s'asseoir.

« Je voudrais dire quelque chose. » Maman fait sonner sa cuiller contre son verre avant de le lever. « Un toast. À mes enfants, tous les deux merveilleux, chacun à sa manière, qui lui est propre.

— Merci, Maman. » Je lui souris à pleines dents, tout en me préparant psychologiquement.

Nathan tend un verre de vin à Kate pour qu'elle puisse trinquer avec nous, même si je vois à son expression qu'elle trouve encore la situation embarrassante, ce qui n'a rien d'étonnant.

« En tant que mère, mon travail le plus important est de croire en vous, commence Maman. Et j'ai toujours cru en toi, ma chérie. Toujours. Et voilà. J'ai hâte de te voir à la télé toutes les semaines. Tu te comporteras peut-être mieux à l'écran que dans la vraie vie. » Elle s'esclaffe. « Ce n'est pas parce que j'ai toujours cru en toi que tu m'as rendu les choses faciles. Mais ça, c'est ton boulot d'enfant et moi aussi, j'ai fait toutes sortes d'erreurs en cours de route. On en fait tous, non ? » Elle marque un temps d'arrêt. « Avant son décès, ton père m'a fait promettre que je te laisserai être une enfant. Tu n'avais que neuf ans et il ne voulait pas que tu sois obligée de grandir trop vite parce qu'il serait mort. » Elle lève les yeux au ciel avant de poursuivre. « Certains diront que j'ai pris ma promesse un peu trop au pied de la lettre, que je t'ai laissée être une enfant trop longtemps, mais je me fiche de savoir si je t'ai trop gâtée, parce que regarde ce que tu es devenue! » Elle me sourit. « Cette famille a traversé des moments difficiles. » Elle jette un regard à Kate. « Mais qui peut se targuer que sa bru soit restée dans la famille après une séparation ? » Son rire se fait un peu plus tendu. « On ne peut que faire de son mieux avec ce qu'on a et, tout bien considéré, la famille Flack a la chance d'avoir beaucoup reçu. » Elle prend la main de Nathan. « Ton frère n'est pas là, mais il t'aime, et il nous reviendra quand il sera prêt. J'en suis convaincue. »

Maman ne sait pas encore que Kevin aura peut-être une excellente raison de rester à D.C.

« À toi, ma chérie ! Félicitations. » Elle lève à nouveau son verre et me regarde droit dans les yeux. Quelle femme. Tout au long de cette saga, elle ne m'a jamais retiré son soutien. Naturellement, quand elle l'a appris, elle s'est opposée à ce que Kate et moi nous mettions ensemble, mais ça ne l'a jamais empêchée d'être là pour moi, et de plaider en ma faveur auprès de mon frère.

Je me lève pour aller serrer ma mère très fort dans mes bras. Elle mérite au moins un million de câlins.

## CHAPITRE 45
## **KATE**
UN AN PLUS TARD

Les petits garçons d'honneur de Mary sont adorables, et l'espace d'un instant, je me surprends à penser que ça aurait dû être mes enfants, les enfants que Kevin et moi aurions eus. Mais Kevin et moi n'avons pas eu d'enfants, et Mary a la chance d'avoir des beaux-petits-enfants à son deuxième mariage. Une chance qu'elle n'aurait pas eue si Kevin et moi étions restés ensemble. Si je n'avais pas craqué pour sa sœur.

Il n'en reste pas moins que c'est une situation surprenante et la chance n'a peut-être rien à voir là-dedans, parce que ce serait assez absurde de mettre la configuration actuelle de la famille uniquement sur le dos de la chance. Il y a aussi eu des drames et de la malchance pour en arriver là. Et je ne suis toujours pas mère. Contrairement à Kevin, je ne me suis pas retrouvée avec une famille toute faite. Il nous arrive, à Stella et à moi, de parler d'enfants, et elle sait combien j'en rêve, mais ça fait à peine plus d'un an que nous sommes ensemble.

Stella est le témoin de sa mère. C'est Kevin qui accompagne Mary. J'ai du mal à retenir un sourire en repensant à l'agacement de Stella quant au fait que sa mère voulait un mariage très traditionnel, « absurdement patriarcal » - *Est-ce qu'elle a vrai-*

ment besoin qu'un homme la donne à un autre ? On est à ce point coincés au dix-septième siècle ? - mais ce que Mary veut fait loi, et Stella n'a pas eu son mot à dire.

« Tu feras ce que tu voudras à ton propre mariage, ma chérie », a rétorqué Mary, et ça s'est arrêté là. Et du coup je me suis demandé si Stella et moi allions convoler un jour. Kevin a demandé sa main à Bridget, mais dans son cas, il ne lui demande pas simplement de l'épouser, il demande aussi aux enfants de Bridget de devenir officiellement ses beaux-enfants. Je suis heureuse qu'il ait rencontré une femme qui ait fait de tous ses rêves une réalité.

Mon regard s'attarde sur Stella qui, bien qu'elle ne soit pas du genre à porter de longues robes, en a revêtu une aujourd'hui, pour faire plaisir à sa mère. Mary le lui a demandé et Stella a tout de suite accepté, même si elle sera mal à l'aise toute la journée. Parce que Stella adore sa mère et que le jour où elle a - enfin - quitté la maison de Mary, il y a à peine quelques semaines, pour emménager avec moi, les émotions étaient de la partie. Et pas simplement parce que nous franchissions le pas et nous installions ensemble. Elle a beau approcher de la trentaine, Stella a vécu avec sa mère toute sa vie. Quand je la traite de fille à sa maman, elle le prend comme un compliment. Et donc la voilà, éblouissante dans sa robe jaune pastel, mettant sa mère en valeur. Même si je le voulais, je ne pourrais pas la quitter des yeux.

Assise au premier rang, j'assiste aux « oui » de Mary et Nathan. À leur promesse de loyauté et toutes ces choses que le mariage semble exiger sans toujours être à la hauteur. Il y a quelque chose de déstabilisant à savoir que le prochain mariage auquel j'assisterai sera celui de mon ex-mari.

Mary est rayonnante. Nathan la regarde avec un amour immense. Il y a onze ans, j'ai dit « oui » au fils de Mary. Stella était présente, mais je ne me souviens pas d'elle à la cérémonie. Elle ne portait sans doute pas de robe, et son frère ne le lui aurait jamais imposé. Kevin a toujours laissé Stella être Stella.

Par dessus tout, aujourd'hui, je suis heureuse pour Mary. Pas facile d'oublier que Stella ne voyait pas Nathan d'un bon œil au début, qu'elle l'appelait Keanu - il y a pire surnom, mais c'était quand même un manque de respect. Qu'il lui a fallu du temps pour s'habituer à lui, mais pas aussi longtemps qu'on aurait pu le penser, parce que Nathan est adorable et attentionné et qu'il s'assure qu'il y ait toujours une bouteille de tequila dans le bar. Mais au bout du compte, Stella a aussi accepté Nathan parce que sa mère l'aime. De la même manière que Mary m'a acceptée parce que Stella a jeté son dévolu sur moi, parce que Stella m'aime. Et parce que j'aime Stella.

Je trouve son regard. Des larmes baignent ses grands yeux bleus, elle semble émue. Mes yeux s'humidifient en réaction. Kevin et moi ne sommes plus mariés mais je n'ai jamais cessé de faire partie de ce clan. C'est aussi ma famille, toute compliquée et improbable qu'elle soit.

Je lui souris et, en retour, elle m'envoie un baiser.

---

Je mentirais si je disais que partager une table avec Kevin et Bridget va de soi. Même si Kevin vit à présent à Washington, nous nous sommes vus lors des réunions de la famille Flack - et au moment de conclure notre divorce - mais le mariage de Mary est d'une toute autre ampleur.

Kevin et moi partageons un passé. Nous avons vécu ensemble pendant plus de dix ans. Nous avons traversé toutes sortes de hauts et de bas. Ce serait peut-être différent si je n'avais plus rien à voir avec les Flack, mais ce n'est pas le cas. Même si je ne m'appelle plus Kate Flack, je fais toujours partie de la famille. Je regarde mon ex-mari et je me dis que c'est peut-être une bénédiction que nous soyons obligés de rester dans la vie l'un de l'autre, même si c'est dans un rôle complètement différent. Je ne veux oublier ni Kevin ni les aventures que nous avons partagées. Tous les aléas qui font que la vie est ce qu'elle est. Je n'ai jamais eu de raison de le détester et je suis très heureuse qu'il ne me déteste pas, ni sa sœur. Il aurait pu se sentir si blessé, si brisé, si humilié qu'il n'aurait pas eu d'autre choix que de me haïr, mais peut-être, au fond de moi, ai-je toujours su que ce ne serait pas le cas, parce que ce n'est pas le genre de l'homme que j'ai épousé il y a toutes ces années.

L'un des gamins lui tire la manche.

« S'il te plaiiiiit, supplie-t-il. Kev, tu veux bien venir avec moi. J'ai dit s'il te plaît. Silteplaitsilteplaitsilteplait. »

Le visage de Kevin s'éclaire et ça fait bien longtemps que je ne l'ai pas vu s'illuminer de la sorte. D'une façon qui n'était plus possible quand nous étions ensemble.

Kevin hisse l'enfant - il s'appelle Cooper - sur ses genoux. « Et si tu restais un peu avec moi ? » Il fait sautiller Cooper sur son genou et le petit garçon glapit de joie. Puis il lui chuchote quelque chose à l'oreille, et ce doit être hilarant puisque Cooper éclate de rire.

Certains hommes sont faits pour être pères. Kevin était architecte, et un mari - et pendant longtemps une sorte de père de substitution pour sa petite sœur - mais son rêve était d'être le père de quelqu'un. Ce n'est pas quelque chose que j'ai pu lui donner, mais je suis heureuse pour lui aujourd'hui.

Bridget ébouriffe les cheveux de Cooper, puis passe tendrement un bras autour des épaules de Kevin. Une personne qui ne serait pas au courant de la situation penserait qu'à cette table est assise une famille idéale. Mais comme souvent, il ne faut pas se fier aux apparences.

Je sens une main sur ma nuque.

« Bon sang, murmure Stella à mon oreille. Je meurs d'impatience de retirer cette robe. Qui suis-je ? Une sorte de poupée humaine qui n'existe que pour… » Je la fais taire d'un baiser sur les lèvres. Nous pouvons nous le permettre, maintenant. Tout le monde sait que nous nous aimons.

« Personne n'a demandé à Kevin de porter une robe, grogne-t-elle dès que je mets fin au baiser.

— Mon amour, dis-je. C'est ce que voulait ta mère.

— Ma mère veut tellement de choses. » Elle me regarde et son visage s'attendrit. Elle plisse les yeux, prend sa lèvre inférieure entre ses dents.

« Ta mère a tout ce dont elle pourrait rêver, intervient Mary. Je ne plaisante pas. » Mary a baissé la voix de sorte que seules les personnes assises à cette table - sa famille - puissent entendre ce qu'elle dit. « Un mari de rêve. Deux enfants intelligents et attentionnés. Deux belles-filles charmantes. » Elle s'étrangle d'émotion. Son regard se pose tour à tour sur moi puis sur Bridget, et à nouveau sur moi. Elle me regarde dans les yeux. C'est en grande partie à cette mère que partagent Stella et Kevin qu'ils doivent ce qu'ils sont devenus, que je dois les deux personnes que j'ai aimées et aime le plus au monde. « Merci de rendre mes enfants aussi heureux. »

Lorsque je renvoie son sourire à Mary, la main de Stella est dans la mienne.

# CHAPITRE 46
## **STELLA**
### DEUX ANS PLUS TARD

« Mais bordel ! » Ma frustration est immense. « Ils ont pris mes mesures pour ce tailleur il y a trois jours !

— Oh, mon amour. » Assise sur le lit, Kate lève les yeux vers moi. « Je vais te donner un coup de main. »

Un coup de main ? Elle a fait bien plus que me donner un coup de main. C'est pour ça que mon corps semble prendre un kilo de plus tous les deux jours.

Kate vient poser une main sur mon ventre proéminent. « Tu as le trac ? demande-t-elle. Tu es rayonnante. Si tu veux mon avis, c'est Nora qui devrait s'inquiéter, parce qu'il ne fait aucun doute que tu vas lui voler la vedette ce soir.

— Tu n'es pas objective, et ça n'aide pas. » Je regarde sa main sur mon ventre. « Pourquoi est-ce que j'ai refusé de porter un pantalon de grossesse ?

— Parce que tu es têtue et que tu ne supportes pas qu'on te dise ce que tu devrais faire, même si on a raison. » Le pouce de Kate caresse mon ventre.

« C'est la fête de lancement de ma série. Je ne peux pas porter un pantalon de grossesse. »

Jusqu'ici, j'étais convaincue que tomber amoureuse de la

femme de mon frère serait le truc le plus irrationnel que je ferais dans ma vie, et me voilà enceinte de vingt-deux semaines.

« Ne t'inquiète pas. » Kate me regarde dans les yeux avant de se diriger vers le dressing. « J'ai demandé à la styliste de prévoir une tenue plus adaptée à une actrice qui approche de la fin du deuxième trimestre de sa grossesse.

— C'est vrai ? » Je vacille entre fondre en larmes et embrasser Kate.

« Évidemment. » Elle passe la tête par la porte. « Combien de fois dois-je te répéter que je suis là pour toi, du début à la fin ?

— Un million de fois, ce serait bien. » Elle a réussi à me dérider. « Un milliard ferait aussi l'affaire. » Je tends la main dans sa direction et Kate se précipite sur moi. « Merci d'avoir toujours un temps d'avance.

— C'est mon boulot et ça me fait plaisir. » Avec un baiser léger sur mes lèvres, elle touche à nouveau mon ventre. « Est-ce que la petite miss est excitée par la soirée ?

— Si c'est le cas, elle ne l'a pas fait savoir. » Ça a beau faire cinq mois, je ne suis pas encore habituée à l'idée qu'un nouvel être humain grandit en moi. Moi. La meuf qui, pendant quasiment toute sa vie, ne s'est préoccupée que de sa petite personne. Qui a vécu chez sa mère jusqu'à ses trente ans ou presque. Je vais être mère à mon tour. Dieu merci, il me reste quatre mois pour m'y préparer, et je suis absolument persuadée que Kate sera une sorte de super-maman. « Elle va sans doute devenir l'une de ces gosses de stars désabusées qui tournent le dos aux paillettes d'Hollywood », dis-je.

Ça fait rire Kate. « Avec toi comme mère ? Je ne crois pas, non.

— Moi ? Tu veux dire toi.

— Ne dis pas de bêtises, mon amour. Tu n'as pas remarqué comme je suis cool avant la première de ce soir ? Stella Flack va accoucher de mon enfant. On ne m'impressionne plus aussi facilement, maintenant.

— Mais bien sûr.

— Tu es sûre que Faye et Ida ne viennent pas, d'ailleurs ? » Son sourire est radieux. « J'adorerais avoir une nouvelle occasion de discuter avec Faye.

— Tu devras te contenter de Nora.

— Elle vient avec quelqu'un de spécial ?

— Nora ? » Je réfléchis. « Avec elle on ne sait jamais, mais ça m'étonnerait. » Ça fait maintenant deux ans que je travaille avec Nora et je ne sais toujours rien de sa vie privée. Elle est accessible et aussi sympa que possible, mais il y a quelque chose d'insaisissable chez elle, quelque chose de fondamentalement mystérieux.

« On va le découvrir dans… » Kate regarde sa montre. « Oups. Il faut qu'on accélère, mon amour. Tu vas nous mettre en retard à ta propre première avec tous ces enfantillages. »

---

Pour le grand jour, Kevin et Bridget ont fait le voyage depuis Washington, sans les enfants. Maman et Nathan sont visiblement ravis d'être là. Nora n'a invité que ses deux meilleurs amis, avec qui elle semble passer le plus clair de son temps, à ma connaissance, mais personne de spécial. Nous venons juste de regarder le premier épisode de la saison deux tous ensemble.

« Et voilà, mon amour. » Kate me tend un cocktail sans alcool mais tout en couleurs. Sans surprise, elle en a pris un, elle aussi. Parfois, j'aimerais qu'elle se détende avec un petit verre de quelque chose - pas un shot de tequila, évidemment - mais Kate prend notre grossesse très au sérieux. Elle a arrêté de boire en même temps que moi. Je peux comprendre. La seule chose qu'elle aurait désirée encore plus qu'avoir cet enfant, ça aurait été de la porter elle-même, mais ce n'était pas possible.

Nous levons nos verres.

« À Stella, dit Maman. Est-ce que je peux aller discuter avec Nora, maintenant ?

— Maman, on en a parlé.

— Je sais, ma chérie, mais je suis si excitée!

— Laisse-la venir à toi, je chuchote. Elle va finir par arriver.

— Quand on parle du loup, souffle Kate. Elle vient justement vers nous. »

Bien que mon rôle soit aussi substantiel que celui de Nora, elle est et sera toujours une star plus importante.

« Oh, Stella, mon dieu, dit Nora. Je n'arrive toujours pas à croire que tu vas avoir un bébé. »

Pas simple de planifier une grossesse quand on interprète l'un des personnages principaux d'une série télé à succès. Non pas que ce soit jamais simple, Kate peut en témoigner. Dans l'idéal, j'aurais été enceinte un mois plus tôt, mais certaines choses primeront toujours sur un tournage télé, quoiqu'en pensent certains producteurs. Enfin bon, on est à Hollywood et il y a toujours moyen de s'arranger avec le calendrier.

Nora m'entraîne un peu à l'écart de notre petit groupe.

« Je voulais juste prendre le temps de te féliciter pour ton travail. Tu as été une vraie star, cette saison, Stella. J'étais au premier rang pour te voir t'améliorer de jour en jour. Très bon boulot.

— Merci, Nora. C'est adorable de ta part.

— Ça m'arrive, tu vois, plaisante-t-elle. Bon sang, je déteste ces mondanités. C'est sympa de partager un moment avec tous ceux qui ont bossé dur toute l'année, mais je suis crevée, là. » Elle me regarde des pieds à la tête. « Comment tiens-tu encore debout ? Tu transportes littéralement une autre personne.

— Ne m'oblige pas à le dire... » Je lui lance un sourire quelque peu narquois.

« Quoi donc ? Que tu es une fêtarde ? » Elle a l'air extrêmement sérieux à présent.

« Non, que j'ai environ vingt ans de moins que toi. Même si effectivement, je suis aussi une fêtarde. »

Nora hoche la tête. « Vas-y, remue le couteau dans la plaie.

— Je voulais te prévenir, Maman va te mettre le grappin dessus d'un instant à l'autre. Il est encore temps de t'enfuir.

— J'ai toujours le temps et l'énergie pour Mary. Tu le sais. » Nora arbore ce sourire qu'elle a parfois. Il paraît sincère, mais il contient quelque chose de contradictoire, qui sonne un peu faux… Ce qui n'est pas un problème quand le réalisateur crie « action ». Nora Levine est l'une des meilleures actrices dans le milieu.

Pendant que ma mère fond sur elle, Kevin et Bridget s'approchent de Kate et moi.

« On peut vous parler une seconde ? » demande Kevin. Il n'a plus de problèmes à nous voir ensemble. Le temps et la distance ont fait des miracles. Et il est bien plus heureux qu'il ne l'était à la fin avec Kate. « Nous ne le dirons à Maman et Nathan que demain. Nous ne voulions pas te voler la vedette ce soir. » Il m'adresse un clin d'œil. « Mais, euh, Bridget et moi attendons un enfant et nous voulions que vous soyez les premières à le savoir. »

Les larmes me montent immédiatement aux yeux, sans doute à cause des hormones.

« Oh mon dieu, Kev », dit Kate d'une voix tremblante. Elle prend Bridget dans ses bras, ma nouvelle belle-sœur, que je n'ai aucune intention de voler à mon frère. « Félicitations », murmure Kate à son oreille.

Parce qu'à l'instar de Kate, il pense désormais que je suis en porcelaine, Kevin passe délicatement ses bras autour de moi. « Tu ne peux pas savoir comme je suis heureux, dit mon frère.

— J'ai une petite idée, crois-moi. » J'ai toute la place entre nous pour caresser ostensiblement mon ventre. « Félicitations, frérot.

— Deux petits Flack de plus dans le monde. Ça ne peut qu'être une bonne chose.

— Ça reste à voir…

— Pas faux. Notre enfant peut très bien se révéler un petit démon comme sa tante Stella.

— Vous auriez bien de la chance ! je dis en plaisantant.

— C'est vrai », répond mon frère, en me regardant, un sourire aux lèvres. « J'aurais bien de la chance. »

Kate glisse un bras autour de ma taille. « Nous aurions tous bien de la chance », amende-t-elle.

# À PROPOS DE HARPER BLISS

Harper Bliss est l'autrice de plus de trente romances saphiques très populaires chez les amateurs anglophones du genre. Plusieurs de ses romance ont été traduits en français, dont *A propos de ce baiser* et *Un jour ma princesse viendra*.

Après avoir vécu à Hong Kong pendant sept ans, elle est revenue s'installer dans sa Belgique natale, où elle vit dans un petit village de campagne avec son épouse, Caroline, et son chat, Dolly Purrton. Elle envisage d'ajouter un chien à la famille, du moins si Dolly le permet.

Harper adore être en contact avec ses lecteurs, que ce soit par email ou dans son groupe Facebook.

www.harperbliss.com
harper@harperbliss.com

## ÉGALEMENT DISPONIBLES

Sous nos étoiles

À propos de ce baiser

Un jour ma princesse viendra (avec Clare Lydon)

www.ingramcontent.com/pod-product-compliance
Lightning Source LLC
LaVergne TN
LVHW091623070526
838199LV00044B/916